KB114086

구중천
九重天

구중천 9

임영기 新무협 판타지 소설

초판 1쇄 찍은 날 § 2007년 5월 16일
초판 1쇄 펴낸 날 § 2007년 5월 26일

지은이 § 임영기
펴낸이 § 서경석

편집장 § 문혜영
편집 § 서지현 · 심재영

펴낸곳 § 도서출판 청어람
등록번호 § 제1081-1-89호
등록일자 § 1999. 5. 31
어람번호 § 제2-1205호

주소 § 경기도 부천시 원미구 심곡1동 350-1 남성B/D 3F (우) 420-011
전화 § 032-656-4452 팩스 § 032-656-4453
http://www.chungeoram.com
E-mail § eoram99@chollian.net

ISBN 978-89-251-0706-6 04810
ISBN 89-251-0293-5 (세트)

9

초인열전(超人熱戰)

[완결]

구중천

九重天

임영기 신무협 판타지 소설

Fantastic Oriental Heroes

도서출판 청어람

목차

第九十三章

산중조우(山中遭遇)

구중천
九重天

　계곡의 입구는 마차 한 대가 겨우 통과할 정도로 좁았으며, 입구의 양쪽은 높은 절벽으로 막혔는데, 입구 밖에 휘늘어진 나무들이 빽빽해서 바깥에서는 곡구가 여간해서 잘 보이지 않을 것 같았다.

　좁은 곡구와는 달리 계곡은 안으로 들어갈수록 점차 폭이 넓어져서 가장 넓은 중간쯤이 삼십여 장에 이르렀고, 계곡 복판에는 말라 버린 얕은 시내가 있었으며, 계곡 전체에 수많은 바위들과 나무들, 덩굴들이 가득 뒤덮여 있을 뿐 사람의 모습은 보이지 않았다.

　계곡의 양쪽은 가파른 비탈을 이루었으며 역시 수많은 잡목들과 바위들이 난립한 원시의 광경 그대로였다.

곡구를 등졌을 때 오른쪽으로 보이는 비탈, 계곡 바닥에서 십오륙 장 높이에 커다란 바위 두 개가 나란히 솟아 있는 곳 뒤쪽에서 나직한 말소리가 흘러나왔다.

"너무 늦는구려."

음성은 공력으로 차단했기 때문에 말을 한 사람 주변에만 들릴 뿐 사오 장 밖으로는 흘러 나가지 않았다.

두 개의 바위 뒤는 아담한 공간이었고 바닥에는 누런 풀이 수북이 깔려 있었다.

그곳에 여덟 명이 가부좌의 자세로 앉아 있었다.

구중천주 균천제가 한복판에, 용장과 봉선이 오른쪽과 왼쪽에, 그리고 다섯 명의 천제, 즉 창천제, 호천제, 현천제, 주천제, 변천제가 구중천주를 중심으로 원을 형성한 채 다섯 방위에 앉아 있었다.

방금 말한 사람은 구중천주 왼쪽 어깨 뒤쪽 방향에 앉아 있는 주천제(朱天帝)였다.

붉은 홍포를 입었으며, 머리카락과 수염 역시 붉은색이고, 얼굴빛도 불그죽죽한 작은 키에 좀 뚱뚱한 체구를 지닌 노인이었다.

그의 옆 바닥에는 한 자루 창이 놓여 있는데, 길이가 그의 키보다 절반이나 긴 여덟 자에 창대는 어른 손목보다 더 굵었고, 창날은 한 자 반 길이의 예리한 언월도(偃月刀)였다.

무게가 오백 근이나 되고 전체가 노을처럼 붉은 그 창은 주천제의 애병인 주신과(朱神戈)였다.

주천제의 말에 아무도 반응을 보이지 않은 채 감고 있는 눈을 뜨지 않았다.

모두들 운공을 하고 있는 것인지 생각을 하고 있는 것인지 알 수가 없었다.

주천제는 잠시 여유를 두었다가 구중천주를 보며 공손히 입을 열었다.

"천주, 무작정 기다리기만 할 생각이십니까?"

이윽고 신선 같은 풍모의 구중천주가 천천히 눈을 떴다.

그는 주천제를 돌아보지 않고 비스듬히 하늘에 시선을 주며 조용히 물었다.

"주천, 달리 좋은 생각이라도 있소?"

"없습니다. 하지만 이렇게 계속 기다리기만 하는 것보다는 뭔가 다른 방법을 강구해서 행동에 옮기는 것이 좋을 듯합니다만."

구중천주는 천천히 다섯 명의 천제를 둘러보았다.

"좋은 의견이 있으면 말씀들 해보시오."

구중천주의 주문에 다른 네 천제도 눈을 뜨기는 했지만 아무도 입을 열지는 않았다.

이곳에 있는 사람들은 창천제와 봉선을 제외하곤 모두 남루한 행색이었다.

심한 경우는 옷인지 누더기인지 모를 것을 걸치고 있는 사람도 있었다.

그들 여섯 명은 묘봉산 대혈전 이후 거의 쉴 틈도 없이 싸우면서 도주하고 헤어졌다가는 다시 만나기를 반복하느라 새 옷으로 갈아입을 기회가 없었다.

창천제와 봉선은 안국현에서 화무린과 함께 머물다가 출발했기 때문에 깨끗한 옷을 입고 있었다.

호천제도 안국현에서 출발했지만 백학서원을 급습하고 도주하는 용비의 무리를 추격하던 중에 천외신계 서열 육위 사십팔월사 중 다섯 명과 치열한 격전을 벌이다가 중상을 입는 과정에서 옷이 넝마가 돼버렸다.

주천제는 씁쓸한 표정을 지었다.

그는 창천제와 호천제, 봉선에게 은오검객 화무린이 얼마나 대단한 청년인지에 대해서 귀가 따갑도록 들었다.

또한 철심협개를 통해서 화무린이 보낸 전서구의 놀라운 내용도 직접 읽었으며, 그가 제시한 방법대로 했기 때문에 수많은 사람들이 사지에서 살아 나왔다는 사실도 너무나 잘 알고 있었다.

또한 구중천주로부터 화무린이 오십여 년 전에 실종된 성존 동방운의 친아들이라는 사실도 들었다.

화무린을 믿지 못해서가 아니다. 세상일이란, 특히 사람의 일이란 알 수가 없는 법이다.

그에게 무슨 변고나 차질이 생겨서 늦어지거나 심한 경우 오지 못할 수도 있지 않은가.

그런데도 무작정 기다려야만 하는 것인가? 이러고 있다가 천외무적군 추적대라도 들이닥친다면 어쩔 셈인가? 주천제의 걱정은 그런 것이었다.

문득 주천제는 구중천주가 보여주었던 철심협개가 보낸 서찰의 내용을 다시 떠올려 보았다.

짧은 내용이었다. 그 사실을 어떻게 알아냈는지에 대해서는 언급하지 않았고, 다만 천녀황이 함정을 팠으며, 구중천주 일행이 거기에 빠져서 위험지경에 처했다는 것, 그리고 포위망에서 빠져나오는 한 가지 방법이 전부였다.

아니, 그것은 방법이라기보다는 운이 크게 따라줘야 성공할 수 있는 일종의 모험 같은 것이었다.

방법의 내용인즉 이랬다.

북동쪽으로 몇 명의 척후(斥候)를 보내 천외무적군의 틈을 찾아서 그곳을 통해 역주행(逆走行)을 하여 포위망을 빠져나온 후 정동(正東)쪽으로 오백여 리를 전력으로 이동한 다음 은둔하고 있으라는 것이었다.

언뜻 보면, 아니, 자세히 들여다봐도 너무 간단하고, 오히려 무책임하게 생각되는 내용이었다.

천녀황의 십사만 천외무적군이 포위한 채 추격해 온다면

서 틈을 찾아 역주행하여 탈출하라니, 도무지 말이 되지 않는 소리였다.

십사만의 천외무적군이 포위한 채 추격하는데 무슨 틈이 있겠는가?

설혹 바늘구멍만 한 틈이 있다고 해도 구중천주 일행 수만 명이 어떻게 그곳으로 역주행을 할 수 있겠는가?

처음에 서찰을 읽고 난 구중천주마저도 자신들이 함정에 빠졌다는 내용만 받아들였고, 탈출에 대한 내용은 가능성이 희박하다는 판단으로 더 이상 재론하지 않기로 했다.

그리고는 다섯 천제들을 불러 모아 함정에서 탈출할 방법을 모색했다.

그런데 창천제와 호천제, 봉선까지 세 사람이 약속이나 한 것처럼 입을 모아 간원(懇願)했다. 그들의 주장은 화무린이 제시한 방법을 실행해 보자는 것이었다.

구중천주는 화무린이 자하악전에서 어떻게 싸웠고 또 승리로 이끌었는지를, 그리고 창천제와 호천제, 봉선의 목숨을 구해주었다는 사실. 그뿐만 아니라 은오검객이라는 이름 아래 안국현에 얼마나 많은 무림 군웅이 운집했는지에 대해서 봉선에게 상세히 들었다.

그리고는 과연 천상성계 성제의 핏줄다운 쾌거라면서 흐뭇해했었다.

봉선은 화무린과 가장 오래 생활했으며 처절한 자하악전

도 함께 치렀고, 용비에게 당한 극심한 중상을 그가 치료를 해주어 목숨을 건졌었다.

뿐인가? 그 과정에서 두 사람은 모자(母子) 사이가 됐으니, 봉선보다 화무린을 잘 알고 또 깊이 사랑하며 신뢰하는 사람은 없을 것이다.

창천제는 모봉산대혈전에서 혈옥녀의 천마혈옥강에 당한 상태로 줄곧 쫓기다가 자하강변에서 천외무적군에게 포위되어 사면초가의 위기에 처한 상황에서 화무린을 만났었고, 그의 정성 어린 치료로 목숨을 건졌다.

이후 백학서원에서 이십여 일 동안 화무린과 한 지붕 아래에서 생활하는 동안 그의 사람됨을 직접 겪으면서 탄복해 마지않았다. 그러니 창천제가 화무린을 어떻게 생각할 것인지에 대해서는 물으나마나가 아니겠는가.

호천제는 자하악전이 끝난 후 백학서원에 합류하여 봉선과 창천제로부터 화무린에 대한 끝없는 칭찬을 귀에 딱지가 앉도록 들었다. 이후 그는 화무린의 치료 덕분에 목숨을 건지게 되었다.

이들 세 사람이 정도의 차이는 있겠지만 화무린에게 반해 버렸으며, 믿음을 넘어서 신봉까지 한다는 점에서는 같았다.

결국 구중천주는 화무린이 제시한 방법을 재고하기로 했다.

봉선과 창천제, 호천제의 간곡한 주청도 한몫을 했지만, 아무리 생각해 봐도 화무린이 말한 방법밖에는 달리 뾰족한 수가 없었기 때문이다.

화무린은 동쪽과 북쪽으로만 척후를 보내라고 했지만, 구중천주는 동서남북과 그 사이의 네 방향까지 도합 팔방(八方)으로 척후를 보냈다.

구중천주가 묘봉산대혈전 이후 도주할 때는 무리가 삼천명 정도였다. 그런데 묘봉산에서 이곳 여량산까지 천오백여 리를 도주해 오는 동안 묘봉산에서 흩어졌던 구중천 천제들이 휘하를 이끌고 합류했다.

그 과정에서 구중천주를 구하겠다고, 혹은 힘을 보태겠다고 천하 각 방, 문파들과 무림 군웅들이 꾸준히 운집했으며, 마지막으로 창천제와 호천제, 봉선이 창천고수들과 호천고수들 육백여 명, 안국현에서 발족한 천지인삼군(天地人三軍) 중에 천비군 오천을 이끌고 당도했다.

세력이 점차 불어나고 갈수록 강대해질 때에는 절망이 점차 사라지면서 희망이 싹텄다.

그러나 자신들이 함정에 빠졌다는 사실을 깨닫고 나서는 커져 버린 세력이 오히려 짐이 돼버렸다. 이 함정에서 그들을 모두 구해내야 하기 때문이다.

이윽고 팔방으로 보낸 척후가 속속 돌아왔다.

그리고 그들은 다소 희망적인 첩보를 가지고 왔다.

천외무적군에게 틈이 있다는 사실이었다.

그것도 한 군데가 아닌 여러 곳에.

돌아온 척후의 보고를 접한 후에야 구중천주는 화무린의 깊은 뜻과 선견지명을 깨달았다.

구중천주가 화무린의 서찰을 받았을 당시에 그가 이끄는 무리는 자그마치 이만 오천 명이었다.

그들은 여량산에서 북서쪽으로 이동하고 있는 중이었다.

함정에 빠졌다는 사실을 모르고 있을 때에는 천외무적군이 북동쪽 한 방향에서 추격해 오고 있다고 여겼다.

그러나 팔방에서 돌아온 척후의 보고에 의하면, 천외무적군의 수는 무려 십사만이나 되며, 그들은 북동에서 남동에 걸쳐 포위한 상태로 추격을 하고 있는데, 일만 명씩 모두 열네 개 대열을 이루고 있다는 것이다.

천외무적군은 서쪽에서 북쪽까지를 열어놓았다.

북서쪽은 구중천주 일행이 도주하는 방향이고, 북쪽은 나무는커녕 풀 한 포기 자라지 않는 산악 지대다.

구중천주가 바보거나 자포자기 상태가 아닌 이상 북쪽으로는 도주하지 않을 것이라는 판단이었다.

더구나 구중천주 일행이 도주하고 있는 북서쪽 백여 리 앞에는 대륙의 젖줄인 거대한 황하가 북에서 남으로 가로질러 흐르고 있다.

아니, 강은 황하만이 아니었다. 산서성 최대의 강 분하(汾河)가 성 한복판을 북동에서 서남으로 가로지르며 흘러 칠백여 리 남쪽에서 황하와 합류한다.

구중천주 일행이 이미 지나온 분하의 상류는 폭이 좁고 얕아서 건너기에 수월했지만, 중류 아래부터는 거대한 강으로 변해서 폭이 오십 장이 넘을 정도였다.

황하와 분하로 인해서 서쪽과 남쪽, 동남쪽이 항아리 형태로 막힌 상황이다.

그런 사실을 알고 있었던 구중천주는 두 가지 선택을 놓고 고심했다.

강을 건너 계속 도주하느냐, 아니면 자신들의 세력이 점차 불어나고 강성해진 상태이기 때문에 천외무적군과 일전을 불사하느냐 하는 것이다.

하지만 그것은 화무린의 전서구를 받기 전의 생각이었다.

실로 위험천만한 발상이었다. 이만 오천과 십사만의 싸움은 이미 결과가 나와 있는 것이나 진배없다.

더구나 이쪽의 이만 오천은 구중천 고수들과 안국현에서 온 천비군 오천 명, 도합 육천여 명 정도를 제외하곤 천외무적군에 비해서 거의 오합지졸 수준이 아니던가.

그렇다고 황하를 건너 도주하는 것도 불가능했다. 현재 구중천주 일행과 천외무적군과의 거리는 가깝게는 백여 리, 멀리는 이백여 리의 간격을 두고 있다.

구중천주 일행 이만 오천 명이 드넓은 황하를 건너느라 지체하는 사이에 천외무적군이 들이닥치면 최악의 상황에 직면하게 되는 것이다.

팔방으로 정탐을 나갔다가 돌아온 척후 중에서 천외무적 군이 추격하고 있는 북동에서 남동까지를 맡았던 척후들의 보고에 의하면, 십사만 천외무적군 열네 개 대열 사이에는 열세 개의 틈이 있는데, 간격이 좁은 곳은 십여 리, 넓은 곳은 삼십여 리에 이른다고 하였다.

　도주할 때에는 천외무적군이 어떤 형태로 추격을 하는지 신경도 쓰지 않았다.

　그들이 계속 추격을 하고 있다는 사실이 중요할 뿐이었지 그런 것은 중요하지 않았다.

　천외무적군의 그런 이동 형태는 적이 어느 곳에 있으며 어디로 향하고 있고 또 어떤 상황인지를 정확하게 파악하고 있을 때만이 가능했다.

　천외무적군 열네 개 대열 중에서 좌우의 간격이 삼십여 리씩이나 벌어진 곳이 생긴 이유는 이동하고 있는 전방에 봉우리나 험산이 있기 때문에, 그것을 돌아가기 때문이라고 척후가 보고했다.

　천외무적군이 일만 명씩 네 개의 대열을 형성한 것은 추격과 빠른 이동이 목적이지 수색이 아니었다.

　그러므로 중간에 봉우리나 험산 같은 장애물이 있다고 해도 굳이 올라가서 확인해 볼 필요가 없었다.

　구중천주는 화무린이 그것까지 미리 염두에 두었다는 사실을 깨달았다.

그랬기에 거두절미하고 역주행하여 포위망을 뚫으라고 주문했던 것이다.

다른 방법, 즉 천외무적군 열네 개 대열의 양쪽 가장자리, 북동쪽 끝과 남동쪽 끝 대열 바깥쪽으로 돌아가는 것은 사실상 불가능했다.

남동쪽 끝의 거리는 무려 천이, 삼백여 리였고, 북동쪽 끝은 천오백여 리에 달해서 포위망을 벗어나자면 아무리 빨리 잡아도 엿새 이상이 소요될 것이다.

그러나 역주행을 하게 되면 위험이 따르기는 하지만 넉넉하게 잡아도 반 시진이면 간단하게 포위망을 벗어날 수 있는 것이다.

구중천주는 화무린이 제시한 방법에 한 가지를 더 보탰다.

전체 세력 이만 오천을 오천과 이만, 둘로 나눈 것이다.

이만 오천 명의 무공 수위는 세 등급이다. 구중천 고수들이 상위고, 창천제가 안국현에서 이끌고 온 천비군이 중위, 그 나머지 무림 군웅이 하위 등급이다.

구중천주는 상위와 중위를 합쳐 하나의 무리 '역행군(逆行群)'을 만들었고, 하위를 '북행군(北行群)'으로 만들었다.

역행군은 육천 명이지만 그중에서 구중천 고수 백 명과 천비군 천 명, 도합 천백 명을 따로 선발하여 북행군을 지휘하게 했다.

북행군 이만 명을 이십 명씩 천 개의 조(組)로 나누어 각각 천비군 천 명이 지휘하도록 하고, 그들 천 조(千組)를 열 개씩 묶어 이백 명을 '대(隊)' 라 하고 백 명의 구중천 고수들이 지휘하게 만들었다.

이름 그대로 역행군은 포위망을 뚫고 북동쪽으로 질주할 것이고, 북행군은 풀 한 포기 없는 산악 지대인 북쪽으로 탈출시키려는 것이다.

양동 작전, 그것이 구중천주가 화무린의 방법에 한 가지를 더 보탠 계획이었다.

추격하는 천외무적군 열네 개 대열의 간격이 아무리 크게 벌어졌다고 해도 이만 오천 명이 한꺼번에 역주행하는 것은 무리라는 판단을 내린 것이다.

또한 천외무적군과 싸울 생각이 아니라면 그렇게 많은 무림 군웅이 필요하지 않다는 결론에서였다.

이윽고 다섯 명의 천제와 용장봉선, 팔부중, 최고 정예의 구중천 고수 등 도합 백여 명이 선발되어 후미 쪽 이십여 리 일대를 이 잡듯이 뒤진 결과 이백여 명의 천외무적군 척후들을 발견할 수 있었다.

물론 그들은 쥐도 새도 모르게 주살됐다. 그것으로써 천외무적군은 한동안 눈과 귀가 가려진 상태가 될 것이다.

북행군 이만 천백 명이 먼저 북쪽을 향해 전력으로 질주했다.

그들은 백여 리 정도를 곧장 북상했다가 서쪽으로 방향을 꺾어 황하를 건넌 후 이백 명씩 백 개의 '대' 단위로 흩어져서 남진(南進), 그리고 다시 동진(東進)하여 안국현 무군평에 운집해 있는 지홍군, 인의군과 합류, 휴식을 취하면서 다음 명령을 대기하게 될 것이다.

그리고 그들을 인솔했던 천백 명의 구중천 고수들과 천비군은 충분한 물자를 갖고 구중천주를 찾아올 것이다.

결국 이들 천백 명은 북, 서, 남, 동으로 크게 한 바퀴 돌아 이만여 무림 군웅을 안전한 장소에 데려다 주고 다시 돌아오는 것이다.

북행군이 일단 황하를 건너면 천외무적군이 추적하기가 쉽지 않을 것이다.

게다가 이백 명씩 백 개의 '대'로 흩어져서 남진하게 되면 추적은 거의 불가능해진다고 봐야 한다.

북행군이 출발한 지 한 시진 후, 열네 개 대열로 이루어진 천외무적군 십사만 대군의 우측에서 사, 오 번째 대열 사이의 간격에 하나의 험준한 돌산이 나타났다.

그 돌산은 역행군의 척후들이 미리 찾아낸 것들 중에서 가장 최적의 장소였다.

여태 그랬던 것처럼 사, 오 번째 대열 이만 명의 천외무적군은 돌산을 복판에 두고 좌우로 비켜서 일각에 걸쳐서 스쳐 지나갔다.

그들이 이십여 리쯤 멀어졌을 때 돌산에 숨어 있던 구중천주 이하 오천 명의 역주행군이 소리없이 내려와 동쪽으로 방향을 잡고 전력으로 질주했다.

그것이 이틀 전의 일이었고, 역주행군 오천여 명이 이곳 계곡에 자리를 잡고 은둔한 지 반나절이 되어가고 있었다.

구중천주는 다시 눈을 감았고, 잠시의 간격을 두고 다른 사람들도 차례로 눈을 감고 휴식에 들어갔다.

모두들 겉으로는 침묵을 지키고 있지만 속으로는 초조하고 또 불안한 마음일 것이다. 그러면서도 화무린을 믿으려고 애쓰는 것이리라.

각자 다른 이유를 품은 채.

모두 눈을 감았지만 봉선만은 눈을 뜬 채 바위 너머의 허공을 아스라이 바라보았다.

그녀는 이곳에 도착하기 하루 전에 받은 철심협개의 마지막 전서구의 내용이 자꾸만 눈앞에 어른거렸다.

거기에는 화무린이 삼대를 은둔시킨 후에 혼자 어디론가 간 뒤로는 그때까지 돌아오지 않고 있다는 답답한 글이 적혀 있었다.

그녀는 이곳에 있는 오천 명이 장차 어떻게 될 것인가 하는 것보다는 화무린의 안위가 더 걱정이었다.

'무린아, 대체 어떻게 된 일이니?'

봉선은 걱정 때문에 가슴이 미어지는 것만 같았다.

바로 그때, 그녀의 물음에 대답이라도 하듯 바위 옆에서 팔부중의 한 명인 긴나라(緊那羅)가 나타나 구중천주를 향해 공손히 허리를 굽히며 아뢰었다.

"천주, 은오검객이 보낸 사람이 방금 당도했습니다."

순간 구중천주를 비롯한 모든 사람들이 일제히 눈을 떴다.

그들의 얼굴에는 한결같이 반가움이 떠올랐다.

긴나라의 안내로 구중천주와 여러 천제들 앞에 나타난 사람은 윤학이었다.

"윤 총관!"

그를 발견한 봉선이 반가운 마음을 참지 못하고 벌떡 일어서며 나직이 외쳤다.

그가 화무린의 소식을 가지고 왔을 것이라는 생각에 너무나 기쁜 나머지 이곳에서 소리를 지르면 안 된다는 사실마저도 잊은 그녀였다.

윤학은 봉선을 발견하곤 만면에 반가운 표정을 가득 떠올리며 그녀 앞으로 다가와 공손히 허리를 굽혔다.

"대모(大母)님, 별고없으셨습니까?"

그의 말에 모두들 적잖이 놀라는 표정을 지으며 봉선을 쳐다보았다.

대모라는 호칭은 일반인이 사용할 경우는 할머니를 가리키지만, 무림인의 경우에는 사부나 주군의 모친을 지칭한다.

봉선이 윤학의 할머니일 리는 없다. 그렇다고 그녀가 어떻게 윤학의 사부나 주군의 모친일 수가 있단 말인가.

봉선은 자신이 화무린의 의모가 된 것을 아무에게도 말하지 않았다. 그녀가 화무린의 의모가 될 때 함께 있었던 호천제나 다른 사람들도 그 사실을 전혀 알지 못했다.

봉선과 화무린이 티를 내지 않았기 때문이다. 감추려고 애쓴 것이 아니라 일부러 밝힐 필요가 없었던 것이다.

그러나 화무린의 그림자나 다름이 없는 경무오룡검이 그 사실을 모를 리 없고, 화무린이나 봉선이 굳이 그들 앞에서까지 감출 필요는 없었다.

봉선은 조심스럽게 구중천주를 바라보며 안색을 살폈다.

화무린은 성존의 아들이며 성왕인 구중천주의 조카다.

봉선도 천성족이지만 화무린은 천상성계의 절대자인 성제의 일족인 것이다. 그를 아들로 삼았으니 성제 일족에 대한 불경일 수도 있었다.

그러나 구중천주는 담담한 표정으로 원래의 자리에 앉아서 봉선을 바라볼 뿐이다.

"무린도 왔나요?"

하지만 봉선은 설혹 구중천주가 나무란다고 해도 윤학에게 화무린의 안부를 묻지 않을 수가 없었다.

윤학은 허리를 펴며 환한 미소를 지었다.

"장주께선 이곳에서 가까운 곳에 계십니다."

"아……! 무사하군요!"

봉선은 자신도 모르게 안도의 표정을 지으면서 긴 한숨을 내쉬었다.

윤학은 반가운 얼굴인 창천제와 호천제에게도 공손히 허리를 굽혀 인사를 했고, 두 사람은 환한 미소로 대답해 주었다.

이윽고 봉선이 윤학을 구중천주 앞으로 이끌었다.

"윤 총관, 천주께 인사드리게."

구중천주 앞에 인도된 윤학은 적잖이 긴장한 얼굴로 포권을 하며 공손히 허리를 굽혔다.

"무림 말학 윤학이 구중천주를 뵙습니다."

구중천주는 담담히 미소를 지었다.

"자네도 살아 있었군. 다행이네."

윤학은 어리둥절한 표정을 지었다.

"저를… 아십니까?"

구중천주는 가볍게 고개를 끄덕이며 미소를 잃지 않았다.

"묘봉산에서 열심히 싸우는 자네와 경무장 사람들을 잠깐 본 적이 있었지."

"아아……."

윤학은 크게 감격하여 얼굴이 붉어지고 가슴이 뛰었다.

드넓은 지역에서 수십만 명이 치열하게 뒤엉켜 싸우던 묘봉산대혈전에서 구중천주가 윤학의 말마따나 무림 말학이나 다름이 없는 소문파의 총관을 잠깐 보고 기억했다는 것은 그를 감격시키기에 충분했다.

"그의 전갈을 가져왔는가?"

구중천주의 물음에 윤학은 허리를 펴고 정중하게 대답했다.

"장주께서 여러분들을 모셔오라고 말씀하셨습니다."

주천제가 구중천주 옆으로 나서면서 약간 언짢은 얼굴로 물었다.

"누굴 말인가?"

"이곳에 계신 분들 모두입니다."

"천주와 이곳에 있는 우리 일곱 사람만 말인가?"

윤학이 의아한 표정을 지었다.

"여기 계신 분들이 이곳에 당도한 사람들 전부입니까?"

창천제가 미소를 지으며 계곡을 가리켰다.

"아닐세. 계곡 전체에 오천여 명이 은둔해 있네."

"장주의 말씀은 그들 모두를 모시고 오라는 것입니다."

창천제는 의아한 표정을 지었다.

"그가 이곳에서 가까운 곳에 있다고 하지 않았나?"

윤학은 비탈의 위쪽을 가리켰다.

"그렇습니다. 저 너머 이십여 리 거리에 계십니다."

"그곳에 오천여 명을 수용할 공간이 있다는 것인가?"

윤학은 약간 고개를 갸웃거렸다.

"장주께선 이곳에 계신 전체 인원을 이, 삼만으로 추측하시던데, 예상외로 적군요?"

그 말은, 화무린이 있는 곳에 삼, 사만 명을 수용할 공간이 확보되어 있다는 뜻이었다. 그러니 오천 명쯤 수용하는 것은 문제도 되지 않을 터이다.

그러자 모두들 의아한 표정을 지었다. 이들이 이곳에 당도하여 가장 먼저 한 일은 오천여 명이 안전하게 은둔할 수 있을 만한 장소를 샅샅이 탐색하는 것이었다.

그렇게 해서 찾아낸 유일한 곳이 바로 이 계곡이었다. 근처 수십 리 일대에는 이만한 인원이 은둔할 만한 장소가 이곳밖에는 없었다.

그때 주천제가 엄숙한 표정으로 윤학을 꾸짖듯이 말했다.

"그건 그렇고, 이곳에 천주께서 계신데 그가 직접 와서 모시는 것이 예의가 아닌가?"

윤학은 주천제를 똑바로 주시했다.

"혹시 그런 말씀을 하는 분이 계시면 이런 말씀을 해드리라고 장주께서 말씀하셨습니다."

"어떤 말인가?"

윤학은 짧게 대답했다.

"남발이증(攬髮而拯)."

물에 빠져서 허우적거리는 사람을 건질 때에는 예의를 차릴 겨를이 없으니 되는대로 머리카락이라도 움켜잡고 끌어내야 한다는 뜻이다.

주천제의 얼굴이 씁쓸하게 변했고, 모두들 미소를 머금는데, 구중천주가 나직한 웃음을 터뜨렸다.

"헛헛헛! 그 말이 합당하네. 지금 상황에서는 그가 남발이중이 아니라 남이이증(攬耳而拯)을 한다고 해도 감지덕지 아니겠는가?"

머리카락이 아니라 귀때기를 잡아당긴다고 해도 고맙다는 뜻이다.

구중천주 이하 여러 천제들과 봉선은 화무린이 직접 오지 못할 만한 이유가 있었을 것이라고 이해했다.

주천제는 그래도 아직 한 가지 의문이 남아 있었다. 그는 한 번도 본 적이 없는 성존의 아들에게는 추호도 나쁜 감정이 없다. 있을 리가 없었다. 다만 매사를 확실하게 짚고 넘어가자는 성격상의 꼼꼼함 때문이었다.

"그런데 원래 계획은 그가 우리를 이곳까지 오게 한 이후에 산을 벗어나는 것이었을 텐데, 무엇 때문에 우릴 다른 장소로 오라고 하는 것인가?"

윤학은 정중히 대답했다.

"자세한 말씀은 장주께 직접 듣도록 하십시오."

구중천주가 천천히 일어나서 윤학에게 미소를 지어 보였다.

"그럼 안내를 부탁하네."

第九十四章

요새(要塞)

구중천
九重天

　창천제는 백여 명의 구중천 고수들로 하여금 이 일대 오십여 리 이내를 샅샅이 정탐하라고 명령한 후 어느 방향에서도 천외무적군의 징후가 전무하다는 보고를 받은 다음에야 구중천주를 모시고 이동을 시작했다.

　구중천주를 비롯한 선두 대열의 사람들은 화무린이 머물고 있는 봉우리 아래에 이르러 잠시 걸음을 멈추고 위를 올려다보면서 의아한 생각이 들었다.

　봉우리는 오대산 지역에서 흔하게 볼 수 있는 전형적인 모습이었다.

　적당한 높이에, 적당한 크기와 둘레. 봉우리의 삼분의 이

부분까지 뒤덮여 있는 우거진 소나무와 잡목들.

구중천주와 용장봉선, 천제들은 안력을 돋우어 위를 올려다봤지만 그 어디에도 오천 명은커녕 천여 명조차 마음 놓고 은둔할 만한 장소는 보이지 않았다.

봉우리 전체에 오백여 명 정도는 바위나 나무 뒤에 어떻게든 간신히 숨을 수 있을 것 같기는 했다.

하지만 그것은 어디까지나 잠시 동안의 임시변통일 뿐이지 장시간 머물 수는 없었다.

천외무적군이 이 근처를 그저 지나가면서 대충대충 수색하기만 해도 아주 쉽사리 발각되고 말 것이다.

그때 봉우리 아래의 빽빽한 나무 뒤에서 경무사룡검이 나타나더니 윤학과 구중천주 일행을 발견하고 공손히 허리를 굽힌 후 좌우로 두 명씩 나누어 섰다.

"저를 따라오십시오."

윤학은 구중천주에게 말한 후 앞장서서 경무사룡검 사이로 봉우리를 오르기 시작했다.

일행은 윤학을 따라 우거진 나무 사이로 구불구불 봉우리를 휘돌아 올라갔다.

백이십여 장쯤 올랐을 때 커다란 바위들이 많은 암석 지대가 나타났다.

오른쪽 끝 폭이 좁은 능선을 타고 계속 위로 오를 수 있었는데, 그곳을 제외한 전 지역은 완만한 경사의 암석 지대였으며 전면에 날카로운 돌들이 삐죽삐죽 튀어나온 가파른 절벽이 벽처럼 가로막고 있었다.

절벽의 폭은 삼십여 장 정도였는데, 윤학은 복판쯤에 있는 어느 큰 바위 뒤로 돌아갔다.

그곳에 여러 개의 크고 작은 바위들로 교묘하게 가려진 동굴 입구가 절벽 아래에 괴물이 아가리를 크게 벌린 것처럼 시커멓게 뚫려 있었다.

어른 두 명이 선 채로 나란히 걸어 들어갈 수 있을 정도의 크기였다.

사람들은 동굴 안으로 줄지어 들어가면서 그 속에 은둔 장소가 있을 것이라고 생각했다.

만약 그렇다면 그리 안전한 장소는 아니었다. 봉우리 중턱 커다란 바위 뒤에 동굴 입구가 가려져 있다 뿐이지, 천외무적군이 세심하게 수색을 한다면 그리 힘들이지 않고 찾아낼 수 있을 듯했다.

동굴은 안으로 들어갈수록 천장과 폭이 넓어졌으며 좌우로 수없이 굽었고 오르락내리락하는 구곡양장(九曲羊腸)이었다.

그러나 구중천주 일행이 주변을 아무리 자세히 살펴봐도 은둔할 만한 장소는 보이지 않았다.

다시 삼십여 장 정도 가파른 경사를 오르자 평탄한 곳이 나타났으며, 동굴은 그곳에서 두 갈래로 갈라졌다.

곧게 뻗은 길은 위로 향했고 또 넓었으며, 왼쪽으로 꺾어진 길은 수평으로 뻗었는데 좁았다.

윤학은 왼쪽으로 꺾어졌다. 역시 구불구불했으며 오르락내리락했다.

그렇지만 구중천주와 천제들, 용장봉선은 지금 가고 있는 동굴의 끝에서 사람들의 나지막한 말소리와 숨소리 따위를 감지할 수 있었다.

"이런 동굴 속에 숨어 있다가 밖에서 입구를 막아버리면 전멸당하는 것은 시간문제로군."

주천제가 씁쓸하게 중얼거렸다.

굳이 그의 말이 아니더라도 다들 그런 생각을 하고 있었다.

화무린을 믿고 있던 창천제와 호천제마저도 시간이 지남에 따라 마음이 착잡해졌다.

그러나 두 사람의 착잡함은 그리 오래가지 않았다.

때마침 앞쪽에서 빛이 보이더니 점점 강렬해졌으며 마침내 출구에 당도했다.

"이곳입니다."

윤학이 동굴 밖으로 나와 앞쪽을 가리키면서 구중천주에게 정중히 허리를 굽혔다.

윤학 바로 뒤에서 출구로 나온 구중천주는 눈앞에 펼쳐진 광경에 한동안 적잖이 놀라는 표정을 지을 뿐 아무 말도 하지 않았다.

평소 웬만한 일에는 표정 변화조차 보이지 않던 철석간담의 용장마저도 이 순간에는 만면에 감탄과 놀라움을 가득 떠올리고 있었다.

뒤따라 나온 창천제와 호천제, 봉선 등도 말을 잃고 놀라기에 여념이 없었다.

그들 중에서도 불만이 제일 많았던 주천제의 놀라움이 가장 컸다.

그는 짧은 시간에 표정이 여러 차례 변하더니 이윽고 만면에 환한 표정을 가득 떠올렸다.

그는 그 순간부터 화무린이라는 청년에 대해서 더 이상 의구심을 품지 않기로 작정했다.

동굴에서 줄지어 나온 사람들은 마치 오랫동안 유랑을 하다가 신천지에 당도한 것 같은 표정을 지으며 각양각색의 탄성을 연발하기에 여념이 없었다.

그런데 구중천주가 이곳에 도착했는데도 화무린은 모습을 나타내지 않았다.

잠시 후 윤학이 구중천주와 다섯 천제, 용장봉선 등을 안내한 곳은 광장의 남동쪽, 커다랗고 높은 대여섯 개의 바위가 빙 둘러서 천장에 닿아 그 안쪽에 자연적으로 만들어진 폭 오류 장의 제법 아담한 타원형 공간이었다.

구중천주는 윤학을 따라서 입구처럼 생긴 바위 사이를 통해 안쪽 공간으로 들어갔다.

그가 들어서는 곳에서 맞은편 오 장 거리에 십여 명이 모여 있었는데, 구중천주의 시선은 다른 사람은 볼 것도 없이 곧장 한 사람의 얼굴에 고정되었다.

그 사람은 산뜻한 백의 경장을 입었으며, 오른쪽 어깨에는 한 자루 은검을 멘 이십 세가량의 청년이었다.

청년을 발견한 순간 구중천주의 얼굴에 크게 감탄하는 표정이 떠올랐다.

온몸을 감싸고 있는 은은한 서기. 그러나 그것은 보통 사람들 눈에는 잘 띄지 않는 신비한 것이었다.

청년의 준수한 외모보다 얼굴과 눈에서 흘러나오는 정기(正氣)가 더 시선을 잡아끌었다.

겉모습으로는 무공의 무 자도 모르는 백면서생처럼 보였지만, 그런 모습이 무공이 입신지경에 도달했기 때문이라는 것을 구중천주는 간파했다.

혈육은 서로 끌린다고 했던가.

구중천주는 그 청년이 은오검객 화무린이며 자신의 아우 성존 동방운의 일점혈육이라는 사실을 한눈에 알아보았다.

그는 화무린을 처음 발견한 순간부터 내내 그의 얼굴에서 시선을 떼지 못했다.

그러면서 그는 깨달았다. 그에게 화무린에 대해서 침을 튀기면서 칭찬을 늘어놓았던 사람들은 하나같이 표현력이 부족했다는 사실을.

그들은 지금 구중천주가 보고 있는 청년의 진가를 십분의 일조차 제대로 설명하지 못했다.

화무린에게서 시선을 떼지 못하는 사람은 구중천주 혼자만이 아니었다.

화무린을 처음 보는 세 명의 천제와 용장은 물론이거니와, 그를 잘 알고 있는 봉선과 창천제, 호천제마저도 놀라고 또 감탄하는 표정으로 눈도 깜빡이지 않은 채 화무린을 주시하고 있었다.

봉선과 창천제, 호천제는 화무린이 며칠 전에 봤던 그 화무린이 아니라는 사실을 한눈에 간파했다.

며칠 전에 봤던 화무린이 인중지룡이었다면, 지금 보고 있는 화무린은 천신(天神)이 강림한 것이라고 해도 과언이 아닐 정도로 신비하고 또 외경적인 모습이었다.

봉선은 당장이라도 화무린에게로 달려가서 얼싸안고 싶었지만 구중천주 앞이라서 자중하려고 애썼다.

게다가 화무린은 철심협개와 무아 선사 등과 무언가 진지하게 대화에 열중하고 있었다.

그들도 구중천주 일행이 들어선 것을 알고 있을 것이다. 그런데도 불구하고 아무도 이쪽으로 시선 한 번 주지 않은 채 대화를 나누고 있었다.

아니, 화무린이 거의 일방적으로 철심협개와 무아 선사, 조영, 명황오위, 동서오쾌 등에게 무언가를 나직한 어조로 지시하고 있었다.

구중천주 일행이 그의 말을 들어보니 이곳 광장을 요새(要塞)처럼 꾸미는 일과 이곳으로 들어오는 유일한 통로인 동굴의 입구를 무너뜨려 봉쇄하라는 것, 이곳에 있는 고수들을 누구 휘하에 어떤 식으로 귀속, 편제하라는 등의 내용이었다.

이제 구중천주 일행과 합류를 했으니 속히 산을 벗어나야 할 텐데 무엇 때문에 이곳을 요새로 만들고 고수들을 편제하는 것인지 구중천주 일행은 의아한 생각이 들었다.

윤학은 감히 화무린의 대화를 끊지 못하고 그의 일 장 가까이에 이르러 멈춘 채 기다리고 있었다.

그때 구중천주와 봉선 등의 시선이 화무린 곁에 바짝 붙어서 있는 한 여자에게 옮겨졌다.

주자운이었다.

그들은 주자운의 속세를 초월한 듯한 극치의 아름다움에 놀랐으며, 그녀가 지닌 더없는 고귀함과 우아함에 다시 한 번 놀랐다.

그들이 보기에 주자운은 결코 평범한 신분이 아닌 듯했다. 도저히 인세의 사람이라고는 생각되지 않는 탈속한 아름다움과 기품을 지니고 있었다.

봉선은 주자운의 시선이 줄곧 화무린의 얼굴에 고정되어 있는 것을 발견했다. 주자운은 구중천주 일행에겐 눈길 한 번 주지 않았다. 아예 이들이 이곳에 온 것조차 모르고 있는 듯한 행동이었다.

봉선은 화무린을 바라보는 주자운의 눈빛과 표정에서 지극한 사랑을 발견했다.

문득 봉선은 눈으로는 주자운을 보고 있으면서도 소군의 얼굴이 떠올랐다.

화무린이 납치된 소군을 벌써 잊지는 않았을 텐데 이게 어찌 된 일인가? 하는 의아한 마음이 들었다. 그런 것이 바로 어미의 마음이었다.

이윽고 대화가 끝났다. 화무린이 자연스러운 동작으로 구중천주 일행 쪽으로 몸을 돌려 시선을 던졌다.

화무린과 구중천주의 시선이 오 장의 거리를 두고 잠깐 동안 마주친 채 고정되었다.

구중천주는 담담한 미소를 머금고 있었지만, 화무린은 굳은 표정이었다.

문득 화무린의 눈길이 구중천주의 왼쪽에 서 있는 봉선에게 옮겨졌다.

봉선을 보는 그의 얼굴에 비로소 환한 미소가 피어올랐다.

그는 성큼성큼 걸어서 곧장 구중천주 앞으로 다가왔다.

하지만 그는 구중천주 앞에서 멈추지 않고 방향을 틀어 봉선에게 다가가며 환하게 웃으면서 두 팔을 벌렸다.

"하하! 어머니!"

봉선은 반가운 마음이 앞서 화무린의 품에 안기며 와락 끌어안았다.

"별일없었구나. 정말 다행이다."

"하하! 어머니의 기도가 보호해 주시는 한 이 아들은 끄떡없습니다!"

그 한마디에 봉선은 가슴이 터질 것처럼 기뻤다.

두 사람은 주위에 아무도 없는 듯이 자신들만의 감회를 거리낌없이 나누었다.

봉선은 구중천주와 여러 천제들의 면전이라서 화무린에게 먼저 아는 체를 하지 않으려고 했으나, 그가 먼저 이렇게 나오는 데에야 더 이상 주위 사람의 눈치를 볼 필요가 없었다. 수십 년 동안 격식과 복종의 틀 안에서 생활했던 그녀로서는 대단한 파격이었다.

화무린은 봉선을 살며시 떼어낸 후 창천제와 호천제에게 포권을 해 보이면서 미소를 지었다.

"두 분께선 별고없으시지요?"

"허헛! 자네가 다시 붙여준 목숨은 잘 간직하고 있네!"

"허허헛! 일을 당하더라도 화 장주가 있는 곳에서 당해야 마음이 놓이지!"

창천제와 호천제는 껄껄 웃으며 마치 가족처럼 허물없이 호방하게 웃었다.

그러나 용장과 다른 세 천제의 안색은 그다지 좋아 보이지 않았다.

화무린이 일부러 구중천주를 무시하는 듯한 행동을 하고 있었기 때문이다.

그들의 눈이 정확했다. 사실 화무린은 의도적으로 구중천주를 무시하고 있는 중이었다.

구중천주는 성제의 장남이며 성왕이다. 만약 오십여 년 전에 그가 동방운과 설란을 적극적으로 도왔더라면, 두 사람의 말로가 그토록 비참하게 끝나지 않았을 것이다.

그러나 그것보다도 그가 성제의 아들이라는 것, 천상성계의 성존이라는 것, 부친의 형제라는 것 따위가 싫었다.

아니, 천상성계 자체가 싫었다. 성제가, 그리고 천상성계가 화무린 부모를 험난한 강호로 내쫓았기 때문이다.

그래서 화무린 자신이 성제의 손자이며 구중천주의 조카라는 사실마저도 싫었다.

화무린이 구중천주를 제쳐 두고 봉선과 창천제, 호천제에게 먼저 인사를 하고 있는 것은, 거세게 들끓고 있는 마음을 진정시키려는 의도였다. 아니면 구중천주에게 원망을 마구 쏟아낼 것만 같았다.

그리고 그는 의도했던 대로 잠시가 지나자 마음이 다소 가라앉았다.

봉선이 막 화무린에게 구중천주를 소개하려고 할 때 화무린이 먼저 구중천주 앞에 우뚝 섰다.

모두들 긴장된 표정으로 화무린과 구중천주를 주시했다.

긴장하지 않은 사람은 화무린과 주자운, 그리고 그 뒤에 서 있는 마빈과 윤학뿐이었다.

윤학 옆에 서 있는 철심협개와 무아 선사도 잔뜩 긴장한 표정으로 지켜보고 있었다.

두 사람은 화무린의 신분을 모르고 있었지만, 그들 나름대로 이 만남에 큰 의미를 부여하고 있었다.

천중인계의 영웅과 천상성계 영웅의 운명적인 만남이 아닌가.

구중천주마저도 감회에 젖은 듯 가벼이 흔들리는 표정으로 화무린을 응시했다.

구중천주도 꽤 큰 키였지만 화무린은 그보다 반 뼘 정도 더 컸다.

화무린은 구중천주를 응시하고 있는 동안에 마음이 조금 더 진정되었다.

예전의 그였다면 어림도 없는 일이다.

그것이 그가 심첩촌에서 구성혈사의 내단을 복용하면서 한차례 변화를 겪었고, 두 번째는 설영의 공력을 자신의 것으로 융화시키면서 또 한차례 대변화를 꾀한 후에 달라진 모습이었다.

인간이 초극지경에 이르려면 몸뿐만이 아니라 정신도 선화(仙化)가 되어야 하는 것이다.

화무린을 주시하는 구중천주의 표정은 가볍게 흔들리고

있었지만, 정작 화무린은 아무렇지도 않았다.

그것은 그의 수양이 구중천주보다 깊다는 것을 의미했고, 기쁨은 기쁨 그 자체로 받아들이지만 미움과 아픔은 가슴속에서 다스릴 줄 아는 능력이 생겼기 때문이었다.

수양이란 높은 곳에 앉아서 고고하게 닦아야만 하는 것이 아니다. 화무린처럼 온갖 시련을 겪으면서 저절로 축적되는 수양심이야말로 더욱 깊이가 있는 것이다.

화무린은 두 손을 모아 포권을 하며 지나치지도, 그렇다고 모자라지도 않은 동작으로 약간 허리를 굽혔다.

"처음 뵙습니다. 화무린입니다."

지켜보고 있는 구중천주는 이제 화무린의 진실한 신분을 알려줄 때가 됐다고 생각했다.

"린아, 너는 천상성계……."

"아무 말씀도 하지 마십시오."

그러자 화무린이 구중천주의 말을 끊었다.

구중천주는 화무린을 담담히 바라보았다.

화무린의 표정은 잔잔한 호수의 수면처럼 고요했고, 눈빛은 천하를 품은 듯 넉넉했다.

'이 아이는 자신의 신분을 이미 알고 있다.'

그래서 구중천주는 그런 결론을 내릴 수밖에 없었다.

그리고 다섯 천제와 용장봉선도 그렇게 생각했다.

다만 철심협개와 무아 선사는 구중천주처럼 정중한 사람

이 어째서 초면에 화무린의 이름을 서슴없이 불렀는지, 그리고 화무린의 말이 무슨 뜻인지 이해하지 못했다.

주자운은 화무린의 가문이나 가족에 대해서 알고 있는 것이 전무했다.

그런데 느닷없이 그의 어머니라고 하며 몹시도 아름다운 여인이 출현하자 뛸 듯이 기뻤다. 그녀로서는 처음 보는 화무린의 가족이었다.

"어머니, 소녀 주자운이 인사드려요."

그녀는 봉선 앞에서 날아갈 듯이 큰절을 올리며 꾀꼬리의 지저귐처럼 영롱한 옥음을 흘려냈다.

과연 그녀의 등장은 시기적절했다. 화무린은 어색할 뻔했던 분위기에서 빠져나와 봉선을 향해 돌아섰다.

봉선은 주자운이 자신을 '어머니'라고 부르자 깜짝 놀랐지만 곧 화사한 미소를 지으며 주자운을 부축해서 일으켰다.

"어서 일어나요. 아가씨는 무린과 어떤 사이인가요?"

"어머니, 자운은……."

"소녀는 무랑의 아내가 될 사람이에요."

화무린이 대답하려는데 주자운이 한발 먼저 냉큼 말을 해 버렸다.

"너……."

화무린이 어이없다는 표정을 짓는데도 주자운은 아랑곳하지 않고 살갑게 봉선에 품으로 안겨들었다.

"소녀가 무랑과 혼인하면 소녀가 어머니를 잘 모실게요."

"오냐."

봉선은 환하게 웃으며 주자운을 가볍게 끌어안고 등을 토닥여 주었다.

조금 전까지만 해도 소군을 생각하던 그녀였지만, 아무려면 그녀보다는 화무린이 더 가깝지 않겠는가.

자고로 영웅은 호색이고, 삼처사첩을 두어도 흠이 아니라고 했으니, 그런 의미에서 마음속으로 주자운을 이미 며느리로 낙점하고 있는 봉선이었다.

화무린은 이번에도 적극적으로 나서서 해명하지 못했다.

주자운은 항상 절묘하게도 그가 반박할 수 없도록 만드는 뛰어난 재주가 있었다.

그러나 어쩌면 화무린은 자신도 모르는 사이에 주자운을 여자로 받아들이고 있으며, 그래서 그녀의 그런 행동이 딱히 싫지만은 않은 것이 아니었을까.

철심협개는 귀엽다는 듯이 주자운의 뺨을 어루만지고 등을 토닥거리면서 미소를 짓고 있는 봉선을 보며 난감한 표정을 지었다.

웬만하면 참아보려고 했는데 봉선이 더 무례를 범하기 전에 바로잡아야 한다는 생각이 들었다.

오래전부터 황궁과 개방은 밀접한 관계를 유지하고 있었다. 그래서 구중천에 가려고 결심한 주자운이 개방 방주인 철심협개를 찾아갔던 것도 그런 이유에서였다.

"봉선님."

철심협개가 앞으로 나서자 봉선은 반가운 표정을 지었다.

"방주, 선사, 무사하신 모습을 뵈니 반가워요."

철심협개와 무아 선사는 포권과 합장으로 인사를 대신했다. 이제 곧 화무린이 중대한 발표를 하게 될 텐데 시간을 끌면 안 될 것 같아서였다.

"봉선님, 이분께선 대명의 세라공주님이십니다."

철심협개는 주자운을 가리키며 자못 엄숙하게 소개를 했다.

그러자 분위기가 순식간에 얼어붙고 말았다. 봉선과 구중천주, 천제들과 용장은 놀라움과 경직된 표정으로 주자운을 주시했다.

그중에서도 봉선의 표정이 가장 안쓰러웠다. 그녀는 한 팔로 주자운의 등을 안고 다른 손으로 그녀의 뺨을 어루만지다가 굳어버린 것처럼 멈춘 자세였다.

봉선은 거의 닿을 듯 가까이에 있는 주자운의 얼굴을 보면서 울지도 웃지도 못하는 표정이었다.

그러나 주자운은 아무렇지도 않은 듯 생글생글 웃었다.

"괜찮아요, 어머니. 소녀는 공주이기 전에 한 사람으로서 무랑의 아내가 될 여자예요."

그렇지만 그런 말은 지금의 봉선에게는 아무런 도움이 되어주지 못했다.

확실히 주자운은 많이 변했다. 그녀는 지난 사 년여 동안에 앞으로 화무린을 만나면 자신이 그의 여자가 되기 위해서는 어떻게 해야 한다는 것을 무수히 연습했으며 그것이 요즘 제대로 진가를 발휘하고 있었다.

그때 구중천주가 먼저 적막을 깼다. 그는 주자운을 향해 가볍게 허리를 굽히며 정중히 입을 열었다.

"동방민(東方旻)이 공주를 뵈오."

다섯 천제와 용장봉선은 구중천주보다 더 깊숙이 허리를 굽혀 예를 표했다.

주자운은 황궁의 예법이 아닌 무림의 예로써 포권을 하며 마주 깊숙이 허리를 굽혔다.

"주자운이 천상성계의 여러 어르신들을 뵈어요."

양쪽 다 모자라지도 넘치지도 않는 예의를 갖추었다.

대륙의 황제는 천중인계 만백성의 황제를 뜻한다. 천상성계와 천외신계는 대명 황제의 통치를 받지 않는다. 그것은 오랜 세월 동안의 불문율 같은 것이었다.

천외신계는 대륙에서도 수만 리나 멀리 떨어진 북쪽에 나라를 지니고 있다.

광활한 몽고대사막 북쪽 서백리아(西伯利亞:시베리아)에 있는 바다처럼 거대한 호수 패가이호(貝加爾湖:바이칼호)를 중심으로 주위 오천여 리의 대영토를 지배하고 있다.

대명에 황제가 있다면, 천외신계에는 천녀황이 통치자다.

천상성계가 어디에 있는지는 아무도 모른다. 소문에 의하면 먼 동방에 있다고도 하고, 대륙 한복판 깊은 땅속의 지하세계, 혹은 남해의 절해고도에 있다고도 하는데, 말 그대로 뜬소문일 뿐이다.

중요한 것은 대륙의 지배자인 역대 황실은 지난 수천 년 동안 천상성계와 천외신계를 대륙의 황조와 동급인 각각의 나라로 인정해 왔다는 사실이다.

그러므로 엄밀히 말하자면 대명 황실과 천상성계 성제 일족은 수평적인 신분이라고 할 수 있다.

봉선은 여전히 놀라움을 감추지 못한 표정으로 화무린을 바라보았다.

화무린은 어색한 미소를 지으면서 어깨를 약간 으쓱해 보였다.

봉선은 어이없는 표정을 지었다가 어쩔 수 없다는 듯 슬쩍 화무린을 흘겨주었다.

'바람둥이 녀석.'

"그런데 산을 서둘러서 벗어나지 않고 우릴 이곳으로 부른 이유는 무엇인가요?"

그때 삼십대의 우아한 미모를 지니고 있는 현천제가 궁금하다는 듯 화무린에게 물었다.

화무린은 조용한 어조로 대답했다.

"한 가지 상의할 일이 있기 때문입니다."

"그것이 뭔가요?"

화무린은 천천히 주위를 둘러보다가 최종적으로 시선을 구중천주에게 주었다.

"제 생각부터 말씀드리겠습니다."

구중천주는 화무린에게 백부, 즉 큰아버지다. 그는 큰아버지로서 모자람이 없는 자상하고 온화한 미소를 지으면서 화무린의 다음 말을 기다렸다.

그러나 화무린은 아직 자신이 그의 조카라는 사실을 인정할 마음이 들지 않았다.

언젠가는 구중천주를 백부라고 부르게 될 날이 오겠지만, 지금은 아니었다. 그랬기에 그의 목소리는 다소 냉정하게 들리기까지 했다.

"저는 이곳에서 천외무적군과 싸우겠습니다."

그러자 정말 한밤중의 무덤 속 같은 무거운 고요함이 좌중을 지배했다.

모두의 얼굴에 커다란 놀라움이 떠올랐다.

구중천주도 마찬가지였다. 화무린을 쳐다보는 그의 얼굴에서 자상한 표정이 사라진 대신 놀라움이 떠올라 있었다.

어떻게 하면 십사만 천외무적군에게서 도주하느냐만 생각했었지, 맞붙어 싸울 생각은 그 누구도 한 적이 없었다.

이것은 대단한 역발상(逆發想)이었다.

구중천주와 천제들은 보통 사람들이 아니다. 그들은 단지 화무린처럼 역발상을 하지 못했을 뿐이지, 천외무적군과 맞서 싸울 경우에 이쪽이 이길 수 있는 가능성을 가늠하지 못할 정도는 아니었다.

이곳에서 도주한다고 끝나는 것이 아니고 전쟁은 다시 무림에서 시작될 것이다. 그러면 피해가 더 커질 수밖에 없다.

더 이상 모일 무림 군웅도 없다. 구중천주가 이끌던 무리와 안국현에 운집한 군웅, 즉 생사혈맹이 전력의 전부다. 더구나 이곳에 있는 사람들을 제외하면 나머지는 정예가 아니다.

수십 명이 겨우 투번고수 한 명을 상대할 수 있을 정도라서 헛되이 목숨만 버리게 된다. 그러니 그들을 싸움에 투입시키는 것은 바람직하지 못하다.

싸움과 전쟁의 목적은 승리에 있다.

승리를 하지 못할 경우의 차선책은 양패구상이다. 이쪽이 전멸을 당하더라도 적을 무력화시켜야만 한다.

천외무적군은 사라진 구중천주 일행을 찾느라 혈안이 돼 있을 것이다. 지금 산발적인 급습을 가한다면 허를 찌르게 될 것이다.

천제들과 용장봉선은 그런 생각을 하다가 마지막에 생각이 막혀 버렸다.

아무리 그렇더라도 몇천 명의 정예 고수로 천외무적군 십사만 명과 대적하는 일이다.

급습도 좋고, 목숨을 초개처럼 내던지는 것도 좋다. 하지만 그렇게 해서 십사만 천외무적군을 무력화시킬 수 있느냐는 것이 관건이 아니겠는가.

잠시의 침묵이 흐른 후 구중천주가 진중한 목소리로 입을 열었다.

"어떻게 싸울 생각이냐?"

무모함인지 철저한 계산이 깔려 있는 것인지의 시험이었다.

화무린은 그런 질문을 할 줄 예상했다는 듯 즉시 대답했다.

"이곳을 거점으로 삼을 것이고, 처음에는 산발적인 공격으로 천외무적군을 당황하게 만들 것입니다. 이후 경공이 뛰어난 고수들을 이용하여 천외무적군의 십방(十方) 외곽을 치고 빠지는 공격을 감행하여 유인, 놈들의 전체적인 대열을 흩어놓을 것입니다. 그다음 이곳에서 숨을 죽인 채 은둔해 있으면, 놈들은 오대산 전역에 걸쳐서 대대적인 수색을 벌일 것입니다. 그렇게 놈들을 최대한 흩어놓았다는 판단이 서면 그때부터는 사냥을 시작할 것입니다."

사냥.

다음 순간 모두들 머릿속으로 화무린이 말한 내용을 빠르게 분석하기 시작했다.

"만약 우리가 동조하지 않는다면?"

영락없는 관운장의 외모를 하고 있는 변천제가 날카롭게 추궁하듯 물었다.

역시 화무린의 대답은 막힘이 없었다.

"그것은 변수가 될 수 없습니다. 이 계획은 처음부터 구중천을 염두에 두지 않은 채 세운 것입니다. 그러나 만약 구중천이 가세한다면 큰 도움이 되겠지요."

천제들과 봉선은 적잖이 놀랐다. 그들이 이곳에서 목격한 사람들은 개방 고수들과 소림 고수들을 비롯한 백육칠십 명에 불과했다.

그들만으로 십사만 천외무적군을 상대한다는 것은 만용이고 무지함이었다.

그러나 그런 계획을 세운 사람이 화무린이므로 아무도 그렇게 생각하지 않았다.

"이곳의 세력은 어느 정도인가?"

평소에는 위엄이 넘치는 모습의 창천제지만 지금 이 상황에서는 얼굴에 긴장감이 감돌았다.

그는 화무린이 백육칠십 명만으로 일을 벌이지는 않을 것이라고 여겼다.

그러나 정말 백육칠십 명뿐이라면 가당치도 않은 일이다. 그때는 동조가 아니라 강제로라도 이 일을 뜯어말려야만 할 것이다.

"조 대주."

화무린이 조용히 부르자 뒤에 있던 조영이 그의 옆으로 다가와서 가볍게 고개를 숙였다.

"하명하시오."

조영은 원래 마련 총련주 천마성종 담혁무 한 사람 외에는 고개를 숙이지 않는 인물이다.

그러나 그는 짧은 시간이었지만 화무린에게 진심으로 감복하여 자신도 모르는 사이에 고개를 숙이고 있었다. 화무린이 마련 사람인 조영을 자신의 측근들과 똑같이 대우해 주고 있다는 사실도 한몫했다.

"당신이 누구인지, 이곳에 왜 왔는지 말해주시오."

조영은 구중천주를 똑바로 주시하면서 가슴을 활짝 펴고 당당하게 입을 열었다.

"나는 마련 마룡전대주 조영이오. 총련주의 명으로 은오검객의 휘하에서 천외무적군과 싸우기 위해서 왔소."

구중천주 일행은 적잖이 놀랐다. 그동안 꿈쩍도 하지 않던 마련이 아닌가.

더구나 구중천주는 천하에 모습을 드러내기 전에 현천제에게 자신의 친서를 써주어 총련주를 만나 설득하려다가 일언지하에 거절당한 적이 있었다.

그랬었는데, 그런 마련이 화무린에게 마련 최고 정예인 마룡전대를 보냈다는 것이니 어찌 놀라운 일이 아니겠는가.

마룡전대가 왔다는 것은, 머지않아서 마련의 본진이 대거 합류한다는 말이었다.

이어서 주자운이 뒤쪽에 도열해 있는 명황오위와 동서오쾌 열 명을 가리키면서 화사한 미소를 지었다.

"저들은 황궁 최고수인 명황오위와 동창, 서창의 최고수 동서오쾌예요. 아바마마께서 무량 휘하로 보낸 일천 황궁 고수의 지휘자들이에요."

구중천주 일행은 방금 전 마룡전대를 소개받았을 때보다 더욱 놀랐다.

일천 황궁 고수도 놀랍지만, 화무린 뒤에 대륙의 하늘 황제가 버티고 있다는 사실이 더 놀라웠다.

역대 그 어떤 나라보다 강대한 제국을 건설한 대명은 무려 백이십만 명의 무적강군을 보유하고 있다.

구중천주와 천제들, 용장봉선은 조금 전과는 다른 표정으로 화무린을 주시했다.

그들은 얼굴에 떠오른 놀라움과 감탄을 굳이 감추려고 하지 않았다.

그들은 자신들의 앞에 서 있는 화무린이 여태 생각하고 있던 것보다 더 거대한 인물이라는 사실을 깨달았다.

그리고 앞으로 점점 더 거대해질 것이라는 사실도 예견할 수 있었다.

우르릉! 쿵! 쿵!

그때 봉우리 전체가 은은하게 진동하면서 묵직한 굉음이 터져 나왔다.

봉선이 의아한 표정을 짓자 화무린이 부드럽게 미소를 지으면서 설명해 주었다.

"놀라지 마십시오, 어머니. 동굴 입구를 무너뜨려서 봉쇄한 것입니다."

"그럼 출입은 어디로 하지?"

"동굴을 계속 따라가면 이곳에서 십여 리 거리에 있는 달여하(獺麗河)라는 계류가 나오는데 그곳에 따로 출구가 있습니다. 그곳 입구도 잘 은폐되어 있으니 발각될 염려는 없을 것입니다."

"아! 그렇다면 이곳이 발각될 염려는 없겠구나!"

봉선은 나직한 탄성을 터뜨렸다.

그녀뿐만 아니라 모두들 이곳이 쉽사리 발각될지도 모른다는 염려를 하고 있었는데, 이제 걱정 하나가 덜어진 것이다.

봉선을 대하는 화무린의 얼굴에는 봄바람처럼 훈훈한 미소가 떠올라 있었다.

하지만 그가 다시 구중천주를 쳐다볼 때는 얼굴이 딱딱하게 굳었다.

"이제 천주의 의견을 말씀해 보십시오."

구중천주는 잠시 생각하다가 조용히 대답했다.

"두 가지 조건을 들어주면 너와 함께 싸우겠다."

찬밥 더운밥 가릴 처지가 아닐 텐데도 그는 상관없이 자신의 의견을 밝혔다.

"말씀해 보십시오."

화무린은 지금이 섣부른 오기만 부릴 때가 아니라는 사실을 잘 알고 있었다.

마련 총련주가 본진을 이끌고 온다는 약속도 없었고, 대명의 백이십만 강군이 원군을 온다는 보장도 없었다. 둘 다 독장사의 셈이고 그림의 떡일 수도[甕算畵餠] 있는 것이다. 그러니 아예 원군 따윈 없다고 미리 포기하고 있는 편이 속이 편할 터이다.

설혹 그들이 도우러 온다고 해도 지금 이 자리에 있는 것이 아니다. 멀리 있는 강물로는 가까운 곳의 불을 끄지 못하는 법이 아닌가.

"네가 총지휘를 맡아라."

구중천주의 입에서 흘러나온 첫 번째 조건은 놀라운 내용이었다.

모두들 적이 놀라서 구중천주를 주시했다.

구중천주이며 천상성계의 성왕이 일개 청년인 화무린에게 전권을 맡아달라고 말했다. 실로 예상하지 못했던 말이고, 놀라운 일이 아닐 수 없었다.

중인의 시선이 화무린에게 옮겨졌다. 그가 어떻게 대답을 할지 잔뜩 기대하는 표정이었다.

"그러겠습니다. 두 번째 조건은 무엇입니까?"

중인의 예상을 깨고 화무린은 선선히 수락했다. 그렇지만 그런 모습이 조금도 오만하게 보이지 않고 오히려 당연한 듯이 여겨진 이유가 무엇인지 중인은 알지 못했다.

구중천주의 표정이 약간 부드러워졌다. 아니, 부드러움 속에 약간의 쓸쓸함이 깃들어 있었다.

"기회가 닿으면 할아버지를 한번 만나지 않겠느냐?"

그 말은 조건이라기보다는 부탁에 가까웠다. 그는 화무린이 자신의 신분을 알고 있다고 확신했다.

순간 화무린의 어깨가 가볍게 떨렸다. 이어서 그의 얼굴이 보기 싫게 일그러지기 시작했다.

그리고 싸늘한 대답.

"내겐 할아버지가 없습니다."

구중천주와 천제들, 봉선의 얼굴빛이 흐려졌다. 그들은 왜 화무린이 구중천주에게, 아니, 천상성계에 적의를 품고 있는지 이유를 알 수 없었다.

"그러나 그것이 조건이라면 그렇게 하겠습니다."

조손간으로서가 아니라 타인으로 천상성계 성제를 만나겠다는 뜻이다.

구중천주의 두 가지 조건은 조건이라기보다는 부탁에 가까워서 들어주지 못할 것이 없었다.

구중천주는 고개를 끄덕였다.

"이제 어떻게 할 것이냐?"

第九十五章

차선책(次善策)

구중천
九重天

쏴아아—

한 대의 화려한 교여(轎輿:가마)가 빠른 속도로 숲 위를 훌훌 날고 있다.

교여는 둥그스름한 지붕 한복판에 뾰족하고 긴 침이 박혔으며, 사방이 현란한 오색의 채장(綵帳)으로 가려져 있어서 안이 보이지 않았다.

지붕의 침과 네 개의 기둥 윗부분에 묶인 붉은색의 장류(長旒:긴 깃발)가, 그 아래에는 휘늘어진 오색의 채승(彩繩)이 바람에 나부꼈다.

교여의 앞뒤에는 각각 두 명씩 네 명의 교부(轎夫:가마꾼)가

굵직한 받침대를 어깨에 멘 채 까마득한 허공을 맨땅인 양 내달리고 있었다.

그들 네 명은 사오십대의 나이에 어깨에 각기 다른 무기를 멨으며 하나같이 건장한 체구였다.

그들은 발끝으로 나무 꼭대기를 살짝살짝 밟으면서 극상의 경공을 전개하는데, 교여는 조금도 흔들리지 않을뿐더러 숲 위에 부는 바람보다도 더 빨랐다.

그때 교여가 비스듬히 아래쪽으로 방향을 꺾고 숲 속으로 쏘아 내리더니 숲 바닥에 사뿐히 내려앉았다.

그곳은 꽤 넓은 공터였는데 이십삼 명의 고수들이 한쪽 방향을 향해서 질서정연하게 대오를 맞추어 서 있었다.

교여가 내려선 곳은 그들의 앞이었다.

고수들의 가장 앞쪽에 서 있는 한 사람은 무쌍신 중 혼자 남은 혈도신이었다.

그 뒤에는 육천군 중에서 살아남은 대천군과 잔혼군이, 그리고 그 뒤에는 십이령후의 다섯 명, 이십사존의 열네 명의 순서로 서 있었으며, 그 뒤 약간의 거리를 두고 용비가 혼자 뚝 떨어져서 서 있었다.

용비의 초췌한 모습은 지금 그가 만면에 떠올리고 있는 극도로 초조한 표정에 비하면 아무것도 아니었다.

그는 감히 교여 쪽을 쳐다보지도 못하고 어깨를 잔뜩 움츠린 채 고개를 푹 숙이고 있었다.

그때 앞쪽에서 혈도신을 비롯한 모두가 교여를 향해 무릎을 꿇고 깊숙이 부복하자 용비는 움찔 놀라서 황급히 무릎을 꿇으며 머리를 조아렸다.

"막리극(寞璃克)."

그때 교여 안에서 나직한 여자의 목소리가 흘러나왔다.

막리극은 혈도신의 이름이다. 그러나 지난 칠십여 년 동안 불려본 적이 없는 이름이기도 했다.

혈도신은 움찔 몸을 떨며 얼굴을 땅바닥에 납작하게 밀착시켰다.

"하명하소서, 여황 폐하."

그리고 그 이름은 오직 천녀황만 부를 수 있었다. 혈도신은 천외신계의 제이인자이므로.

"내 너에게 구중천주와 그 무리를 토벌하라고 전권을 주었거늘, 어찌 되었느냐?"

천녀황은 묘봉산대혈전 이후 은밀한 장소에서 머물다가 이제야 나타났다. 그리고 그런 사실은 이곳에 있는 열여덟 명만이 알고 있었다.

"여황 폐하… 소인은……."

천녀황의 물음에 혈도신은 자꾸만 더 납작해졌다. 할 수만 있다면 땅속으로라도 파고들고 싶었다.

실패 때문에 받게 벌이 두려워서가 아니라 부끄럽고 비참했기 때문이다.

천녀황이 베풀어준 두터운 신뢰에 대해서 그가 이룬 결과는 너무도 참담했다.

천녀황은 침묵으로 혈도신이 말을 계속하도록 종용했다.

그 침묵은 혈도신에게 또 다른 고문이었다. 실패를 자신의 입으로 늘어놓아야만 하는.

"구중천주가 사라졌습니다."

천녀황은 인내심이 많은 사람이다. 혈도신이 보고를 완전히 끝낼 때까지는 입을 열지 않을 것이다.

"사흘 전까지만 해도 구중천주는 막바지에 몰려 있었습니다. 서쪽은 황하가, 남쪽과 동남쪽은 분하가 그들을 가로막고 있었고, 북동과 동쪽에서는 소인이 이끄는 천외무적군이 압박하며 추격하고 있었습니다."

용비는 숨을 쉬기 곤란할 정도로 얼굴을 땅바닥에 밀착시킨 채 사부 혈도신의 보고를 듣고 있었다.

그는 사부 다음에는 자신의 차례라는 것을 잘 알고 있었다. 매도 먼저 맞는 것이 낫다고 하지 않는가. 그래서 그는 더욱 속이 바짝바짝 타 들어갔다.

"구중천주에게 구중천의 잔존 세력들과 천중인계의 군웅들이 계속 모여들고 있었기 때문에…… 소인은 되도록 한 명이라도 더 죽이기 위해서 계속 기다렸습니다."

만약 그런 욕심을 부리지 않았더라면 지금쯤 구중천주 일행은 전멸을 당했을 것이고, 혈도신은 전전긍긍하는 대신 천녀황의 칭찬을 들었을 것이다.

그러나 때는 늦었다. 만시지탄해 봐야 이미 돌이킬 수 없는 일이 돼버렸다.

교여에서는 아무 소리도 들리지 않았다. 혈도신은 천녀황의 숨소리조차 들을 수 없었다.

그저 교여에 묶인 다섯 개의 깃발이 미풍에 펄럭이는 소리만이 가끔 들릴 뿐이었다.

진땀이 그의 뺨을 타고 주르르 흘러내렸다.

"소인은 일부러 북쪽을 열어놓았습니다. 놈들이 서쪽과 남쪽의 강을 피해 풀 한 포기 자라지 않는 북쪽 산악 지대로 도주할 수도 있다는 생각에서였습니다."

혈도신은 자신이 이제부터 해야 할 말 때문에 초조하기 이를 데 없었다.

"구중천주를 중심으로 모여든 자들은 이만 오천에 육박했습니다. 소인은 그들이 북쪽으로 도주하지 않을 경우 황하 근방에서 총공격을 가할 생각이었습니다. 그런데……."

입 안이 바짝 메말랐고 모래가 잔뜩 끼어 있는 듯해서 말을 잇기가 어려웠다.

"갑자기… 한순간에 놈들이 사라져 버렸습니다. 감쪽같이……."

혈도신은 사흘 전 그 당시의 상황이 생각나서 피가 거꾸로 흐르는 듯한 기분이 들었다.

"놈들은 저희가 보낸 척후 이백 명을 모조리 제거한 후에 사라졌습니다. 그래서 저희는 반나절이 넘도록 놈들이 사라진 사실도 모른 채 계속 전진했습니다."

그는 예전에 천녀황에게 이런 식의 참담한 보고를 한 적이 한 번도 없었다.

지금 이런 보고를 해야만 하는 혈도신의 심정은 천녀황이 벌을 내리기 전에 스스로 가슴을 쪼개고 목을 잘라 죽어버리고 싶었다.

"나중에 밝혀진 사실이지만… 구중천주는 쓸모없는 쭉정이들 거의 대부분을 북쪽으로 도주하게 하여 이목을 속이는 한편, 그사이에 자신은 최정예 고수들을 이끌고 포위망을 정면으로 뚫고 탈출했습니다."

교여의 침묵은 계속되고 있었다. 천녀황은 더 궁금한 것이 있는 듯했다.

그래도 그녀는 입을 열어 묻지 않는다. 대부분의 경우, 닦달하는 것보다는 침묵이 상대의 진실을 이끌어내는 데에 더 탁월한 효력을 발휘하는데, 지금이 그랬다.

"소인은 북쪽으로 도주한 쭉정이들을 내버려 두고 구중천주가 이끄는 무리들이 남긴 흔적을 추적하면서 현재 이곳까지 이르렀습니다."

혈도신은 서둘러 보고를 끝냈다. 더 이상 할 말도, 변명의 여지도 없었다. 처분만이 남아 있을 뿐이었다.

괴괴한 적막이 공터를 지배했다. 혈도신은 이 적막이 보고를 하고 있을 때보다 더 견딜 수 없는 고통이라는 사실을 비로소 깨달았다.

천녀황이 꾸짖음이든 벌이든 속히 내려주기를 빌었다.

"막리극."

그때 교여에서 오랜만에 천녀황의 낮은 목소리가 흘러나왔다.

목소리만으로 감지하자면 천녀황은 조금도 노하지 않은 것 같았다.

"말씀하십시오."

"구중천주를 놓친 곳에서 이곳까지의 거리가 얼마냐?"

"이백여 리입니다."

"놈들을 놓치고 흔적을 쫓아서 사흘 동안에 겨우 이백여 리를 왔다는 것이로군?"

"그렇습니다."

하문에 침묵하는 것은 최대의 불경 중 하나다. 혈도신은 제 뼈를 깎아내는 고통으로 간신히 대답을 했다.

"너는 지금쯤 그놈들이 어디쯤 있을 것이라는 사실을 짐작하고 있겠지?"

혈도신은 정곡을 찔렀다.

"구중천주를 비롯한 정예 고수의 수를 오륙천 명으로 추산하고 있으며… 사흘 정도면 우리의 추적권에서 완전히 벗어날 수 있을 것으로 사료됩니다."

그렇게 생각하고 있으면서도 혈도신은 아직 이 산중에서 수색을 한답시고 얼쩡거리고 있었다.

그 외에는 달리 어쩔 방법이 없었기 때문이다. 그러면서 구중천주 일행이 혹여 중대한 실수라도 저질러서 자신들의 촉수에 걸려주기를 은근히 기대했다.

하지만 그럴 가능성은 백분의 일도 되지 않는다는 것을 그 자신도 잘 알고 있었다.

"놈들은 더 이상 이곳에 없다."

혈도신 대신 천녀황이 결론을 내려주었다.

그 순간 혈도신은 자신이 아직도 구중천주 일행에 대한 미련을 버리지 못한 채 이곳에서 얼쩡거리고 있는 진짜 이유에 대해서 말할 것인지 말 것인지를 찰나지간 갈등하다가 결국 그만두기로 결정했다.

원래 싸움에서 진 장수는 그 무엇에 대해서도 할 말이 없는 법[敗軍之將不可以言勇]이다.

사실 그는 또 다른 변수를 염두에 두고 있었다.

천외무적군의 마지막 투번인 제이십육투번 비찰신번은 은오검객과 창천제, 호천제, 봉선 등이 구중천 고수들과 무림군웅을 이끌고 안국현을 출발하여 구중천주가 있는 오대산으로 출발했다고 보고했었다.

그런데 구중천주를 감시하던 척후의 보고에 의하면 창천

제와 호천제, 봉선 등이 차례로 구중천주와 합류하는 것이 목격됐는데 은오검객만은 아직 당도하지 않았다는 것이다.

혈도신은 은오검객이 무언가 꿍꿍이수작을 부리고 있을지도 모르며, 구중천주의 탈출과 전혀 무관하지 않을 것이라는 추측을 하기에 이르렀다.

그것은 다분히 가능성이 있는 일이었다. 그래서 구중천주 일행의 흔적을 열심히 추적하고 있는 중이었다.

하지만 천녀황은 방금 구중천주 일행은 더 이상 이곳에 없다고 결론을 내렸다.

평소 같았으면 혈도신은 용기를 내어 자신의 의견을 밝혔겠지만, 지금은 그럴 상황이 아니었다.

"그리고 이만여 명의 쪽정이들을 북쪽으로 보내 천외무적군을 유인하고 그사이에 구중천주와 정예 고수들이 탈출했다고 말했는데, 천상성계, 특히 성제 일족은 병적일 정도로 정의롭기 때문에 그런 얕은 수작을 부리지 않는다."

혈도신도 천성족들이 얼마나 정의로운지 잘 알고 있었지만, 그때는 궁지에 몰린 상황이라서 별별 생각들을 다 하다가 그런 결론을 내렸던 것이다.

"혈옥녀는 어디에 있느냐?"

천녀황이 물었다.

"사라지셨습니다."

구중천주도 사라졌고 혈옥녀도 사라졌다.

"설명해 봐라."

"소인은 본군 십사만을 각 일만씩 열네 개 대로 나누었으며, 그중 하나를 혈옥녀님께 지휘를 맡겼습니다. 그런데… 사라지셨습니다."

더 이상 설명할 것이 없었다. 아는 것이 없기 때문이다.

"그 아이 곁에 벽력군을 두었느냐?"

"그렇습니다. 풍사군과 이십사존 중에 육존도 함께 보냈습니다."

천녀황은 자신이 부재중일 때는 벽력군이 혈옥녀를 제재할 수 있도록 그에게 자신의 신물인 여황신령을 주었으며, 혈옥녀에게는 여황신령에 복종하도록 금제를 걸어두었었다.

"벽력군은 어디에 있느냐?"

"사라졌습니다. 풍사군과 육존도, 그리고 일만 명도……."

잠시 교여 안에선 아무런 말도 흘러나오지 않았다. 이번만큼은 천녀황도 충격을 받은 것 같았다.

벽력군이 배신을 할 리는 없다. 천외신계 사람들은 아예 배신이라는 말조차 모른다. 그렇다면 그 상황을 이해할 수 있는 가능성은 한 가지뿐이었다.

혈옥녀가 인성을 되찾았을 경우가 그것이었다.

침묵이 길어졌다.

천녀황은 은둔하고 있던 장소에서 천외무적군의 행보를 포함한 천하의 정세에 대해서 비찰신번 번주로부터 낱낱이 보고를 받고 있었다.

다만 이곳으로 오는 동안에 보고를 받지 못했고, 용비에 대해서도 알지 못했다.

그녀는 묘봉산대혈전에서 대승을 거두었기 때문에 도주하는 잔존 세력 정도는 혈도신이 잘 처리할 것이라고 낙관하고 있었다.

그것이 실수였다. 그녀가 직접 진두지휘를 했으면 이런 일은 벌어지지 않았을 것이다.

하지만 그녀는 피치 못할 사정 때문에 한동안 떠나 있을 수밖에 없었다.

"대천군은 들어라. 잔혼군과 함께 혈옥녀, 그년을 반드시 찾아내라. 비찰신번을 최대한 이용한다면 그리 어렵지 않을 것이다."

한참 만에야 교여 안에서 명령이 흘러나왔다.

육천군의 우두머리인 대천군과 여섯째 잔혼군은 더욱 납작하게 바닥에 몸을 붙이면서 공손히 입을 열었다.

"존명!"

"막리극. 구파일방을 비롯한 사십 개 방, 문파를 접수, 천외무적군을 분산 배치시켜라."

천녀황의 명령은 일사불란했다.

방금 내린 명령은 묘봉산대혈전에서, 그리고 이곳 오대산과 여량산에서 구중천과 천중인계를 전멸시키지 못할 경우를 대비해서 계획해 놓은 차선책이었다.

천중인계, 즉 무림을 대표하는 대륙 각 지역의 총 사십 개 방, 문파를 접수하여 그곳에 천외무적군을 주둔시켜 실질적으로 천중인계를 지배하자는 것이다.

이른바 실력행사인 것이다.

그 계획에 대해서는 혈도신도 잘 알고 있었다.

천녀황은 이곳에서의 실패에 대해서 혈도신을 꾸짖지도 벌을 내리지도 않았다. 아니, 오히려 그를 다시 한 번 믿고 다음 계획을 맡겨주었다.

그것이 혈도신의 가슴을 더욱 쥐어짰다. 차라리 호통이라도 들었으면 죄스러움이 조금이라도 덜할 터이다.

"용비."

마침내 교여 안에서 용비를 부르는 소리가 흘러나왔다.

용비는 소스라치게 놀라서 부복한 자세에서 자신도 모르게 몸이 한 자나 펄쩍 뛰어올랐다가 엎드려졌다.

"네, 넷!"

"이리 오너라."

용비는 감히 일어서지 못하고 엉금엉금 기어서 교여를 향해 다가갔다.

천녀황은 묘봉산대혈전 전에 은오검객이 무쌍신의 흑멸신과 육천군의 셋째 적혈군, 십이령후의 구령후를 죽이고 유유히 사라졌다는 보고를 들은 적이 있었다.

그 이후에는 자하악전에서 은오검객이 또다시 신위를 발휘하여 운월군과 십령후, 십일령후를 차례로 죽이고 천팔백여 명의 천외무적군을 모조리 도륙했다는 보고를 은둔해 있던 장소에서 듣게 되었다.

비찰신번 번주가 가지고 오는 보고의 절반 이상이 은오검객에 대한 것들이었다.

원래 천녀황은 천중인계를 침공하기 전에 천상성계와 구중천에 대해서는 만반의 준비를 갖추었지만, 천중인계는 눈곱만큼도 염두에 두지 않았었다.

그런데 천중인계에 은오검객이라는 자가 혜성처럼 나타나더니 파죽지세로 천외신계의 거물들을 죽이고, 수만 명의 무림 군웅이 그를 구심점으로 하여 운집하고 있는 것이다.

그래서 그녀는 용비에게 서열 육위 사십팔월사를 비롯하여 십위까지의 고수 백 명을 주어 눈엣가시 같은 은오검객의 목을 가져오라고 명령을 내렸었다.

그랬는데 용비는 지금 수하들을 모두 잃은 채 혼자 땅바닥을 엉금엉금 기어서 교여로 다가오고 있는 것이다.

혈도신은 자신의 옆을 기어서 지나고 있는 제자 용비를 일그러진 표정으로 쳐다보았다.

그때 마침 용비도 혈도신을 쳐다보았다.

사부와 제자의 시선이 잠깐 동안 마주쳤다가 거의 동시에 서로를 외면했다.

사제지간이 이처럼 서로 비슷한 상황에서 얼굴을 맞대는 것만큼 비참한 경우도 흔치 않을 것이다.

"용비, 너는 가마 안을 온통 흙투성이로 만들 작정이냐?"

교여 안에서 흘러나온 천녀황의 예기치 못한 말에 용비는 뚝 동작을 멈추고 어리둥절한 얼굴로 교여를 쳐다보았다.

"……?"

"안으로 들어오너라. 너는 나하고 갈 곳이 있다."

호된 꾸지람이나 중벌, 최악의 상황에는 목숨을 바칠 각오까지 하고 있던 용비는 엉거주춤 일어서긴 했지만 천녀황의 말을 이해하지 못하고 있었다.

펄럭~

그때 아무도 손대지 않았는데 사람들 쪽을 향하고 있는 교여의 오색 채장이 가볍게 위로 들어 올려졌다.

용비는 마침 교여를 쳐다보고 있던 중이라서 엉겁결에 채장 안을 보게 되었다.

교여 안은 예상외로 단출했다. 황금색 수석금병(繡席金屛)과 황금으로 만든 작은 다탁(茶卓)이 놓여 있는 것이 전부였으며, 천녀황은 금병을 등지고 금색 수석 위에 단정하게 책상다리의 자세로 앉아 있었다.

쪼르르…….

천녀황은 다탁에 놓여 있는 차관(茶罐:차를 끓이는 다기)을 들어 우아한 동작으로 옥 찻잔에 부었다. 금방 끓여낸 것처럼 뜨거운 김이 피어올랐다.

그녀는 용비에게는 시선조차 주지 않은 채 찻잔을 들어 붉은 입술로 가져가 음미하듯 눈을 반개하고 마셨다.

용비는 교여 안을 본 것이 대죄라도 되는 양 뒤늦게 황망히 고개를 숙이고 이끌리듯이 비척비척 교여로 다가갔다.

"……?"

다음 순간 그는 발밑이 이상하다는 느낌을 받고 급히 내려다보다가 움찔 놀랐다.

두 발이 허공을 걷고 있었다. 크게 당황해서 고개를 번쩍 들었을 때, 그는 이미 교여 안 천녀황의 뒤에 사뿐하게 내려지고 있는 중이었다. 천녀황이 무형지기로 그를 교여 안으로 끌어들인 것이다.

용비는 어정쩡하게 서서 바로 앞에 앉아 있는 천녀황의 구름처럼 부푼 듯한 만수운환(漫垂雲鬟)의 머리와 늘씬한 뒷모습을 굽어보았다.

스륵─

그때 걷혀졌던 채장이 닫히는가 싶더니 교여가 둥실 허공으로 떠올랐다.

"앗!"

그 바람에 용비는 상체가 뒤로 확 젖혀지면서 크게 비틀거리다가 아무것이나 붙잡는다는 것이 천녀황의 어깨를 두 손으로 움켜잡고 말았다.

용비는 그야말로 혼비백산하고 말았다. 대죄를 지은 것으로도 모자라서 이제 천녀황의 어깨를 움켜잡았으니 목숨이 열 개라도 부족할 터이다.

그런 경황 중에도 천녀황의 가녀린 어깨의 감촉이 용비의 두 손을 타고 빠르게 전해졌다.

그러나 용비는 천녀황의 어깨를 놓을 수가 없었다. 놓으면 뒤쪽 채장을 찢고 교여 밖으로 튕겨 나갈 판국이었다. 공력을 일으켜서 어떻게 해보기에는 늦었다.

그때 갑자기 천녀황이 한줄기 무형지기를 뿜어내 용비의 몸을 감싸더니 살며시 바닥에 앉혀주었다.

그런데도 용비는 너무 놀란 나머지 아직도 천녀황의 어깨에서 두 손을 떼지 못하고 있었다.

"언제까지 내 어깨를 잡고 있을 셈이냐?"

"아앗! 주, 죽여주십시오, 여황 폐하!"

천녀황이 거의 수직에 가깝게 급상승하고 있는 교여에 단정하게 앉은 자세로 추호도 흔들림없이 차를 마시며 조용히 말하자 용비는 심장이 목구멍 밖으로 튀어나올 만큼 놀라고 말았다.

교여가 숲 위로 솟아올라 수평으로 방향을 잡고 한쪽 방향으로 쏘아가고 있을 때, 부복해 있던 사람들 중에서 다섯 명이 동시에 신형을 날려 교여를 뒤쫓았다.

십이령후 중에 남아 있는 아홉 명 구령후였다.

교여가 완전히 시야에서 사라지고 나서야 혈도신은 천천히 몸을 일으켰다.

그는 교여가 사라진 방향을 한동안 응시하면서 표정이 여러 차례 복잡하게 변하다가 몸을 돌려 아직도 부복해 있는 열네 명, 즉 십사존을 굽어보았다.

얼마나 긴장하고 당황했는지 혈도신의 온몸은 땀으로 축축하게 젖어 있었다.

그리고 그의 가슴에서 죄스러움과 긴장이 스르르 물러나는 대신 가슴 밑바닥에 웅크리고 있던 분노가 걷잡을 수 없이 피어올랐다.

이대로 물러설 수는 없었다. 천녀황은 그에게 구파일방을 비롯한 사십 개 방, 문파를 접수하여 십사만 천외무적군을 상주시키라고 명령했지만, 그런 손쉬운 일은 꼭 그가 직접 하지 않아도 될 것이다.

"너희 열네 명은 십사만 천외무적군을 일만씩 맡아서 지금부터 내가 불러주는 방, 문파로 가라."

한 번 치솟아오른 분노는 마침내 활화산처럼 들끓기 시작해서 혈도신의 가슴을 들먹거리게 만들었다.

"각 대에서 칠위 격뢰발(擊雷拔)부터 십위 번혼까지 네 개위의 최고수를 이백 명씩 선발하여 내게 보내라."

도합 이천팔백 명을 이끌고 혈도신 자신이 직접 구중천주와 은오검객을 찾아 나설 생각이었다.

그들 이천팔백 명은 천외무적군 최정예 고수들이다. 상대가 누가 됐든 모조리 전멸시킬 능력을 지니고 있었다.

"즉시 명령을 이행하라!"

명령하는 혈도신의 목소리가 분노로 치를 떨었다. 그는 터져 나오려는 분노를 굳이 감추려고 들지 않았다.

분노는 또 하나의 무기다. 어떤 인간들에게 분노는 생존의 이유가 되기도 한다.

지금의 혈도신이 그랬다.

혈도신이 일사불란하게 이천팔백 명의 천외무적군 최정예 고수들을 모으고 있는 곳에서 그리 멀리 떨어지지 않은 은밀한 곳에 한 쌍의 눈동자가 여태까지 벌어진 모든 광경을 지켜보고 있었다.

그는 귀신, 혹은 유령이라는 별호로 불렸던 전대의 괴인 은와사의 은와백괴를 연마한 인물이었다.

또한 그는 마련의 정보 수집 조직인 탐망로에서 엄선되어 마룡전대에 배치된 이십 명, 즉 탐찰소대(探察小隊)의 소대주로서 마룡전대의 눈과 귀 역할을 담당하고 있었다.

마련 총련주 천마성종은 탐망로 휘하 마고수들에게 은와사의 은와백괴를 가르쳤다. 은와백괴는 구중천만의 전유물이 아니었다.

천마성종은 오래전 우연한 기회에 은와백괴를 손에 넣어

터득함으로써 그 기술들을 밑바탕으로 오늘날의 마련을 이룩할 수 있었던 것이다.

마련의 정탐 전담 조직인 탐망로 오백여 명 중에서도 가장 완벽하게 은와백괴를 터득한 이십 명이 엄선되어 마룡전대 휘하의 탐찰소대를 이루었다.

탐찰소대주는 은둔한 장소에 있는 주위의 사물과 완벽하게 일치, 조화를 이룬 상태에서 호흡은 물론 심장 박동까지 정지시킨 채 삼십여 장 거리에 있는 혈도신 일행에게서 눈을 떼지 않고 있었다.

그러다가 천녀황이 나타나자 이번에는 체내 혈류(血流)와 기의 흐름, 오장육부의 움직임마저 정지시켜 완벽한 무(無)의 상태를 만들었었다.

천녀황에게 감지당하지 않으려면 그 정도가 돼야만 했다.

탐찰소대주는 천외무적군을 수색, 감시하러 출발하기 전에 천녀황과 싸워본 적이 있는 구중천 천제들로부터 그녀가 어떤 존재인지 충분히 교육을 받았었다.

이윽고 혈도신이 십사만 천외무적군에서 선발한 이천팔백 명의 최정예 고수들을 이끌고 그 자리를 떠났다.

그 후 십사존이 자신들이 맡은 열네 개 대를 향해 뿔뿔이 흩어지고 나자 공터에는 을씨년스러운 바람 소리뿐 괴괴한 적막이 감돌았다.

그로부터 십여 차례 호흡할 정도의 시간이 흘렀을 때 공터에서 삼십여 장 거리에 있는 한 그루 고목을 중심으로 열다섯 개의 흐릿한 그림자들이 나타나 원을 형성하더니 어느새 열다섯 명의 사람으로 변했다.

하늘에서 떨어졌는지 땅에서 솟았는지 알 수 없는 신묘한 출현이었다.

그들은 한결같이 겨울 숲과 비슷한 회의 경장을 입었으며, 머리를 완전히 감싸고 얼굴만 내놓은 특이한 두건을 썼고, 무기는 지니고 있지 않았다.

그들의 임무가 잠행과 감시 같은 것이기 때문에 무기를 휴대하면 발각될 위험이 있기에 짧은 소검과 소도 두 자루를 품속에 품고 있을 뿐이었다.

스으.

그때 고목의 낡은 껍데기가 저절로 벗겨지는 듯하더니 어느새 고목 옆에 한 사람이 유령처럼 나타났다.

회의장삼을 입었으나 두건은 쓰지 않고 치렁치렁한 흑발을 허리까지 기른 사십여 세의 인물이었다.

움푹 꺼진 두 눈과 빠른 하관, 수염이 없는 푸르스름한 안색을 지녔다.

그가 바로 마룡전대 탐찰소대 소대주인 적요(寂寥)였다.

고목을 중심으로 원형을 이루고 있는 열다섯 명의 회의 경장인들은 탐찰소대의 마고수들로서, 오백여 장 밖에서 은둔하면서 대기하고 있다가 소대주 적요의 부름을 받고 즉시 달려온 것이다.

문득 적요가 한쪽 방향을 가리키자 열다섯 명 중에서 한 명이 그 방향으로 쏘아갔다.

도약하기 위해서 무릎을 구부리거나 어깨를 움츠리고 공력을 모으는 동작 따위를 일체 취하지도 않고 뻣뻣이 서 있는 상태에서 갑자기 쏘아간 것이다.

적요가 방금 가리킨 방향에서 팔을 왼쪽으로 약간 움직여 가리키자 방금 쏘아나갔던 마고수 옆에 있던 마고수가 역시 뻣뻣이 서 있다가 바람처럼 그 방향으로 쏘아갔다.

기실 적요가 방향을 가리키기만 하는 것 같지만 전음으로 일일이 명령을 내리고 있었다.

그렇게 열다섯 명이 각기 다른 열다섯 방향으로 사라져 갔다.

열네 명은 조금 전 십사존이 간 방향으로, 마지막 한 명은 화무린이 있는 곳으로 향했다.

적요는 그 자리에 잠시 서 있는 듯하더니 한순간 모습이 흐릿해지면서 연기처럼 사라져 버렸다.

그는 육안으로는 거의 보이지 않을 만큼 빠른 속도로 혈도신이 간 방향으로 쏘아갔다.

第九十六章

이십팔부(二十八部)

구중천
九重天

생사갱(生死坑).

누가 먼저 부르기 시작했는지는 모르지만, 언제부턴가 사람들은 이곳 광장을 그렇게 부르고 있었다.

크기와 형태는 광장이지만, 천장과 외부로부터 차단된 거대한 석벽이 있어서 구덩이 갱(坑)이 더 어울렸던 것 같다.

생사갱의 북쪽 구석에 크고 작은 바위들이 둥글게 원을 형성하여 아늑한 공간을 만든 곳 한복판에 하나의 봉분(封墳)이 새로 생겨났다.

그 앞에는 화무린이 서 있었고, 그 뒤에 주자운과 봉선이, 그리고 그녀들 뒤에 마빈이 철탑처럼 우뚝 서 있었다.

봉분 앞에는 네모반듯한 농대석(籠臺石)이 받침대로 깔려 있고, 그 위에 돌을 깎아 만든 비석이 세워져 있는데 아무런 글도 적혀 있지 않았다.

오늘 아침, 화무린은 동이 트자마자 미리 봐두었던 이곳으로 한 구의 시신이 담긴 나무 상자를 들고 왔었다.

그는 정성껏 무덤을 판 후에 나무 상자를 열고 그 옆에 무릎을 꿇은 채 오랫동안 상자 안의 시신을 바라보았다.

화무린을 뒤따라온 주자운과 봉선, 마빈은 그제야 시신을 볼 수 있었다.

시신을 보는 순간 세 사람은 적잖이 놀라고 말았다.

그것은 시신이라기보다는 피범벅이 된 하나의 시뻘건 고깃덩이에 불과했다.

만약 그 고깃덩이에 사람의 팔다리가 섞여 있지 않았다면 결코 사람으로 여기지 않았을 것이다.

또한 팔다리가 가늘면서 주름이 많은 것으로 미루어 늙은 여자, 즉 노파인 듯했다.

하지만 주자운 등은 상자 속의 노파가 누군지 알지 못했다. 화무린이 시신에 대해서 뿐만 아니라 이곳에 온 이후 일체 말을 하지 않고 있었기 때문이다.

아니, 세 사람은 화무린에게 그런 시신이 있는지조차도 모르고 있다가 오늘 처음 알게 되었다.

화무린은 시신을 매장하고 봉분을 올린 후 미리 만들어두었던 농대석과 비석을 봉분 앞에 세우고는, 그 앞에 서서 꼼짝하지 않고 반 시진째 봉분만 바라보고 있는 중이었다.

주자운과 봉선은 화무린의 뒤에 서 있었기 때문에 그의 표정을 볼 수는 없었지만, 아마도 아까 상자 속의 시신을 바라볼 때처럼 어둡고도 슬픈 표정일 것이라고 짐작할 수 있었다.

더구나 우두커니 서 있는 그의 어깨가 잔떨림을 일으키고 있는 것을 두 여자는 아까부터 지켜보고 있었다.

슥—

그때 도무지 움직일 것 같지 않던 화무린이 한걸음 앞으로 나가더니 비석 앞에 단정한 자세로 무릎을 꿇었다.

이어서 팔을 들어 중지를 꼿꼿이 세워 비석의 윗부분에 갖다 댔다.

스스슥. 삭삭.

그의 중지가 단단한 돌 비석을 깊이 파며 일필휘지 글을 새겨 내려갔다.

爲子殺身之母雪瑛繾綣不忘武璘報恩必屠天女罔極只.

아들을 위해서 희생한 어머니 설영이 너무도 그리워서 정녕코 잊지 못하리니 나 무린이 기필코 천녀를 죽인다고 해도 어찌 그 큰 은혜를 갚을 수 있으리오.

주자운과 봉선, 마빈은 비문을 보고 아연실색했다.

주자운은 크게 놀란 얼굴로 봉선을 바라보았다.

그녀의 커다랗게 떠진 눈은 봉선이 화무린의 어머니가 아니냐고 묻고 있었다.

봉선 역시 크게 놀라고 있느라 주자운이 묻는 뜻을 미처 깨닫지 못했다.

세 사람은 의문이 먹구름처럼 피어올랐지만 화무린이 너무 심각한 모습이어서 물어볼 엄두가 나지 않았다.

화무린은 묘비 앞에 무릎을 꿇고 묵묵히 앉아 있었다.

정성을 다해서 만들었다고는 하지만 설영의 무덤으로는 너무 초라했다.

제상도 차리지 못했으며 향조차 피우지 못했다. 그저 그녀를 애가 끊어지도록 그리워하는 화무린의 상심한 마음만이 제물로 바쳐져 있을 뿐이었다.

마음 같아서는 황제보다 더 거대한 장례를 치르고 싶었지만, 지금의 상황은 설영에게 한 뼘 땅뙈기와 아들 같은 조카가 새긴 묘비만을 허락해 주었다.

세 사람은 화무린이 설명해 줄 것이라 기대하고 참을성있게 기다렸다.

"어머니, 이리 앉으세요."

일각 정도 더 비석 앞에 앉아 있던 화무린은 이윽고 일어나 봉분을 담처럼 감싸고 있는 커다란 바위 아래의 납작하고 널찍한 돌을 가리켰다.

봉선이 앉기를 기다렸다가 그녀 왼편에 화무린이 앉았고, 또 그 왼편에 주자운이 앉았으며, 세 사람 뒤에 마빈이 우뚝 버티고 섰다.

봉선은 가만히 손을 뻗어 화무린의 손을 잡았다. 이럴 때는 손을 잡아주는 간단한 동작만으로도 큰 슬픔을 겪고 있는 사람에게 다소나마 위안을 줄 수 있다.

봉선은 잡고 있는 화무린의 손을 통해서 그가 가늘게 떨고 있음을 느꼈다.

그녀는 화무린이 도대체 얼마나 상심하고 있는 것인지 가늠조차 할 수가 없어서 너무 가슴이 아팠다.

그때 화무린이 봉분을 바라보며 조용한 어조로 입을 열었다.

"저분은 제 이모예요. 어머니의 막내 동생이셨죠. 그러나 저는 저분을 어머니라고 생각합니다."

그 말에 봉선과 주자운은 크게 놀라 화무린과 봉분을 번갈아 쳐다보았다.

이어서 화무린은 며칠 전에 숲 한복판에서 혈옥녀가 이끄는 천외무적군을 발견했던 일부터 천신녀 설영이 죽기까지 반나절 동안에 벌어졌던 일들을 조용한 목소리로 차근차근 설명하기 시작했다.

약 이각에 걸친 설명이 끝났을 때 주자운과 봉선은 경악을 금치 못했다. 아니, 철석간담의 마빈조차도 적잖이 놀라 안색이 크게 변했다.

　방금 세 사람이 들은 이야기는 너무도 충격적이어서 선뜻 믿어지지 않을 정도였다.

　그중에서도 설영이 화무린에게 베푼 헌신적인 희생과 사랑은 두 여자의 눈에서 걷잡을 수 없이 눈물이 쏟아지게 만들었다.

　대체 어느 누구라서 자신의 전 공력을 다른 사람에게 아낌없이 주입시켜 주겠는가?

　설사 부자간이나 모자간이라고 해도 결코 쉽지 않은 일일 텐데 이모가, 그것도 생전 처음 만난 상황에서 만난 지 불과 두어 시진 만에 조카에게 이백육십 년 공력을 한 움큼도 남기지 않고 깡그리 주입시키고 자신은 팔십 노파로 변해 버린 것이다.

　그리고 그 이모는 조카의 품에 안긴 채 혈옥녀, 아니, 금오의 마수에 당해 핏덩이로 화했다는 말을 들었을 때 주자운과 봉선은 거의 실성할 것처럼 몸을 떨며 오열을 터뜨렸다.

　설영이 죽은 원인은 화무린에게 있었다. 그녀는 화무린에게 어서 도망치라고, 그리고 금오를 당장 죽이라고 소리쳤지만, 화무린은 그녀의 충고를 두 번씩이나 듣지 않았었다.

　그래서 그는 지금 더욱 참담한 자책에서 헤어나지 못하고 있는 것이었다.

　봉선은 가늘게 몸을 떨면서 봉분을 바라보았다.

눈물이 멈추지 않았다. 입에서는 흐득흐득 흐느낌이 터져 나왔다.

흐느끼면서 그녀는 생각해 보았다.

'과연 나라면 그런 상황에서 설영처럼 할 수 있었을까?'

아마도 할 수 없었을 것이다. 화무린을 그 누구보다 사랑하고 있다고 자부하면서도 막상 그런 상황이 닥치면 갈등하다가 결국에는 자신을 희생하지 못하거나, 하게 되더라도 설영처럼 초연한 모습은 아닐 터이다.

책임져야 할 가족도, 자신의 죽음을 슬퍼해 줄 겨레붙이도 없으면서 무에 목숨이 아까운 것인지…….

주자운 역시 같은 생각을 하고 있었다. 그리고 그녀 역시 봉선과 같은 결론에 도달하여 스스로에게 놀라고 또 당황하고 있었다.

두 여자는 설영의 숭고한 사랑과 희생에 감동하여 울고, 자신들이 부족하다는 생각 때문에 더 흐느꼈다.

봉분을 담처럼 감싸고 있는 커다란 바위 바깥쪽에서도 울고 있는 여자가 있었다.

악소였다.

그녀는 이곳 생사갱에 있는 내내 화무린 주위를 그림자처럼 맴돌면서 떠나지 않았다.

아니, 그의 곁을 벗어날 수가 없었다. 그가 자신에게 눈길

한 번 제대로 주지 않아도, 악소는 그를 너무도 깊이 사랑하고 있었다.

악소도 조금 전 화무린의 말을 들은 후 그의 곁에 있는 두 여자와 똑같은 생각을 해보았다.

그리고 그녀는 자신에게 그런 상황이 닥친다면 추호의 망설임도 없이, 기쁘게 웃으면서 죽을 수 있다고 생각했다.

그것은 어쩌면, 언제나 화무린의 곁에 머물 수 있는 특권을 누리고 있는 두 여자에 비해서, 그의 곁으로 다가가고 싶다는 악소의 마음이 너무도 절박했기 때문일 것이다.

그녀가 얼굴이 해쓱해지도록 너무 울자 곁에 있던 당쾌가 여러 번 망설이다가 끝내 용기를 내서 팔을 뻗어 그녀의 어깨를 감싸 안았다.

그러자 악소는 그의 품으로 쓰러지듯 안기면서 더욱 구슬프게 울었다.

화무린을 위해서 기꺼이 모든 것을 희생한 설영의 이야기에 감동했고, 그런 아픔을 겪는 화무린이 너무도 가련했으며, 그의 곁에 머물지 못하는 자신이 한없이 처량해서 울음을 참을 수가 없었다.

주자운과 봉선은 눈물이 거의 말라갈 때쯤 속으로 다짐하고 있었다.

자신들도 그런 상황이 닥치면 설영처럼 화무린을 위해서

일말의 망설임도 없이 죽을 수 있어야 한다고.

그것이야말로 진정한 사랑이라고.

"금오는 참으로 악독하구나."

봉선이 너무 울어서 퉁퉁 부운 눈에 은은한 살기를 띠면서 입술을 깨물었다.

주자운은 작은 주먹을 움켜쥐며 자못 독한 표정을 지었다.

"언젠가 금오를 만나게 되면 무슨 수를 써서라도 기필코 이모님의 복수를 하고 말겠어요!"

그 말은 화무린에게 조금도 위로가 되지 못했다.

그는 시선을 허공에 던지며 쓸쓸히 중얼거렸다.

"금오는 내 친누나야."

"……."

"……."

주자운과 봉선, 마빈, 그리고 바위 바깥의 악소와 당쾌까지도 경악을 금치 못했다.

화무린의 막내 이모 설영을 죽인 마녀 금오가 화무린의 친누나였다니…….

금오는 자신의 이모를 죽인 셈이다.

화무린은 더 이상 금오에 대한 비밀을 혼자 감추고 싶지 않았다.

그녀를 혈육으로 인정하지 않는다면, 모든 사실을 밝혀야 한다고 판단했다.

"금오는……."

화무린은 잘 드는 칼로 온몸을 난도질하는 심정으로 간신히 말을 이었다.

"내 친어머니마저 죽였어요……!"

이어서 그는 금오가 중조산에서 출관하여 천녀황의 명령으로 어머니 설란을 죽인 과정을 착잡하게 설명했다.

그리고 설영이 어째서 자신에게 어머니 같은 존재였는지도 설명해 주었다.

그가 설명을 끝내자 주자운과 봉선은 양쪽에서 화무린을 부둥켜안고 흐느껴 울었다.

그러나 화무린은 울지 않았다.

그의 가슴은 바짝 메말라서 푸석푸석 먼지가 날렸다.

그런 그를 달래주듯, 그날은 하루 종일 늦겨울의 비가 온 산을 적셨다.

화무린이 설영에게 배운 혈마심기를 제거하는 구결을 창천제에게 가르쳐 주고 있을 때, 마룡전대의 탐찰소대주 적요가 보낸 마고수가 생사갱에 도착했다.

기다리고 있던 마룡전대주 조영은 화무린이 몸을 일으키자 빠르게 다가와 가볍게 고개를 숙이며 보고했다.

"대협, 탐찰소대주로부터 전령이 당도했소."

이어서 조영은 뒤에 서 있는 마고수에게 고개를 끄덕여 보였다.

마고수는 앞으로 한 걸음 나서더니 정중히 허리를 굽혔다.

마고수들은 마련의 상급자가 아니면 절대 고개를 숙이지 않는다.

하지만 자신들의 지휘자인 조영이 화무린에게 고개를 숙이는 상황이라서 휘하의 마고수들로서도 예를 표하지 않을 수가 없었다.

마고수는 천녀황이 혈도신에게 내린 명령과 용비를 데리고 떠났으며, 천외무적군이 열네 방향으로 출발했다는 사실을 간략하면서도 빠짐없이 보고했다.

보고를 듣고 난 화무린은 즉시 걸음을 옮기면서 명령했다.

"대회의장으로 사람들을 부르게."

명령을 받은 조영과 마빈이 쏜살같이 각기 다른 방향으로 쏘아갔다.

대회의장으로 사용하고 있는 장소는 생사갱의 동쪽, 사방이 탁 트인 초지였다.

화무린이 복판에 앉았고, 그 앞에 부챗살처럼 여러 사람들이 펼쳐 앉아 있었다.

구중천주를 위시한 다섯 명의 천제와 용장봉선이 화무린의 전면에 자리 잡았다.

그 왼쪽에 명황오위와 동서오쾌, 조영이, 오른쪽에 철심협개와 무아 선사, 악소, 당쾌, 그리고 새로 선발된 무림 군웅들의 지휘자들 다섯 명이 꼿꼿한 자세로 앉아서 화무린을 주시하고 있었다.

화무린 옆에는 주자운이, 뒤에는 마빈이, 그 뒤엔 경무오룡검이 나란히 서 있었다.

"편제는 끝났습니까?"

화무린이 구중천주를 보며 조용히 물었다. 화무린은 지도자가 되라는 구중천주의 조건을 받아들인 후에 그에게 이곳에 있는 전체 칠천여 명을 체계적으로 개편, 편제하라는 첫 명령을 내렸었다.

이곳의 칠천여 명은 여러 종류의 사람들이 한데 모였기 때문에 그들을 효율적으로 일사불란하게 지휘하려면 우선 마구 뒤섞여 있는 그들을 정확하게 분류하여 조직을 짜고, 체계를 세우며, 자격이 있는 사람들에게 알맞은 지위를 주는 등의 전체적인 편제가 시급했다.

구중천주는 가볍게 고개를 끄덕였다.

"마무리했네."

그러자 구중천주의 지시를 받아 편제를 총괄했던 창천제가 그의 말을 받았다.

"이곳에 있는 총 칠천여 명 중에서 구중천의 고수들은 천팔백여 명이네. 그들을 다섯으로 나누어 오부(五部)를 만들었고, 다시 삼천오백여 명의 무림 군웅을 다섯으로 나누어 오부에 편입시켰네. 오부의 부주는 나를 비롯한 다섯 천제가 맡기로 했네. 그리고 그 아래는 영(營), 단(壇), 위(衛)를 두어 각각 이백, 백, 오십 명씩 맡겼네."

그렇게 하여 각 부가 구중천 고수 삼백육십 명, 무림 군웅 칠백 명, 도합 천육십 명이 되었다.

창천제가 다시 말을 이었다.

"그리고 마룡전대 일천과 황궁 고수 일천을 각각 이 부(二部)로 삼으니 전체 칠 부(七部), 칠천의 세력일세."

전체 칠천이면 천외무적군 십사 개 대의 일 대에도 미치지 못하는 수였다.

그러나 이곳에 있는 사람들 중에서 그것 때문에 의기소침하거나 미리 전의를 상실한 사람은 없었다.

화무린은 잠시 생각하다가 조용한 어조로 입을 열었다.

"하나의 부에 천 명은 너무 많은 것 같습니다. 우리는 천외무적군에 비해서 수적으로 턱없이 열세입니다. 그것을 극복하려면 무엇보다 빠른 기동력을 갖추어야만 합니다. 그러자면 천외무적군의 움직임보다 두세 배는 더 기민하게 이동할 수 있어야 하지 않겠습니까?"

모두들 진지한 표정으로 화무린의 말을 경청했다. 그의 말은 조목조목 옳았다.

"우리가 최대한 살릴 수 있는 강점은 태풍처럼 빠르게 급습하여 적에게 치명타를 안긴 후 적의 추격을 따돌리고 흔적

없이 사라지는 것입니다. 그러자면 하나의 부, 천 명이 하나의 큰 무리로 움직이는 것보다 넷이나 여섯 개의 소 단위로 움직이는 편이 훨씬 효율적일 것입니다."

그의 말에 모두들 크게 공감했다.

"알겠네. 지금의 오 부를 넷으로 나누어 이십 부로 하되, 마룡전대와 황궁 고수들 이천 명은 그들만으로 팔 부로 묶겠네."

창천제는 즉시 편제를 고쳤다. 그가 마룡전대와 황궁 고수를 그들만으로 묶은 것은 차별이 아니라 그들만의 특수성 때문이었다.

"부를 영, 단, 위로 나누신 것은 잘하셨습니다."

창천제가 말을 끝내자 화무린이 치하한 후 천천히 좌중을 보며 말을 이었다.

"그리고 별동대를 하나 더 만들어야겠습니다."

그 말에 중인은 의아한 표정을 지었다. 이곳에 있는 인원은 칠천여 명이 전부다.

그들을 이백오십여 명씩 이십팔 부로 만들었는데 무슨 수로 또 별동대를 만든다는 것인가.

"호명하는 분은 별동대에 편제됩니다. 구중천주를 비롯한 다섯 분의 천제, 용장봉선, 팔부중, 마룡전대 조 대주, 명황오위, 동서오쾌, 경무오룡검."

화무린은 또박또박 호명한 후에 잠시 뜸을 들였다가 주자운과 마빈을 쳐다보았다.

"나와 자운, 그리고 마빈, 이렇게 삼십오 명입니다."

주자운은 자신이 당연히 화무린과 함께 활동하게 될 것을 믿어 의심하지 않았었다.

그러나 화무린은 그녀의 무위가 낮았다면 절대 별동대로 선발하지 않았을 것이다.

화무린에 의해서 임독양맥이 소통되어 공력이 두 배 가까이 수직 상승한 주자운과 마빈의 현재 무위는 다섯 천제에 비해서 겨우 반 수 정도 낮은 정도로 고강해져 있었다.

화무린의 전혀 뜻밖의 제안에 중인이 놀라는 표정을 지을 때 그는 조용한 어조로 설명했다.

"다섯 분의 천제와 마룡전대주는 각 부의 부주보다는 별동대에서 더 큰 활약을 떨칠 수 있습니다. 꼭 여러분이 아니더라도 여섯 개 부를 이끌어갈 인재들이 있을 것입니다."

다섯 천제는 고개를 끄덕이며 화무린의 말에 공감했다.

화무린은 구중천주를 바라보며 조용히 말을 이었다.

"용장봉선은 구중천주의 좌우호법이고 팔부중은 직속 호위라고 알고 있는데, 그렇습니까?"

구중천주는 가볍게 고개를 끄덕였다.

"그렇네."

"혹시 천주께선 그들 열 명의 호위나 부축을 받지 못하면 거동을 하지 못할 정도로 노쇠하십니까?"

그 말에 중인은 안색과 표정이 변했다. 은오검객이라고 해도 상대는 구중천주인데 말이 지나치다고 생각한 것이다.

그러나 화무린을 응시하는 구중천주의 눈은 흐뭇하게 웃고 있었으며, 입에는 부드러운 미소가 떠올랐다.

"허허허! 노부는 다행스럽게도 아직 거동을 하는 데 불편하지는 않구나. 용장봉선과 팔부중을 별동대로 보낼 테니 더 이상 노부를 병자 취급 하지는 말거라!"

화무린의 입가에 보일 듯 말 듯 엷은 미소가 떠올랐다가 사라졌는데, 중인들 중에서 창천제와 봉선만이 그 미소를 발견하고 두 사람 역시 보일 듯 말 듯한 미소를 지었다.

사람들은 황궁에서 온 명황오위와 동서오쾌, 그리고 조영이 구중천의 천제들과 나란히 별동대에 선발된 것에 대해서 의구심을 품었다.

하지만 그것은 조영과 명황오위, 동서오쾌에게 어제 무슨 일이 일어났었는지 모르기 때문이다.

어제 화무린은 은밀한 장소로 그들 열한 명을 데리고 가서 차례로 임독양맥을 소통시켜 주었다.

사실 임독양맥을 소통시켜 주는 것은 한순간에 공력을 두 배 가까이 급증시킬 수 있는 유일한 방법인 반면에 매우 까다롭고도 위험한 방법이다.

반드시 시술자의 공력이 정심하고 심후해야 하는 것은 물론이거니와 시술 방법에 정통해야 하는 이유는, 자칫 일호(一

毫)의 실수라도 저지른다면 두 사람 모두 목숨을 잃거나 폐인이 되기 때문이다.

보통 무림인들이 임독양맥 소통을 시도할 때의 성패 확률은 평균 삼 대 칠 정도다.

열 명이 시도할 경우 세 명만이 성공하여 공력이 증진되지만, 나머지 일곱 명은 실패하여 폐인이 되거나 목숨을 잃게 되는 것이다.

그래서 무림인들은 임독양맥 소통을 하기 위한 합당한 조건이 갖추어졌다고 해도 여간해서는 시도하기를 꺼린다.

삼 할의 가능성보다는 칠 할의 실패가 더 크기 때문이다.

화무린은 심첩촌에서 구성혈사의 내단을 복용했을 때 스스로의 힘으로 임독양맥을 소통시켰다.

이후 백학서원에서 모진 고생과 수십 차례의 시행착오 끝에 경무오룡검 다섯 명의 임독양맥을 소통시켜 주었다.

그리고 악소와 당쾌를, 그다음에는 주자운과 마빈의 임독양맥을 소통시켜 주었다.

그가 임독양맥을 소통시키는 방법은 보통의 무림인들이 하는 방법하고는 전혀 차원이 다른 그만의 독특한 방법이었다. 또한 순전히 경험에 의한 방법이기도 했다.

그는 경무오룡검과 악소, 당쾌, 주자운, 마빈의 임독양맥을 소통시켜 주면서 점점 숙달됐으며 더 쉽고도 간단한 방법을 개발해 냈다.

만약 시간만 충분하다면 그는 이곳 생사갱에 있는 모두의 임독양맥을 소통시켜서 전체 전력을 두 배 가까이 증진시키려고 했을 것이다.

어쨌든 그는 어제 조영과 명황오위, 동서오쾌 열한 명의 임독양맥을 소통시켜 주어 그들의 공력을 급증시켰다.

정령신계 일령 음양쌍신경에 이른 화무린은 주자운과 마빈의 임독양맥을 소통시켜 줄 때보다 더 빠르고 간단하게 그들 열한 명의 임독양맥을 소통시켜 주었다.

그들은 명령에 의해서 이곳에 온 것이지 화무린과 개인적인 친분은 없다.

하지만 임독양맥을 소통시켜 준 것을 계기로 그들은 화무린을 각별한 존재로 생각하게 되었다.

중인은 그들 열한 명이 별동대에 선발된 것에 의아했지만 화무린이 하는 일이라 잠자코 있었다.

그가 원래 매사에 일말의 빈틈도 없이 산무유책(算無遺策)하다는 것을 알고 있었기 때문이다.

악소와 당쾌는 초조한 표정으로 화무린을 주시하고 있었다. 그가 자신들도 별동대에 포함시켜 주기를 간절히 원하고 있는 것이다.

그들 두 사람은 원래의 공력이 그리 높지 않았기에 비록 임독양맥이 소통되어 공력이 급증했다고는 하지만, 별동대에 선발될 정도는 아니었다.

화무린의 시선이 그들 두 사람을 지나쳐 철심협개와 무아 선사에게 머물렀다.

"두 분께서 한 가지 일을 맡아주셔야겠소."

철심협개와 무아 선사는 정중히 포권을 했다.

"맡겨만 주면 신명을 다하겠소이다."

"치중보급(輜重補給)을 부탁하오. 필요한 인원은 얼마든지 사용해도 좋소."

"전력을 다하겠소."

'치중'이란 전쟁에 필요한 식량이나 의복, 무기 등을 통틀어 가리키는 것이다.

구중천주 일행은 묘봉산대혈전 이후 계속 쫓겼기 때문에 모든 것들이 다 부족했지만, 그중에서도 식량이 가장 부족하여 굶기를 밥 먹듯이 하면서 수천 리 험준한 산행을 할 수밖에 없었다.

이후 구중천주를 구하겠다고, 혹은 돕겠다고 모여든 사람들이 더러 식량을 가져오긴 했지만 한계가 있어서, 그것으로는 전체 이만이 넘는 무리가 하루에 한 끼도 변변히 먹을 만한 양이 못 되었다.

마룡전대와 황궁 고수들도 제법 넉넉한 건량(乾糧)을 갖고 왔으나 이곳의 칠천 명이 하루에 한 끼를 먹는다고 해도 열흘 정도 버틸 분량밖에 안 됐다.

이것은 전쟁이다. 전쟁을 하는 데 있어서 물자의 보급은 그 무엇보다 중요하다.

사람인 이상 먹지 않고 살 수는 없고 더욱이 치열한 전쟁을 치를 수는 없는 것이다.

그러므로 물자의 원활한 보급이 전쟁의 승패를 좌우한다고 해도 지나친 말이 아니었다.

화무린은 철심협개와 무아 선사에게 어떤 방법으로 치중 보급을 할 것인지에 대해서는 묻지 않았다. 그들은 무슨 수를 써서라도 충분한 물자를 보급할 것이고, 반드시 그래야만 했다.

화무린의 눈길이 비로소 악소와 당쾌에게 머물렀다.

그러자 두 사람은 반색하며 기대 어린 표정을 지었다.

"두 사람은 방주와 선사를 도와주도록 해."

화무린의 말에 악소는 입이 불쑥 튀어나왔고, 당쾌는 풀이 죽어 고개를 숙였다.

그들도 온몸을 불사르며 싸우고 싶었다. 임독양맥이 소통되어 공력이 급증했으니 그 마음은 더욱 간절했다. 별동대가 아니라도 좋으니 싸울 수만 있으면 영, 단, 위의 가장 밑바닥에서라도 상관이 없었다.

화무린은 두 사람의 그런 심사를 아는지 그들을 보며 진지한 얼굴로 말했다.

"부탁한다. 너희에게 칠천여 목숨이 달려 있어."

예전 같았으면 이런 사소한 일에는 신경조차 쓰지 않을 화무린이었다.

그 말에 악소와 당쾌는 적잖이 위로가 된 듯한 표정을 지었다. 자신들의 소임이 싸우는 것 못지않게 막중하다는 사실을 깨달은 것이다.

그때 봉선이 조용한 어조로 화무린에게 물었다.

"린아, 천주와 다섯 천제 분들께서 모두 별동대로 편제되면 이십팔부의 부주들은 누구로 임명할 생각이지?"

그녀는 이곳에서 화무린의 이름을 부를 수 있는 유일한 사람이었다.

화무린은 여태 엄숙하던 얼굴을 즉시 풀고 부드러운 미소를 지었다.

"무공이 높고 지도력이 있는 사람들로 정해야겠죠. 어머니께서 염두에 두고 계신 사람이라도 있으십니까?"

"구중천의 령(令)들이 어떨까?"

창천제 휘하의 창천삼령이나 현천제 휘하의 현천사령 등을 '령'이라고 부른다.

그러나 소군의 사부인 금비라 은겸은 창천삼령인 동시에 팔부중의 신분이다.

팔부중은 균천을 제외한 팔천의 령 중에서 선발되며, 유사시에 균천제, 즉 구중천주의 직속이 된다.

"좋은 생각이십니다. 현재 그들은 몇 명이나 됩니까?"

그 생각을 하지 못했던 화무린이 반색을 하자 봉선이 막힘

없이 대답했다.

"팔부중을 제외하면 살아남은 령은 모두 스물한 명이야."

"알겠습니다. 마룡전대와 황궁 고수로 형성된 팔 부를 제외한 이십 부의 부주로 그들을 임명하겠습니다."

화무린은 좌중을 둘러보며 진중하게 물었다.

"더 하실 말씀이 없습니까?"

"별동대의 이름은 은오무적부(銀烏無敵部)가 어떤가요?"

주자운이 아름다운 미소를 지으며 제안을 했다.

"은오무적부라, 좋군."

구중천주가 미소를 지으며 고개를 끄덕였다.

주자운이 내친김에 한술 더 떴다.

"은오무적부주는 우리 무랑인가요?"

구중천주는 나직이 웃었다.

"헛헛! 그야 당연하오. 별동대의 이름이 은오인데, 은오검객 외에 누가 감히 그 자리를 넘보겠소?"

그 말에 모두들 훈훈한 미소를 지었다. 배분이 가장 높은 구중천주가 새카만 말학인 화무린을 자연스럽게 옹호하는 모습은 보기에 좋았다.

주자운은 아예 끝장을 보려는 듯 최후의 일격을 가했다.

"지금 이곳이 생사혈맹의 본대나 마찬가지인데, 그럼 무랑이 생사혈맹의 맹주가 되는 셈인가요?"

"자운아!"

화무린은 가볍게 놀라며 그녀를 꾸짖었다. 그는 누가 맹주가 되건 별동대장이 되건 상관이 없었다.

천외무적군을 맞이하여 혼신을 다해서 싸울 수만 있다면 그것으로 족했다.

그때 철심협개가 나직하게 웃으며 농담을 던졌다.

"허허헛! 생사혈맹의 맹주의 자격을 지닌 분은 구중천주와 은오검객뿐입니다! 아무쪼록 두 분께서 타협을 잘 보셨으면 좋겠군요!"

구중천주는 짐짓 매우 힘겨운 듯이 몸을 일으키면서 엄살을 부렸다.

"으음! 사실 노부는 제 한 몸도 추스르지 못하는 늙은이에 불과하다. 설마 이런 노부에게 중임을 맡기지는 않겠지?"

그 말은 조금 전에 화무린이 구중천주더러 '노쇠' 하냐고 물은 것에 대한 해학적인 의미였다.

철심협개는 엄숙한 표정으로 그 말을 받았다.

"음! 만약 은오검객이 맹주의 위를 구중천주께 억지로 떠넘긴다면 천하가 은오검객이 장유유서(長幼有序)도 모른다고 지탄할 것 같소이다만, 여러분들 의견은 어떻소?"

"하하하! 무림의 영웅 은오검객이 지탄을 받아서야 되겠나? 하는 수 없이 맹주가 되어야겠구먼!"

"헛헛헛! 노쇠하신 구중천주를 위하는 심정에서라도 맹주가 되어주시게, 은오검객!"

그러자 창천제와 호천제가 껄껄 웃으며 호응을 했고, 중인이 와아! 하고 웃음을 터뜨렸다.

이런 경험이 거의 없는 화무린은 얼굴을 붉히며 머쓱한 표정을 지었다.

"이런… 식으로 억지를 부리면 곤란하군요."

처음에는 화무린에 대해서 회의적이었다가 무조건 좋아하게 된 주천제가 짐짓 엄숙한 어조로 입을 열었다.

"이제부터는 맹주가 우릴 지옥으로 이끈다고 해도 군말없이 따를 것이오!"

화기애애하던 분위기가 엄숙하게 변하고 있었다.

그때 주자운이 작은 주먹을 쥐고 허공에 흔들어 보이며 나직이 외쳤다.

"가요, 지옥으로!"

모두의 얼굴에 결연함이 가득 떠올랐다.

이윽고 화무린이 엄숙한 어조로 선언했다.

"한 시진 후에 출발할 테니 차질없도록 서둘러 주십시오."

생사갱 전체는 칠천여 명이 이십팔 부로 나뉘어 출발 준비를 하느라 분주한 광경이었다.

그중에서 제오부에 배속된 한 여자가 아까부터 줄곧 화무린에게서 시선을 떼지 못하고 있었다.

여자로서는 큰 키에 약간 헐렁한 흑의 경장을 입었으며 양 어깨에는 쌍검을 메고 있었다.

갸름한 얼굴 윤곽에 흰 살결의 뛰어난 미인이었지만, 차가운 눈빛과 도도한 입술을 지녔다.

흑의녀는 제오부의 맨 앞에 서서 눈을 깜빡이면서 콧등을 약간 찡그렸다.

'저 사람, 도대체 누구지?

"한아, 적 숙부 곁에 꼭 붙어 다녀야 한다."

그때 흑의녀 옆으로 은겸이 다가와 그녀 어깨에 손을 얹으며 당부하듯 일러주었다.

적 숙부란 흑의녀가 속한 제오부의 부주로 임명된 적궁을 말한다. 적궁은 은겸과 함께 창천삼령 중 한 명이다.

흑의녀는 화무린에게서 시선을 떼지 않은 채 속삭이는 듯한 목소리로 물었다.

"아버지, 저 사람 누구죠?"

"은오검객 화무린 아니냐? 몰랐느냐?"

은겸은 어이없다는 듯한 얼굴로 반문했다.

흑의녀는 은겸의 딸이다. 또한 구중천 창천 휘하 육나찰이라는 신분이기도 하다.

이름은 은한. 과거 구중천 팔대지옥에서 화무린을 두 번 만난 적이 있는데, 두 번 다 화무린에게 호되게 당했었다.

그 당시에 화무린은 앳된 십오 세 소년이었고, 지금은 그때보다 키나 체구도 커졌을 뿐 아니라 얼굴도 그때의 모습이 거의 남아 있지 않아서 은한이 알아보지 못하는 것도 무리가 아니었다.

은한은 묘봉산대혈전 이후 줄곧 구중천주와 함께 행동하다가 이곳으로 오게 되었다.

이곳에서의 화무린은 늘 공주와 황궁의 인물들, 구중천주와 천제들, 용장봉선 등 거물들에게 둘러싸여 있었고, 보통 사람들은 특별한 용무가 없는 한 그의 가까이에 근접할 수가 없는 상황이었다.

이곳의 모든 사람들이 대명이 쟁쟁한 은오검객을 가까이에서 보려고 난리법석을 떨었지만, 원래 냉정한 성격의 은한은 별 흥미를 느끼지 못했었다.

그녀는 이곳에 온 이후 줄곧 구석에 혼자 틀어박혀서 운공이나 하고 있다가 출전 때문에 전열을 가다듬는 중에 비로소 화무린을 처음 보게 된 것이다.

그런데 낯이 익은 것 같은데 도대체 어디에서 봤는지 도통 기억이 나지 않고 있었다.

은겸은 은한이 아비인 자신에겐 눈길 한 번 주지 않은 채 화무린만 빤히 주시하는 것을 보고 묘한 표정을 지었다.

'이 녀석이 남자들에겐 털끝 만한 관심도 없더니 하필이면 무린 저 녀석을……'

은한이 화무린을 보고 첫눈에 반한 것이 아닌가 하고 오해를 한 것이다.

"한아, 저 녀석은 꿈도 꾸지 마라."

은겸은 딸을 좀 더 지켜보다가 가벼운 한숨을 내쉬고 나서 툭 한마디 던지고는 화무린이 있는 쪽으로 걸어갔다.

그는 팔부중의 한 사람으로 별동대, 즉 은오무적부에 속해 있었다.

은한은 아버지 은겸의 말을 듣지 못했고, 끝내 화무린을 어디에서 봤는지 기억해 내지 못했다.

第九十七章

지옥도(地獄圖)

구중천
九重天

　은오무적부와 이십, 이십일, 이십이, 이십삼, 다섯 개 부는
하루 반나절을 꼬박 달린 끝에 서남쪽으로 향하고 있는 일만
명의 천외무적군을 따라잡을 수 있었다.

　그들은 십사 개 대 중에 육대(六隊)였으며, 천외무적군 제
구투번과 십투번이 합친 세력이었다.

　그들 제육대는 여량산의 산역을 오십여 리쯤 벗어난 곳에
가로놓인 황하를 앞에 두고 강변에서 잠시 휴식을 취하고 있
었다.

　강변의 초지는 매우 넓었지만 일만여 명을 수용하기에는
턱없이 좁았다.

그래서 일만여 명은 무릎과 어깨를 맞댄 불편한 자세로 강변을 빼곡하게 뒤덮은 채 오랜만의 꿀맛 같은 휴식에 빠져 있었다.

대열을 흐트러뜨리지 않은 상태에서 강을 향해 질서있게 앉아 있는 그들의 전면에는 뿌연 황토색의 강물 황하가 유유히 흐르고 있었으며, 후방에는 자연적으로 형성된 높이 삼 장 정도의 강둑이 가로놓여 있어서 휴식을 취하기에는 적합한 장소였다.

만약 급습을 당하게 될 경우에는 임강배제(臨江背堤)의 꼼짝없이 갇혀 버리고 마는 불리한 지형이었지만, 그들은 하늘 아래에서 감히 자신들을 공격할 세력은 전무하다고 확신하고 있었다.

이들 제육대는 화산파와 아미파, 종남파를 차례로 공격, 접수한 후 그곳에 삼천여 명씩 나누어 상주하라는 혈도신의 명을 받아 이동하고 있는 중이다.

화산파가 구파일방의 하나로서 대문파이기는 하지만 일만의 천외무적군을 당적해 낼 수는 없을 터.

황하를 건너면 화산파는 바로 코앞이다. 그러므로 이곳에서 이들 제육대를 막지 못한다면 화산파가 멸문당하는 것은 앞에 놓인 거울을 보듯 훤한 일[前鑑昭然]이다.

제육대는 종횡으로 약 백 열(列)씩 앉았는데, 각 열의 맨 앞에는 백 명을 지휘하는 십삼위 번위막(幡衛幕)들이 강을 등진 채 열 쪽을 향해 앉아 있었다.

일만여 명 거의 전부가 눈을 감은 채 운공을 하거나 짧지만 달콤한 잠에 빠져 있었으며 경계를 하고 있는 자는 한 명도 없었다.

어느 미친놈이 일만 천외무적군을 건드리겠는가 하는 자신감과 안일함에 빠져 있는 것이다.

그때 황하 가장자리 강물 속에서 하나의 머리가 서서히 위로 솟아올랐다.

솟아 나온 머리는 화무린이었다.

그는 꼿꼿하게 선 자세로 곧장 솟아올라 두 발이 수면 위 한 자 허공에 이르자 뚝 멈추었다.

뒤이어 그의 좌우에서 동시에 수십 개의 머리들이 강물 속에서 역시 추호의 기척도 없이 솟아올랐다.

화무린의 왼쪽에는 주자운과 마빈, 조영, 경무오룡검, 명황오위, 동서오쾌가 나란히 늘어섰고, 오른쪽에는 구중천주와 다섯 명의 천제, 용장봉선과 팔부중이 각각 이 장 간격을 두고 한순간에 솟아올랐다.

도합 삼십오 명. 이른바 은오무적부였다.

삼십오 명은 강물 위에 일렬횡대로 늘어선 채 전면의 제육대를 쏘아보았다.

그들 삼십오 명의 몸과 옷은 조금도 젖지 않았으며 물 한 방울 묻지 않았다.

화무린은 전면의 제육대를 지그시 쏘아보았다.

그는 이 싸움에서 반드시 승리한다고 장담하지 못했다.

일만 명은 상상하는 것보다 훨씬 더 어마어마한 숫자다.

그러나 패한다는 것은 생각조차 할 수 없는 일이다.

기필코, 반드시 이겨야만 한다.

화무린의 깊이 가라앉아 있던 눈에서 흐릿한 투지가 일렁거렸다.

그리고 그는 지그시 어금니를 악물며 나직하지만 힘찬 목소리로 은오무적부 모두에게 전음을 보냈다.

"공격!"

순간 화무린을 필두로 은오무적부 삼십오 명이 전면의 제육대를 향해 바람처럼 빠르게, 그리고 일말의 기척도 없이 쏘아갔다.

그들이 쏘아가는 방향은 제육대 백 열의 한복판이었다.

은오무적부가 지척에 이르도록 제육대는 까맣게 모르고 있었다.

삼십오 명은 천외무적군 선두에 강을 등진 채 앉아 있는 번위막의 머리 위 일 장 높이를 낮게 떠서 스쳐 지나갔다.

그들이 제육대의 한복판 상공에 이르렀을 때 황하 쪽을 제외한 삼면 멀리에서 괴인영들이 나타나 제육대를 향해 소리 없이 다가왔다.

주자운으로부터 황위질풍군(皇衛疾風軍)이라는 이름을 하

사반은 천 명의 황궁 고수였다.

그때까지도 제육대에서 은오무적부나 황위질풍군을 발견한 자는 한 명도 없었다.

황하 강 건너에 드넓게 펼쳐진 황무지 위로 짙게 깔린 시뻘건 핏빛 노을이 곧이어 벌어질 피의 축제를 예고하고 있는 것 같았다.

늦겨울 끝자락의 황하 강변에 무거운 적막이 감돌았다.

쏴아아—

스릉! 차아앙!

그 순간 화무린을 비롯한 삼십사 명이 천외무적군 제육대 한복판으로 일제히 내리꽂히며 무기를 뽑았다.

화무린도, 구중천주도, 다섯 명의 천제도 모두 검과 무기를 뽑았다.

이렇게 적 한복판에서 싸우는 것은, 아니, 일방적인 도륙을 할 때에는 굳이 뛰어난 절학을 펼친다든지 공력을 크게 사용할 필요가 없다.

이들 천외무적군은 은오무적부 삼십오 명에 비해서 현저하게 낮은 무공을 지니고 있기 때문에, 그저 적을 죽일 수 있을 정도의 공격을 펼치면 되는 것이다.

도륙을 할 때에는 무기보다 더 좋은 살상 수단이 없다.

천외무적군이 은오무적부를 발견하여 고함을 지르는 것보다 처절한 비명성이 더 먼저 터졌다.

"크아악!"

"흐아악!"

그렇지만 대부분의 천외무적군은 그때까지도 무슨 일이 벌어지고 있는지 깨닫지 못했다.

졸지에 급습을 당한 제육대의 한복판 수백 명만이 놀라서 우르르 일어섰을 뿐이다.

일어나서 우왕좌왕하고 있는 그들의 한가운데에서 은오무적부가 닥치는 대로 도륙을 하고 있었으므로 멀리에서는, 아니, 심지어 십여 장 거리에서조차도 그곳에서 무슨 일이 벌어지는지 정확하게 알지 못했다.

처음에는 제육대 한복판의 수백 명만 일어섰다가 점점 더 많은 자들이 우르르 일어섰다.

그것은 잔잔한 수면에 돌을 던졌을 때 파문이 점점 멀리, 빠르게 퍼져 나가는 것과 같은 광경이었다.

"습격이닷! 으아악!"

습격을 알리는 최초의 외침이 터져 나온 것은 은오무적부의 공격이 시작되어 두 번 호흡할 정도의 짧은 시간 만에 백오십여 명의 천외무적군이 피를 뿌리면서 거꾸러진 다음이었고, 목젖이 터져라 외치며 습격을 알린 자마저도 다음 순간 불귀의 객이 되고 말았다.

"대열 한복판에 습격자들이 있다! 전멸시켜라!"

그때 가장 가까이에 있던 번위막 중 한 명이 악을 쓰듯이 외쳤다.

그는 방금 전에 은오무적부가 강에서 나와 허공을 낮게 비행할 때 그 아래에서 졸고 있던 번위막 중 한 명이었다.

그 순간 천외무적군 일만여 명이 동시에 일어나 한복판을 향해 달려가면서 무기를 뽑았다.

그들은 후퇴라는 것을 모르도록 철저한 훈련을 받았고, 싸우다가 죽는 것을 무상의 영광이라고 여기도록 교육받았다.

그런 점은 은오무적부에겐 참으로 다행스러운 일이었다. 만여 명이 도주하지도 않고 죽여달라고 일부러 차례차례 모여들 것이기 때문이다.

제육대의 거의 대부분은 그때까지도 습격한 자들이 누구며 몇 명인지조차 파악하지 못했다.

적이 누군지도 모른 채 다만 습격자들이 대열의 한복판에 있다는 외침을 듣고서 꾸역꾸역 그곳으로 몰려들고 있을 뿐이었다.

그것은 잔잔한 수면에 돌 하나를 던졌을 때 퍼져 나가는 파문의 모습을 거꾸로 되돌린 것과 같았다.

그 무렵 빠르게 다가온 황위질풍군 일천 명이 제육대 삼면에서 오 장의 거리를 남겨둔 지점에서 바닥에 납작하게 엎드린 채 대기하고 있었다.

은오무적부는 결코 서두르지 않았다. 그들의 최대 적은 천외무적군이 아니라 흥분하지 않는 것이었고, 침착하게 공격을 퍼붓는 것이었다.

화무린을 비롯한 삼십사 명은 무기를 움켜쥔 채 눈을 부릅뜨고 적의 급소만을 정확하게 찌르고 베어서 죽였다.

불과 열 차례 호흡할 정도의 시간이 흘렀을 때 천외무적군은 삼백여 명이 핏물 속에 쓰러졌다.

그러나 그 수는 전체 일만여 명 중에서 일부분에 불과했다.

은오무적부 삼십오 명은 하나의 작은 원을 형성하여 싸우는 과정에서 원이 점점 커졌다.

잠시 후 원이 너무 커져서 각자의 거리가 삼사 장에 이르렀을 때 화무린이 짧게 외쳤다.

"산투(散鬪)!"

순간 삼십오 명이 사방으로 흩어지면서 순식간에 네 개의 무리로 나뉘었다.

화무린과 주자운, 경무오룡검이 하나로 뭉쳤고, 마빈, 조영, 명황오위와 동서오쾌가 또 하나, 구중천주와 팔부중, 그리고 다섯 천제와 용장봉선이 각각 하나의 무리를 이루어 네 방향으로 치고 나가기 시작했다.

그들의 모습을 위에서 내려다보면, 마치 드넓은 수수밭 한복판에서 네 무리가 네 방향으로 전진하면서 추수를 하는 광경과도 같았다.

화무린은 헛손질을 하지 않았다. 아니, 오히려 한 번 은오검을 휘두를 때마다 서너 명씩, 많게는 다섯 명까지도 거꾸러뜨렸다.

그는 현재 공력의 삼 할 정도만 사용하고 있었다. 은오검에서 일 장 길이의 검강을 뿜어낼 노를 젓듯이 휘저으면서 쉴 새 없이 적의 몸을 동강 냈다.

천외무적군은 과연 용맹했다. 노을이 더욱 짙어지면서 이글거리는 태양이 마지막 홍염을 토해낼 때쯤엔 천여 명 가까이 죽었는데도 추호의 동요도 없이 사면팔방에서 은오무적부 네 무리를 집중공격해 왔다.

시간이 지남에 따라 그들은 빠르게 전열을 가다듬었으며, 구십여 명의 번위막이 이끄는 백 명 단위 구십여 개의 작은 조직들이 마치 치륜(齒輪:톱니바퀴)처럼 치밀하고도 일사불란하게 은오무적부 네 무리를 포위, 공격, 방어했다.

그러면서 죽어가는 천외무적군의 수가 점차 줄어들었다.

최초의 급습 때에는 일각에 오백여 명이나 죽었는데, 전열이 정비된 이후에는 일각에 백여 명밖에 죽지 않았다.

지금 이 시각, 생사혈맹의 총 이십사 부 육천여 명은 이곳에서 남쪽으로 백오십여 리쯤 떨어진 곳에서 천외무적군 제칠대를 급습하고 있을 것이다.

제칠대의 최초 목적지는 산서 팽가(彭家)이고, 그다음에 무당파, 형산파를 차례로 괴멸, 접수한 후 그곳을 거점으로 삼으라는 명령을 띠고 있다.

천외무적군 제육대와 칠대는 생사혈맹이 출발한 생사갱에

서 가장 먼 곳에 있는 천외무적군이었다.

먼 곳에서부터 차근차근 괴멸시키겠다는 것이 화무린의 전략이었다.

해가 지평선 너머로 완전히 자취를 감추고 황하 변에 어둠이 짙게 깔렸다.

콰차차차창!

"크와악!"

"끄아악!"

"흐으악!"

어둠 속에서 터져 나오는 요란하게 무기끼리 부딪치는 소리와 구슬픈 비명 소리는 싸움이 시작된 지 한 시진이 지난 지금까지도 계속되고 있었다.

화무린은 은오검을 휘둘러 여전히 일 검에 서너 명씩 거꾸러뜨리면서 재빨리 사방을 둘러보았다.

어둠 속에서 천외무적군이 수십 개의 작은 대열을 이루어 빙글빙글 큰 원을 그리면서 공격하고 방어하는 광경이 보였다.

그리고 몹시 지친 듯한 모습으로 검을 휘두르고 있는 경무오룡검이 시야에 잡혔다.

경무오룡검은 은오무적부 삼십오 명 중에서 가장 무위가 약한 편이었다.

임독양맥이 소통됐다고는 하지만 윤학이 백오십 년, 다른 네 명은 백삼, 사십 년의 공력 수위다.

한 시진 동안 전력으로 싸워 평균 이십여 명의 천외무적군을 주살한 것만으로도 그들은 이미 제 역할 이상을 해냈다고 할 수 있었다.

실력이 부족한데도 불구하고 화무린이 그들을 굳이 은오무적부에 선발한 이유는, 자신의 가까이에 두고 보호하려는 의도였다.

그는 자신과 가까운 사람들이 더 이상 죽는 것을 원치 않았다. 가까운 사람들이 죽는 것을 보는 것도, 그 사실을 알아야 하는 것도 두려웠다.

아마도 그런 현상은 설영의 죽음 이후에 생겨난 갑작스러운 심경의 변화일 것이다.

명황오위와 동서오쾌는 아직 그다지 지친 모습은 아니었다. 그들은 황궁에서도 가장 뛰어난 절정고수들로서 수많은 실전 경험이 있고, 평소 자신들끼리의 혹독한 훈련을 거친 데다가 화무린에 의해서 임독양맥이 소통됐기 때문에 현재는 경무오룡검보다 두 배 가까이 고강한 수준이었다.

화무린이 둘러본 결과 현재로서는 경무오룡검만이 위태로운 상황이었다.

주자운은 황궁을 수복할 때 살인해 본 것이 전부였다.

그녀는 처음에 강물 위에 서서 일만 명을 바라볼 때에는 다소 겁을 먹었던 것이 사실이다.

그러나 막상 싸움을 시작하여 순식간에 몇 명을 죽이고 나서부터는 두려움이 많이 가시면서 용기가 크게 생겼고, 지금은 은오무적부의 누구보다도 잘 싸우고 있었다.

고대광실 자금성에서 수많은 하인과 시녀들의 시중을 받으면서 고귀한 생활을 하고 있어야 할 그녀가, 언제 어느 순간 목숨을 잃을지도 모르는 이런 살벌한 생사의 격전장 한복판으로 겁도 없이 뛰어든 이유는 오직 화무린을 사랑한다는 일념 하나 때문이었다.

그녀는 화무린의 주위 이, 삼 장을 벗어나지 않은 상태에서 한 자루 백검으로 시종 천황무록의 전광쾌검류를 전개하며 이미 팔십여 명의 적을 저승으로 보냈다.

"윤학, 자네들은 내 곁에서 삼 장 거리를 유지하면서 싸우되, 넷이 싸우는 동안 한 명이 쉬도록 하게."

경무오룡검은 화무린의 전음을 동시에 받고 빠르게 그의 주위로 다가왔다.

이어서 윤학과 세 명이 반원을 형성하여 싸우는 동안 막내 뇌룡검이 뒤편 반원의 안쪽에서 잠시 숨을 헐떡이면서 휴식을 취했다.

화무린이 나서서 그들을 도울 수도 있으나 그것은 최하책이고 임시방편에 불과했다.

화무린은 은오무적부 삼십오 명 중에서 가장 빠르고도 많이 적을 주살하고 있는 중이다. 그는 평균적으로 일각 동안에 거의 백여 명씩을 죽였다.

그런 그가 한가하게 경무오룡검의 뒷바라지나 하고 있다면 전세가 어떻게 되겠는가.

경무오룡검은 화무린이 가르쳐 준 방법대로 한 사람씩 돌아가면서 사분의 일각 동안씩만 쉰 후에 기력을 충전하여 싸우기를 반복했다.

단지 그것만으로도 그들은 허파가 터질 것 같던 조금 전보다 훨씬 좋아졌다.

그러나 화무린은 경무오룡검의 그런 상태가 그리 오래가지 않을 것이라고 짐작했다.

경무오룡검이 견딜 수 있는 시각은 앞으로 최대 한 시진 정도일 것이다.

그리고 화무린의 계산이 틀리지 않는다면, 경무오룡검이 최악의 상황에 도달하고 나서 한 시진이 지나면 이번에는 명황오위와 동서오쾌가 한계에 도달할 터이다.

그때가 되면 경무오룡검과 명황오위, 동서오쾌를 한꺼번에 격전장에서 빼내고 대기하고 있는 황위질풍군을 전격적으로 투입시켜야 한다.

그 상황이 되었을 때 천외무적군 제육대가 뿔뿔이 흩어져 도주를 해버린다면, 포위망이 없는 상황에서 속수무책으로 많은 천외무적군을 살려서 보내게 되고 만다.

완벽하게 일망타진하려면 어떻게 해서든 황위질풍군을 이

싸움에 가담시키지 말아야 하거나 최악의 경우 절반 정도만 투입시켜야 할 것이다.

그러나 만약 경무오룡검과 명황오위, 동서오쾌가 물러나기 전에 천외무적군 제육대가 지리멸렬하여 뿔뿔이 흩어져서 도주를 해준다면 사정이 훨씬 더 좋아질 것이다.

도주를 한다는 것은 패색이 짙어졌다는 것이고, 겁을 먹었다는 것이며, 전력으로 싸울 때에 비해서 전력이 절반 이하로 떨어졌다는 사실을 뜻한다.

그렇게 되면 경무오룡검이나 명황오위, 동서오쾌를 빼내지 않고, 황위질풍군을 투입시키지 않아도 좋을 터이다.

은오무적부는 안에서 도륙하고, 황위질풍군은 외곽에서 도주하는 적을 주살하면 되는 것이다.

그렇지만 단지 은오무적부 삼십오 명만으로 일만 명의 천외무적군 제육대를 지리멸렬, 도주하게 만든다는 것은 절대로 쉬운 일이 아니었다.

생각이 거기에 미친 화무린은 마음이 조급해졌다. 더 빠른 시간에 더 많은 적을 죽여야만 그런 상황을 조금이라도 빨리 앞당길 수 있을 것이라는 생각이 들어서다.

그는 여태껏 본신공력의 삼 할 정도만을 사용했다. 그것으로도 충분했기 때문이다.

그는 오른손으로는 은오검을 휘둘러 오룡검법을 전개하여 계속 적들을 거꾸러뜨리면서 머리로는 어떤 초식을 전개하는 것이 좋을지 염두를 굴렸다.

어둠을 뚫고 일단의 무리들이 강둑 쪽으로 빠르게 쏘아가고 있었다.

백여 명의 고수들인데 한결같이 황갈색의 도의(道衣)를 입은 도사들이었다.

백여 명 중에서 경공이 가장 빠른 세 명이 무리보다 수십 장 앞서 질주하고 있었다.

그들이 황하 강둑을 십여 장가량 남겨두었을 때,

"멈춰라."

느닷없이 전면에서 나직하면서도 위엄이 서린 웅혼한 전음이 터져 나오면서 어둠 속에서 한 인물이 불쑥 나타나 달려오는 세 명을 가로막았다.

그러자 강둑을 향해 쏘아가던 세 명 중에 오른쪽에 있는 큰 체구의 인물이 오른손으로 어깨의 도를 잡으면서 곧장 덮쳐가며 공격하려고 했다.

"그만두게."

순간 가운데의 인물이 팔을 뻗어 덩치 큰 인물을 제지했다.

세 명은 갑자기 나타나 자신들을 가로막은 인물 앞 일 장 거리에 뚝 멈추었다.

엄청나게 빠른 속도로 질주하다가 한순간에 멈추면서도 일체의 흔들림이 없는 것으로 미루어 그들은 대단한 고수가 틀림없었다.

덩치 큰 인물이 공격하려는 것을 가운데 인물이 막은 이유는, 앞을 가로막은 사람이 나쁜 마음을 먹었다면 숨어 있다가 급습을 가할 수도 있었을 텐데 오히려 모습을 드러내면서 멈추라고 했기 때문에 적이 아니라고 판단한 때문이었다.

세 명 중에 두 명은 체구가 컸고 한 명은 보통 체구인데 까까머리였다.

그중에서도 오른쪽의 인물이 키와 체구가 가장 컸으며 가운데 인물보다 머리 하나는 더 컸다.

체구가 가장 큰 인물은 현조였고, 가운데 인물은 화산파 장문인 단궁천이었으며, 왼쪽의 까까머리는 소림사 무아 선사의 제자인 와룡이었다.

세 사람을 가로막고 서 있는 사람은 혼자인데도 불구하고 조금도 위축되지 않고 당당했다.

단궁천과 현조, 와룡은 그 사람의 뒤쪽 강둑 이쪽에 수많은 사람들이 은둔해 있는 흐릿한 기척을 감지했다.

기척이 뚜렷하지 않은 것으로 미루어 은둔해 있는 사람들의 무공이 매우 고강하다는 사실을 알 수 있었다.

단궁천은 자신들을 가로막은 채 장승처럼 서 있는 인물을 빠르게 훑어보았다.

황의장삼을 입었으며 허리에는 금색 요대를, 상투에는 금색의 띠를, 양쪽 허리에는 각기 길고 짧은 금검(金劍)과 짧은 금도(金刀)를 찬 모습이었다.

'황궁 고수!'

단궁천은 적잖이 놀라서 내심으로 나직이 외쳤다. 무림인들은 절대 이런 복장을 하지 않는다.

천하에서 이런 복장을 하고 있는 사람들은 단 한 종류, 황궁 고수뿐이었다.

'황궁 고수가 어째서 이런 곳에…….'

그는 의아한 생각에 내심으로 중얼거리다가 문득 어떤 사실에 생각이 미쳤다.

"혹시… 세라공주가 이곳에 있소?"

단궁천이 불쑥 묻자 이번에는 황의인, 즉 황위질풍군이 가볍게 놀라는 표정을 지었다. 그러나 그는 곧 경계하듯 엄숙한 표정으로 되물었다.

"귀하는 누구시오?"

"나는 화산파 장문인 단궁천이오."

그러자 황위질풍군은 아! 하고 놀라는 표정을 짓더니 즉시 그 자리에 한쪽 무릎을 꿇으며 예를 취했다.

"장문인을 뵈옵니다."

단궁천은 작년 중추절에 북경 영정하 도연정에서 주자운을 만났을 때 그녀의 신분이 공주라는 사실을 그녀의 입을 통해서 직접 들은 적이 있었다.

그는 구중천 팔대지옥에 있을 때 마빈이 주자운에게 군신

지례를 취하는 것을 보고 그녀의 신분이 황궁과 관계가 있을 것이라고 짐작하고 있었는데 결국 들어맞은 것이다.

주자운은 평소에 황궁의 모든 사람들에게, 은오검객 화무린과 화산파 장문인 단궁천을 만나면 자신을 대하듯이 할 것이며, 무슨 일이든 전력으로 그들을 도우라고 입버릇처럼 누누이 일러두었기 때문에 황위질풍군이 단궁천에게 최대의 예를 갖추는 것이었다.

예를 취한 황위질풍군의 왼쪽 가슴에는 금색으로 '장(將)'이란 한 글자가 수놓아져 있었다.

그것은 그가 삼십 명의 황위질풍군을 거느리는 황위장(皇衛將)이라는 뜻이었다.

그는 사십대 초반의 강인하면서도 수양이 깊은 외모를 지녔는데, 강둑 너머 요란한 비명 소리가 들려오는 쪽을 가리키면서 공손히 입을 열었다.

"지금 저곳에는 은오검객께서 공주마마와 구중천주, 천제들과 함께 천외무적군을 상대로 싸우고 계십니다."

"무린과 자운이?"

"무린이?"

조금도 기대하지 않던 소식에 단궁천과 현조, 와룡은 크게 놀라면서도 기쁜 표정을 얼굴 가득 떠올렸다.

원래 이들 세 사람은 묘봉산대혈전 때 함께 싸우다가 패주하는 무림 군웅 속에 섞여 도주를 했었다.

그 과정에서 셀 수도 없을 만큼 천외무적군의 끈질긴 추격과 공격을 받으면서 무림 군웅은 모두 죽고 이들 세 명도 여러 차례 죽을 고비를 넘기면서 간신히 살아남았다.

무림에 있거나 구중천, 혹은 무림 군웅과 함께 있었다면 전세가 어떻게 돌아가는지 알 수 있었을 텐데, 셋만 따로 산중을 배회하게 되자 아예 귀머거리가 되어버렸다.

때마침 세 사람은 여량산 내에 있었고, 그곳에서 화산파가 멀지 않았으므로 단궁천의 권유에 따라 화산파로 갔다. 그것이 바로 이틀 전이었다.

만약 구중천주 일행이 천외무적군의 포위망을 돌파하여 화무린과 합류하지 않았더라면 단궁천 등이 그들을 발견했을지도 모르는 일이었다.

화산파에서 현조와 와룡이 상처를 치료하면서 휴식을 취하는 동안 단궁천은 화산파의 남은 고수들을 끌어 모았다.

그는 묘봉산대혈전 때 화산파에 있는 일급 고수 사백 명 중에서 삼백 명을 이끌고 갔다가 모두 잃었다.

그런데도 그는 남아 있는 화산파 일급 고수 백 명을 다시 끌어 모았다.

천중인계가 무사하고, 무림이 살아남아야 화산파도 존재할 수 있다고 생각하기 때문이었다.

그래서 그는 화산파에 돌아온 지 이틀 만에 현조, 와룡과 함께 백 명의 화산파 고수를 이끌고 다시 여량산으로 달려온 것이다.

천외무적군을 한 명이라도 더 죽이고, 무림 군웅을 한 명이라도 더 구하려는 목적이었다.

그런데 바로 이곳에서 화무린과 주자운을 만날 줄은 상상도 하지 못했다.

단궁천의 입가에 미소가 피어났다. 그는 강둑을 가리키면서 나직이 웃었다.

"하하하! 지금 저것이 무린과 자운이 천외무적군을 죽이고 있는 소리란 말이오?"

"그렇습니다."

"무린 일행은 모두 몇 명이고 천외무적군은 몇이나 되오?"

"두 시진 전 석양 무렵에 은오검객을 비롯하여 삼십사 명이 일만 명의 천외무적군을 습격했습니다."

누구든지 이 말을 듣는다면 극도로 어이가 없어야 하는데, 반대로 단궁천과 현조, 와룡은 웃음을 터뜨렸다.

"껄껄껄! 과연 무린이로다!"

겨우 삼십오 명으로 일만 천외무적군과 당당하게 싸우고 있는 것이다.

그것도 습격을 했단다.

희노애락을 모르는 현조의 입이 헤벌쭉 벌어졌다.

"하하! 무린 이 녀석, 멋진 일은 혼자 다 하고 있군."

단궁천이 정색을 하면서 빠른 어조로 황위장에게 물었다.

"지금 상황은 어떻소?"

"현재 맹주께서 이끄는 은오무적부가 적도 이천 명 정도를 죽였으며, 우리 쪽 사상자는 아직 한 명도 없는 것으로 파악하고 있습니다."

"이천!"

세 사람은 아연실색했다. 그들은 더 이상 웃지 못했다.

삼십오 명이 두 시진 동안에 천외무적군 이천 명을 죽이다니, 상상도 못할 일이었다.

"당신들은 이곳에서 무엇을 하고 있소?"

"우리 황위질풍군 일천 명은 은오검객의 명령으로 도주하는 천외무적군을 주살하기 위해 삼면을 포위한 상태에서 대기하고 있는 중입니다."

갈수록 점입가경이었다.

겨우 삼십오 명으로 일만 명을 급습했다는 사실만으로도 기가 찰 노릇인데, 두 시진 만에 이천 명을 주살한 것으로도 모자라서, 단 한 명의 천외무적군이 도주하는 것마저도 용납하지 않겠다는 것이 아닌가?

"본 파의 제자들을 당신들 황위질풍군에 잠시 동안 합류시켜 주겠소?"

단궁천이 자신의 뒤에 모여선 백 명의 화산파 일류고수들을 엄지손가락을 세워 어깨 너머로 가리키면서 부탁했다.

"그러겠습니다."

황위장은 공손히 고개를 숙여 대답한 후 다시 고개를 들다가 단궁천 등이 사라진 것을 발견하고 가볍게 놀랐다.

급히 뒤돌아보니 그들 세 명은 어느새 강둑 위를 쏘아가고 있었다.

단궁천과 현조, 와룡 세 명은 강둑을 박차고 훌쩍 신형을 날리면서 허공중에서 굽어보다가 그 아래 펼쳐진 광경을 발견하고는 아연실색했다.

수천 명의 천외무적군에게 겹겹이 포위를 당한 상태에서 십여 명 안팎으로 이루어진 네 개의 무리가 치열하게 싸우고 있었다.

땅에는 이미 죽은 천외무적군의 시체들로 시산혈해를 이룬 상태였다.

천외무적군의 공격은 밀물처럼 거셌으며 일사불란했다.

그런데도 네 개의 무리는 끄떡없이 일방적으로 천외무적군을 도륙하고 있었다.

"저기입니다!"

허공을 쏘아가던 현조가 한쪽 방향을 가리켰다.

그의 손가락 끝이 가리키는 곳에 화무린과 주자운의 모습이 보였다.

세 사람이 반가운 표정으로 쳐다볼 때, 화무린이 수직으로 솟구쳐 오르고 있었다.

第九十八章

조화영검(造化靈劍)

구중천
九重天

　주자운은 곁에 있던 화무린이 갑자기 수직으로 솟구치자 가볍게 놀란 얼굴로 그를 올려다보았다.

　화무린은 허공으로 빠르게 솟아오르면서 무극신공을 극한으로 끌어올렸다.

　후우우—

　그가 지상에서 삼 장 높이에 정지했을 때 그의 전신에서 찬란한 금광이 파도처럼 뿜어져 나오고 있었다.

　어두운 밤하늘에 눈부신 금광을 뿜으면서 떠 있는 화무린의 모습은 흡사 작은 태양 같았다.

　너무도 놀라운 광경이라서 그토록 치열했던 싸움이 거짓

말처럼 한순간 뚝 멈췄다.

피아를 막론하고 모든 사람이 화무린을 쳐다보며 크게 놀라고 있었다.

그중에서도 구중천주와 다섯 천제들, 용장봉선의 놀라움은 사뭇 남달랐다.

그들은 과거에 천상성계에서 성제가 지금 화무린처럼 온몸이 찬란한 금광으로 물든 광경을 몇 차례 본 적이 있었다.

그것은 바로 무극신공의 극치인 무극화경(無極化境)이었다.

성제가 나이 팔십오 세가 돼서야 이룬 것을 이십 세의 화무린이 보여주고 있는 것이다.

고오오오—

잠시 후, 화무린의 온몸에서 뿜어지는 금광이 점점 더 강해져서 쳐다볼 수 없는 지경에 이르렀으며 허공이 은은하게 진동을 일으켰다.

순간 구중천주는 한 가지 사실을 깨달았다. 과거 성제가 처음으로 무극화경에 이르러 무공을 펼치는 것을 기억해 낸 것이다.

그 당시 성제는 무극화경과 초식을 제대로 융화, 제어하지 못해서 큰 사고를 일으켰었다.

아마 화무린도 그런 전철을 밟게 될 것이다.

구중천주는 앞뒤 생각할 것 없이 은오무적부 삼십삼 명 모두에게 급박한 전음을 보냈다.

"즉시 바닥에 엎드려서 최대한 자세를 낮추어라!"

번쩍!

밤하늘에 떠 있던 작은 태양이 섬광과 함께 폭발했다.

거의 같은 순간, 구중천주와 그의 전음을 받은 삼십삼 명은 재빨리 땅에 몸을 던졌다.

콰아아—

작은 태양이 폭발하면서 금광이 천상에서 떨어지는 폭포처럼 뒤덮듯이 지상으로 쏟아져 내렸다.

그러나 그 속도는 폭포가 아니라 가히 번갯불이었다.

온몸에 팽배해 있던 공력을 한꺼번에 쏟아낸 화무린은 본래의 모습을 되찾았다.

금광은 쏟아져 내리면서 수천, 수만 개의 작은 비늘 같은 금린(金鱗)으로 변했다. 빛 하나하나가 칼보다 더 예리한 금린인 것이다.

콰아아아!!

그리고 그 금린의 파도가 화무린을 중심으로 지상 십여 장 이내를 태풍처럼 깡그리 휩쓸어 버렸다.

십여 장 이내에 있던 천외무적군은 단 한 명도 남김없이 금린에 온몸이 관통되면서 벌집이 되어 튕겨져 날아가 내동댕이쳐졌다.

십여 장 이내에 서 있는 사람은 단 한 명도 없었다.

만약 구중천주의 전음이 아니었다면 은오무적부 중에서도 죽거나 다치는 사람이 발생했을 뻔했다.

화무린이 은오무적부 네 무리를 피해서 초식을 전개하기는 했지만 공력이 너무도 가공해서 제대로 제어가 되지 않았던 것이다.

더구나 은오무적부의 네 무리는 서로 뚝 떨어져서 천외무적군 사이사이에 섞여 있었으므로 그들만을 피해서 초식을 전개한다는 것이 무척 어려웠다.

방금 전의 초식으로 죽은 천외무적군은 줄잡아 백오십여 명이나 됐다.

뼈와 살로 이루어진 인간이 펼친 무공이 단 일 초식에 백오십여 명을 죽였다는 것은 실로 믿어지지 않는 일이었다.

"방금… 그것이 정녕 조화영검(造化靈劍)인가요?"

봉선이 바닥에 납작하게 엎드린 상태에서 일어날 엄두를 내지 못한 채 옆에 엎드려 있는 구중천주에게 떨리는 목소리로 겨우 물었다.

"그렇다. 틀림없는 조화영검이었어."

대답하는 구중천주의 만면에 환한 미소가 가득 떠올랐다.

그는 천천히 일어서며 다음 말을 이었다.

"정령신계에 이르러야지만 성취할 수 있다는 바로 그 조화영검이지."

"아……. 그렇다면 무린은 이미 정령신계에 도달했군요."

구중천주는 믿기 어렵다는 표정을 지으면서 허공의 화무린을 쳐다보았다.

"음! 저 아이가 그런 경지에 이르렀다니, 이것은 정말 상상 밖이로군."

화무린은 자신이 방금 펼친 초식의 결과 때문에 적잖이 놀라고 있었다. 이 정도의 가공한 위력일지는 미처 예상하지 못했던 것이다.

게다가 그는 방금 그 초식이 천지무극이라고만 생각했다.

공력이 정령신계에 이른 상태에서는 자연적으로 무극신공의 최고 단계인 무극화경에 이르고, 그래서 천지무극을 전개하면 조화영검이 된다는 사실을 모르고 있었기 때문이다.

그는 방금 전에 은오검을 사용하지 않고 두 손으로 조화영검을 전개했었다.

예전에 비해서 공력이 한층 증진된 상태라서 원래 한 줄기나 두 줄기로 발출되는 천지무극을 풀어서 한꺼번에 사방으로 전개하면 혹시 많은 적을 죽일 수도 있지 않을까 하는 것에 생각이 미쳤기 때문이다.

그런데 그것이 기대 이상의 결과를 가져온 것이다.

'그렇다면?'

뭔가 깨달아지는 것이 있었다. 풀어서 전개할 수 있다면 그 수를 조절할 수도 있을 터이다.

"어머니, 자운과 경무오룡검을 보호해 주세요."

슈우우—

화무린은 지상의 한곳을 향해 비스듬히 쏘아가면서 봉선에게 전음을 보냈다.

앞으로 어떤 일이 벌어질는지 예측할 수 없기 때문에 그들을 보호하려는 것이었다.

그의 경공을 육안으로 좇는 것은 불가능했다.

사실 현재의 그에겐 경공법이니 보법 같은 것들이 하등의 필요가 없었다.

현존하는 그 어떤 최고의 경공 구결도 그의 높은 공력을 따라주지 못하기 때문이다.

그래서 지금의 그는 순전히 공력만으로 경공을, 아니, 그저 움직이고 있었다.

어디로 가야겠다고 마음을 먹는 순간 몸은 어느새 그곳에 가 있었다.

현재 상황은 화무린이 조화영검을 전개하여 십여 장 이내를 완전히 초토화시켰기 때문에 천외무적군은 십 장 밖에 운집해 있었다.

그들은 너무 놀랐는지 모두들 우두커니 서 있기만 할 뿐 화무린에게 덤벼들 엄두조차 내지 못하고 있었다.

구중천주는 화무린이 적들이 가장 많은 곳을 향해 쏘아가는 것을 보고는 그의 의도를 깨닫고 즉시 은오무적부를 일깨워 주었다.

"무엇들 하는가? 즉시 공격하라!"

화무린이 조화영검으로 천외무적군을 무차별 유린하는 기회를 놓치지 않겠다는 뜻이었다.

그의 명령에 은오무적부 네 무리가 즉시 네 방향으로 빠르게 쏘아갔다.

그와 동시에 봉선은 구중천주의 곁을 떠나 주자운과 마빈, 경무오룡검이 있는 무리로 신형을 날렸다.

번쩍!

그들이 천외무적군에게 채 당도하기도 전에 화무린에게서 부챗살 같은 금광이 폭사되어 나왔다.

그는 허공 일 장 높이에서 천외무적군을 향해 비스듬히 독수리처럼 하강하고 있었는데, 그의 쌍장에서 뿜어진 부챗살 같은, 즉 선골금광(扇骨金光)이 좌에서 우, 사 장 너비의 천외무적군을 깡그리 휩쓸고 있었다.

선골금광에 휩싸인 천외무적군은 일체의 반항도 하지 못했고, 비명도 지르지 못했다.

그것은 바글거리는 파리와 모기 떼에게 불덩이를 던진 것과 같은 광경이었다.

두 번째 조화영검으로 천외무적군 오십여 명이 즉사했다.

단 두 번의 공격으로 무려 이백여 명의 천외무적군을 죽인 것이다.

단궁천과 현조, 와룡은 화무린의 경천동지할 신위에 경악해서 한순간 정신이 멍해지며 허공중에서 균형을 잃고 말았다.

"자운에게 가자!"

단궁천이 외치면서 오른발로 왼발 등을 살짝 찍고 주자운 쪽으로 쏘아가자 현조와 와룡도 그대로 따라서 했다.

슈우우—

화무린은 지상에 내려서자마자 급선회하여 세 번째 먹이가 될 천외무적군을 향해 쏘아갔다.

그는 처음에 조화영검을 전개하기 전에는 그것의 위력이나 속도, 발출되는 각도와 방향 같은 것에 대해서 제대로 알지 못했다.

그래서 허공으로 치솟아 불특정 다수를 향해 시험 삼아 최초의 공격을 전개해 봤던 것이다.

그 한 번의 시험으로 인해서 어느 정도 가닥을 잡았고, 두 번째 전개로 웬만큼 조화영검의 완급을 조절할 수 있는 자신이 생겼다.

그는 쏘아가는 중에 공력을 끌어올려 오른손에 모았다.

구우우—

그의 오른팔이 어깨까지 짙은 금광이다 못해서 아예 불그스름하게 변했다.

그것은 마치 힘차게 풀무질을 한 직후 단공로(鍛工爐)에서 막 꺼낸 달구어진 쇳덩이 같았다.

처음에 그는 무극신공을 온몸 가득 끌어올렸지만, 지금은 필요에 의해서 오른팔에만 모았다.

스으으—

그때 그의 오른팔을 물들인 붉은 기운이 점차 아래쪽 손으로 내려가 집중되면서 붉은 기운이 더욱 짙어져서 핏물이 뚝뚝 떨어질 것만 같게 되었다.

그가 쏘아가는 방향에 모여 있는 천외무적군은 방금 전에 화무린이 전개한 두 차례의 가공한 신기를 두 눈으로 목격한 터라 감히 대항하지 못하고 뻣뻣하게 서 있거나 주춤주춤 뒷걸음질쳤다.

그러나 그것은 일시간의 마비 같은 것에 불과했다.

그들은 천외신계의 강병 천외무적군이다. 그들 한 명 한 명은 태어나는 순간부터 세뇌당한 살인 무기들인 것이다.

"정신 차려라! 선풍오륜진(旋風五輪陣)을 전개하라!"

천외무적군 제육대를 이끌고 있는 서열 오위 이십사존의 구존(九尊)이 발작적으로 부르짖자 화무린이 쇄도해 가고 있는 방향의 천외무적군은 언제 그랬냐는 듯 민첩하게 움직이기 시작했다.

그들에게 쏘아가던 화무린은 삼 장 거리를 남겨두고 오른손을 가볍게 떨쳤다.

고오오!

주먹 두 배 크기의 시뻘건 불덩이가 그의 오른손에서 번갯불처럼 뿜어져 나갔다.

다음 순간 보는 이의 눈을 의심할 만한 광경이 벌어졌다.

투아아!

일 장 거리쯤 쏘아져 나가던 불덩이가 목표로 삼은 천외무적군과의 거리를 이 장 남겨둔 지점에서 마치 어부가 강에 투망을 활짝 펼쳐서 던지는 것처럼 수십 개의 빛줄기로 쫙 갈라지면서 뿜어졌다.

파파아아—

첫 번째와 두 번째는 비늘 같은 금린이 천외무적군의 몸을 수도 없이 관통했었지만, 지금은 적 한 명에 한 뼘 길이의 창날 같은 빛줄기 하나만이, 그것도 미간이나 목 한복판, 심장 같은 급소만을 여지없이 관통해 버렸다.

역시 비명도, 고통에 몸부림치는 자들도 없었다. 빛줄기에 관통된 자들은 입을 쩍 벌린 채 뒤로 삼사 장쯤 튕겨져 날아갔다가 나뒹굴면서 숨이 끊어졌다.

세 번째 조화영검에 죽은 자들은 삼십삼 명이었다.

처음과 두 번째에 비해서 적은 수를 죽였지만, 처음에 사용한 공력에 비해서는 사분의 일, 두 번째에 비해서는 절반의 공력밖에 사용하지 않았다.

또한 아무나 적중되라는 마구잡이식이 아니라, 서른세 개의 빛줄기를 발출하여 단 하나도 헛되지 않게 삼십삼 명을 죽이면서도 정확하게 급소를 관통시켰다.

쏴아아!

그때 천외무적군 수백 명이 순식간에 그를 포위해 버렸다.

처음에는 무질서한 것처럼 보였으나 눈 한 번 깜빡이는 사이에 한 겹이 둘, 셋으로 늘어나는가 싶더니 어느새 다섯 겹의 포위망으로 변해 버렸다.

조금 전에 구존이 명령했던 선풍오류진이 펼쳐진 것이다.

"자운아!"

단궁천이 허공에서 주자운 곁으로 뚝 떨어져 내리면서 반갑게 외쳤다. 그의 양쪽에는 현조와 와룡이 따르고 있었다.

"큰 오라버님!"

단궁천을 발견한 주자운은 자신이 다섯 명의 투번고수를 상대로 치열하게 싸우고 있던 중이라는 사실을 순간적으로 잊어버린 듯 빙글 몸을 돌리면서 반갑게 외치며 그의 품으로 뛰어들었다.

다섯 명의 투번고수는 갑자기 허점을 보인 주자운의 배후를 향해 맹렬하게 도검을 휘둘렀다.

쉬이익! 쐐애액!

"크악!"

"흐와악!"

그러나 허공에서 내려서던 현조와 와룡이 도검을 그어대

자 그들은 처절하게 비명을 지르며 거꾸러졌다.

"언제 오신 거예요? 어디 다친 곳은 없나요? 화산파는 무사한가요?"

주자운은 단궁천의 품에 안겨 그를 올려다보며 종달새처럼 재잘거렸다.

"껄껄껄! 이 녀석! 하나씩 천천히 물어봐야지 오라비가 정신이 없구나!"

단궁천은 왼팔로 주자운의 허리를 안은 채 오른손의 도로 여유있게 투번고수들을 상대하면서 호방하게 웃었다.

"장문인! 자운을 부탁해요!"

그때 화무린의 부탁으로 주자운을 보호하기 위해 달려와 있던 봉선이 단궁천에게 나직이 외치면서 구중천주 쪽으로 바람처럼 쏘아갔다.

"염려 마십시오, 봉선님!"

"저분은 무린의 어머니예요."

단궁천이 저만치 멀어지고 있는 봉선을 향해 외치자 주자운이 그녀를 보면서 일깨워 주었다.

"무린의 어머니?"

"네. 봉선님이 무린의 의모가 되셨어요."

"헛헛! 그거 좋은 일이로군!"

"정말 잘됐죠?"

"그런데 그보다 더 좋은 일이 있는 것 같군."

주자운은 아름다운 눈을 약간 크게 뜨며 궁금한 듯 물었다.

"그게 뭔가요?"

"자운 네가 무린을 무랑이라고 부르게 된 것."

"어머?"

단궁천은 주자운의 뺨을 살짝 잡고 흔들었다.

"무린하고 언제부터 그런 사이가 된 게냐?"

주자운은 얼굴을 붉히면서 혀를 쏙 내밀었다.

"큰 오라버님도 무랑을 잘 아시잖아요. 그냥 저 혼자 마음대로 그렇게 부르는 거예요. 목석이에요, 저 남자는."

"저런……."

주자운이 초롱초롱 빛나는 애잔한 눈빛으로 단궁천을 바라보았다.

"큰 오라버님께서 소매와 무랑이 잘되도록 도와주실 거죠?"

단궁천은 또다시 껄껄 웃었다.

"헛헛헛! 요렇게 예쁜 막내의 부탁을 거절할 만한 배짱이 내게는 없단다! 오냐, 목숨을 걸고 널 도우마!"

두 사람이 하는 행동만 보면 지금 이곳이 격전장 한복판인지 한적한 다루(茶樓)인지 모를 정도였다.

그 무렵, 구중천주와 다섯 천제는 각기 무리를 벗어나 독자적으로 행동하고 있었다.

구중천주의 보검에서는 천지조화검 삼초식이 폭풍처럼 쏟

아져 나왔고, 다섯 천제들은 제각기 천상성계의 절학을 발휘하여 파죽지세로 천외무적군을 유린하면서 휘젓고 다녔다.

그들이 그럴 수 있는 것은 화무린이 천외무적군의 전체적인 전열과 균형을 크게 뒤흔들어 놓았기 때문이다.

무위가 다섯 천제와 비슷한 수준인 용장봉선도 각기 단독으로 절세의 경공을 펼치면서 천외무적군을 주살해 갔다.

팔부중은 여덟 명이 한 조가 되어, 명황오위와 동서오쾌 열명도 한 조가 되어 동에 번쩍 서에 번쩍 하면서 천외무적군을 뒤흔들어 놓았다.

조영은 홀가분하게 혼자서 좌충우돌 신들린 듯이 수중의도를 휘두르며 적도들을 주살했다.

그는 화무린이 임독양맥을 소통시켜 준 이후 뻗치는 힘을 주체하지 못해서 애를 먹었었는데, 이제야 물 만난 물고기처럼 펄펄 날고 있었다.

원래 그의 무위는 철심협개 정도 수준이었는데, 공력이 졸지에 두 배 가까이 급증하자 현재는 용장봉선과 비슷한 수준이 된 상태였다.

'무린이 위험하다!'

막 천지무극을 전개하려던 구중천주는 십오륙 장 거리에서 수백 명의 천외무적군에게 다섯 겹으로 포위당해 있는 화무린 쪽을 보면서 안색이 급변했다.

이곳에서는 천외무적군이 화무린에게 어떤 공격을 하고

있는 것인지 제대로 알 수가 없었다.

그저 수백 명의 천외무적군이 지상과 허공을 다섯 겹으로 새카맣게 뒤덮은 채 빠른 속도로 원을 좁히고 있는 광경만 보일 뿐이었다.

천외무적군이 얼마나 빽빽하게 포위망을 형성하고 있는지 바늘구멍만 한 빈틈조차 보이지 않았다.

세 번의 조화영검을 전개한 직후, 화무린은 가볍게 당황하고 있었다.

천외무적군 수백 명이 그를 포위하는가 싶더니, 어느새 다섯 겹이 됐고, 다시 숨 한 번 내쉬었을 때에는 그들이 지상과 머리 꼭대기까지의 허공을 빽빽하게 뒤덮은 상태에서 도검을 뽑으며 맹렬하게 포위망을 좁혀오고 있는 중이었다.

방금 전까지만 해도 화무린으로부터 가장 안쪽의 포위망까지의 거리는 오 장이었는데, 지금은 이 장으로 바싹 좁혀든 상황이다.

'저것은?'

막 호신강기, 아니, 그보다 더욱 강력한 호령강을 펼쳐서 온몸을 보호하려던 화무린은 시선을 허공의 한곳에 고정시킨 채 가볍게 표정이 변했다.

그의 시선이 멈춘 곳에는 한 명의 천외무적군이 검을 쥔 팔을 화무린을 향해 아래로 쭉 뻗은 채 쏘아오고 있었는데, 뒤에서 두 명의 투번고수가 그의 등에 각각 손바닥 하나씩을 밀착시키고 있었다.

그런데 그것이 다가 아니었다. 그 두 명 뒤에는 네 명이, 또 그 뒤에는 여덟 명이, 그리고 마지막 가장 바깥쪽 포위망의 열여섯 명이 앞쪽 사람의 등에 손바닥을 밀착시키고 있지 않은가.

화무린은 그것을 발견한 순간 포위망 가장 안쪽의 한 명에게 이, 삼, 사, 오의 천외무적군들 삼십 명이 공력을 모아주고 있다는 사실을 깨달았다.

즉, 한 사람의 공력을 다른 한 사람에게 전해주는 이체전공(移體傳功)의 수법을 삼십 명이 한 명에게 모아주는 것으로 변형시킨 방법이었다.

그것이 바로 선풍오류진이었다.

화무린은 재빨리 눈동자를 굴려 포위망 가장 안쪽의 인물들을 살펴보았다.

안쪽 제일선에는 모두 십이 명이 공격해 오고 있었는데, 역시 그들의 뒤에도 삼십 명의 천외무적군이 이체전공으로 공력을 주입시키고 있었다.

더구나 가장 안쪽에 있는 자들 십이 명은 투번고수가 아니었다. 서열 칠위 격뢰발이 두 명, 십위 번혼이 네 명, 나머지 여섯 명은 십삼위 번위막들이었다.

주지의 사실이지만, 천외무적군 투번고수는 무림의 일류 고수보다 훨씬 강하고, 한 단계 올라갈 때마다 절반 가까이

고강해진다.

구중천주라고 하더라도 칠위 격뢰발을 비롯하여 번혼과 번위막으로 구성된 십이 명의 합공을 막아내는 것은 결코 쉬운 일이 아닐 터였다.

하물며 그들 십이 명 각자의 뒤에 삼십 명씩의 천외무적군이 공력을 주입해 주고 있는 상황에서의 합공이라면 대저 뉘라서 막아내거나 살아남을 수 있겠는가.

그 위력은 상상조차 할 수 없을 정도로 엄청날 것이다.

쏴아아―

격뢰발을 비롯한 십이 명의 도검이 화무린의 온몸 급소를 향해 무서운 속도로 찌르고 베어왔다.

화무린은 호령강을 뿜어내어 몸을 보호하고 있었지만 십이 명의 어마어마한 공력에는 견뎌내지 못할 것이라는 사실을 직감했다.

그들의 도검에서는 한결같이 번갯불 같은 강기가 뿜어졌으며, 화무린의 일 장 거리까지 쇄도했을 때에는 호령강을 균열시키고 있었다.

화무린은 바짝 긴장했다. 현재 그들 십이 명 각자의 공력은 화무린보다 훨씬 고강한 상태다.

그는 지금 이 순간 자칫 잘못 판단을 내리거나 일호지차의 실수라도 저지르게 되면 그 순간 목숨을 잃을 수도 있다는 사실을 깨달았다.

그의 두 눈이 맹수처럼 이글거렸다.

'이들 각자의 공격은 나보다 강할 테지만, 방어도 그 정도 수준일 것이라고는 믿지 않는다!'

그는 호령강을 거두는 것과 동시에 상체를 접듯이 안으로 슬쩍 굽히면서 공력을 극한으로 끌어올렸다.

지금처럼 체내의 마지막 한 움큼의 공력까지 끌어올리는 것은 무공을 배운 이후 처음이었다.

열두 자루의 도검 중에서 가장 가까이에 도달한 한 자루 검이 그의 심장을 파고들고 있었으며, 또 한 자루의 도는 이미 그의 목에 닿았다.

한순간, 그가 상체를 활짝 펴자 열두 줄기의 금린이 열두 방향으로 섬광처럼 폭사되었다.

쿠와아앗!

또다시 두 자루 검과 세 자루 도가 그의 몸에 닿았지만, 그것들은 쏘아왔을 때보다 몇 배나 더 빠른 속도로 튕겨져 날아갔다.

열두 줄기의 금린이 공격해 오던 열두 명의 미간을 정확하게 꿰뚫은 것이다.

선풍오류진이 화무린을 합공하는 것을 제일 먼저 발견한 사람은 구중천주지만, 곧이어 은오무적부의 절반 이상이 그곳을 쳐다보며 크게 놀라는 표정을 지었다.

그들 모두는 그 괴이한 진법을 형성하고 있는 수백 명이 앞

사람 등에 손바닥을 밀착시키고 있는 것을 발견했으며, 그 순간 그것이 무엇을 의미하는지 깨달았다.

그래서 그 광경을 쳐다보고 있는 사람들은 피아를 막론하고 화무린이 결코 무사할 수 없을 것이라고 생각했다.

하지만 기적은 위기의 순간에 일어나는 법이다.

화무린이 이미 죽었거나, 아니면 죽어가고 있는 중이라고 사람들이 생각하고 있을 때,

오오옴!

선풍오류진을 형성하고 있는 가장 바깥쪽의 이백여 명이 똑같이 뒤통수에서 눈부신 금빛 빛줄기를 뿜어냈다.

더 정확하게 설명하자면, 선풍오류진 제오선을 형성하고 있는 백구십이 명이 한결같이 미간에 금빛 빛줄기를 관통당하여 뒤통수로 빛줄기가 뿜어져 나오며 상체가 뒤로 확 젖혀지면서 튕겨지고 있었다.

그리고 한 칸 안쪽의 제사선 구십육 명과 그 안쪽 삼선의 사십팔 명, 이선의 이십사 명, 일선의 십이 명도 마찬가지 모습이었다.

그들이 한꺼번에 튕겨져서 날아갈 때 제일선 십이 명의 모습이 보였다.

최초에 화무린에게서 발출된 열두 줄기의 금빛 빛줄기가 제일선 열두 명의 미간을 관통했다.

그리고 그들의 뒤통수로 빠져나온 각각 두 개의 빛줄기가

이선 이십사 명의 미간을 관통, 다시 그들의 뒤통수로 빠져나온 두 줄기씩의 빛줄기가 사십팔 명을, 그리고 똑같은 방법으로 사선의 구십육 명과 마지막 오선의 백구십이 명이 빛줄기에 미간을 관통당한 것이었다.

어떻게 최초의 열두 줄기가 사람의 머리통 하나를 관통할 때마다 두 개로 불어난 것인지 짐작조차 할 수가 없었다.

또한 화무린에게서 폭사된 최초의 빛줄기만 일직선이었고, 그것들이 제일선 십이 명의 미간을 관통한 순간부터는 좌우로 급격하게 방향을 꺾어 눈이라도 달린 것처럼 뒷사람의 미간을 관통했으며, 삼선, 사선, 오선도 마찬가지였다.

한순간에 벌어진 그 광경은 마치 선풍오류진의 한복판에서 화산이 폭발한 것 같았다.

은오무적부와 천외무적군 모두의 움직임이 다시 한 번 일시에 정지됐다.

그들의 시선은 일제히 화무린에게 집중되었다.

화무린 주위 삼사 장 이내에는 아무도 없었다. 오직 그 혼자만 우뚝 서 있었다.

방금 전까지 그를 공격했던 선풍오류진의 삼백칠십이 명은 모조리 삼사 장 밖에 나뒹굴어 있었다.

미간과 뒤통수가 관통되어 절명한 상태로.

비틀!

그때 화무린이 쓰러질 듯이 비틀거리면서 앞으로 몇 걸음

걸어나갔다.

그가 조화영검을 발출하기 직전, 열두 자루의 도검 중에서 가장 먼저 그의 몸에 닿았던 검과 도가 그의 심장 부위를 깊숙이 찔렀고, 뒷목을 뭉텅 베어버렸다.

다행히도 검은 심장을 아슬아슬하게 비껴서 찔렀으며, 도는 살이 두터운 뒷목을 반 치 깊이로 베어 그다지 치명적이지는 않았다.

그러나 그의 왼쪽 가슴과 목에서는 샘물처럼 피가 흘러나와 금세 상체를 붉게 물들였다.

"무랑!"

"무린아!"

"장주!"

순간 그를 부르는 각기 다른 호칭들이 와르르 터져 나왔다.

그와 동시에 주자운을 비롯한 은오무적부와 단궁천, 현조, 와룡이 일제히 화무린에게 신형을 날려 쏘아갔다.

그러나 그들이 화무린에게 절반도 이르지 못했을 때 제육대의 지휘자인 구존이 쩌렁쩌렁한 외침을 터뜨렸다.

"소, 대차혈륜진(大車血輪陣)을 펼쳐라!"

화무린이 보여준 개세적인 신위를 직접 목격했다면, 사람들은 보통 두 가지 반응을 보일 터이다.

대다수의 사람들은 공포를 느낄 것이고, 극소수만이 분노를 터뜨릴 것이다.

구존은 후자에 속했다. 아니, 태어나는 순간부터 집요한 세뇌와 혹독한 훈련을 받아온 천외신계의 천외족 모두가 후자에 속할 터이다.

구존의 우렁찬 명령은 두 번째로 정신적인 공황(恐惶) 상태에 빠져 있던 천외무적군을 즉각 일깨웠다.

화무린은 우뚝 선 자세로 재빨리 공력을 끌어올려 상처에서 흐르는 피를 지혈했다.

바로 그때, 수를 헤아리기 어려울 정도로 많은 천외무적군이 바람처럼 몰려들더니 겹겹이 포위망을 만들어 순식간에 그를 한복판에 가두어 버렸다.

그 수는 줄잡아 천오백에 달했으며, 화무린을 복판에 둔 상태에서 십여 겹의 원형 포위망이 좌우로 빠르게 빙글빙글 회전하기 시작했다.

구중천주를 비롯한 은오무적부와 단궁천, 현조, 와룡 등 삼십칠 명 쪽도 같은 상황이었다.

다른 것이 있다면 포위하고 있는 천외무적군의 수였다. 화무린 쪽은 천오백, 은오무적부는 육천여 명이었다.

양쪽 합쳐서 칠천오백의 천외무적군이었다. 급습을 개시하여 두 시진 반 만에 이천오백을 주살한 것이다.

화무린의 얼굴에 흐릿한 초조함이 떠올랐다.

'실수다!'

경무오룡검과 명황오위, 동서오쾌 등이 탈진하기 전에 천외무적군에게 큰 타격을 입히려던 계획이 단지 수백 명을 죽인 것으로 끝나 버렸다.

아니, 오히려 그들을 결속시켜서 진을 발동하는 빌미를 제공해 준 꼴이 되고 만 것이다.

좌아아아—

천외무적군이 발동한 진, 즉 소, 대차혈륜진은 제일선이 좌로 회전을 하고 이선이 우로, 그리고 삼, 사, 오선이 서로 엇갈려서 회전을 하는 식이었다.

화무린을 포위한 것이 소차혈륜진, 은오무적부를 포위한 것이 대차혈륜진이었다.

이 진법은 조금 전의 선풍오류진처럼 이체전공 같은 수법을 사용하지는 않았다.

진법의 이름이 시사하듯, 차혈륜(車血輪), 즉 수십 개의 피의 바퀴가 서로 역회전하면서 목표물을 향해서 끊임없이 공격을 퍼붓는 것이다.

그리고 바야흐로 그 공격이 시작되었다.

第九十九章

염마왕(閻魔王)

구중천
九重天

쏴아아아—

제일선의 사십구 명이 사면팔방에서 화무린을 향해 맹렬하게 도검을 휘둘러왔다.

원래 다수가 한 명을 동시에 공격할 때에는 최대 일곱 명이 한계다.

공격을 당하는 사람, 즉 피격자(被擊者)가 차지하고 있는 공간의 제한적 조건 때문이다.

공격자가 멀리에서 활을 쏘거나 무기를 던진다면 모르지만, 손에 무기를 쥐고 다가들면서 공격을 가할 때 일곱 명 이상이면 서로 몸이 부딪치고 겹쳐져서 최상의 공격 효과를 기대할 수가 없는 것이다.

그런데 이들 제일선의 사십구 명은 동시에, 그리고 한꺼번에 화무린에게 공격을 퍼붓고 있었다.

그러나 사실 날카로운 안목을 지닌 사람이라면 동시 공격이 아니라는 사실을 간파할 수 있을 것이다.

일곱 명씩 공격자로 구성된 일곱 개의 조(組)가 순서대로 연이어서 공격을 하는 방법인데, 그 간격이 지극히 짧은 찰나에 불과해서 겉으로는 동시에 공격하는 것처럼 보이는 것이다.

아니, 겉보기에만 그런 것이 아니라 실제로도 동시에 공격한 것 같은 위력을 발휘했다.

한순간에 한꺼번에 두들겨 맞는 것과 찰나의 간격을 두고 두들겨 맞는 것이 무슨 차이와 의미가 있겠는가.

묘봉산대혈전에서 이 차륜혈진은 실로 굉장한 위력을 발휘했었다.

그렇지만 지금 소차륜혈진이 상대하고 있는 사람은 화무린이다. 천외무적군이 묘봉산대혈전에서 차륜혈진으로 상대했던 고수들이 아닌 것이다.

사실 화무린의 빠르기 정도라면 눈 깜짝할 사이에 소차륜혈진에서 빠져나갈 수가 있었다.

그러나 그는 그렇게 하지 않았다. 아예 빠져나갈 생각 자체가 없었다.

그의 목적은 이들을 한 명도 남김없이 전멸시키는 것이지 도주가 아니었다.

또한 차륜혈진의 최대 강점인 끊임없이 계속되는 사십구 명의 동시 공격이 화무린에게는 먹히지 않았다.

차륜혈진이 지니고 있는 단 하나의 허점. 즉, 찰나의 간격을 놓칠 화무린이 아닌 것이다.

그는 남들보다 훨씬 날카로운 눈을 지니고 있었고, 정령신계 음양쌍신경에 도달한 지금은 그 찰나의 간격이 매우 느리게까지 보일 정도였다.

물론 그가 차륜혈진을 가볍게 여긴다는 것은 아니었다. 한순간의 쉴 틈도 없이 계속되는 공격은 그에게도 버거운 상대가 분명했다.

음양쌍신경이라는 공력은 남들보다 월등하게 막강한 공력을 지니고 있다는 뜻이지, 결코 영원히 마르지 않는 샘물처럼 끊임없이 공력이 솟아난다는 뜻이 아니다.

무엇이든 남들보다 월등하다는 것이다. 공력을 회복하는 것도, 상처를 치유하는 것도, 무공을 발휘하는 것까지도.

그러나 분명히 끝과 바닥은 있다.

화무린은 물론 호령강을 펼쳐서 자신을 보호할 것이다. 그러나 공격이 오래 계속되고, 수많은 적들을 죽이다 보면 그도 지칠 것이고 호령강도 얇아지거나 최악의 경우에는 거두어야 할 상황이 닥칠는지도 모른다.

그 상황이 되면, 그는 아주 잠시라도 휴식을 취하면서 공력을 회복해야만 할 것이다.

만약 휴식을 취하지 못한다면 매우 심각한 위기에 처하게 될 테니까.

번쩍!

화무린은 조화영검을 발출했다. 급박한 상황이라서 급소를 겨냥할 여유가 없었다.

그 순간 그의 온몸에서 찬란한 금광이 폭사되면서 이 장 이내로 근접한 채 공격하고 있던 천외무적군 사십구 명을 모조리 튕겨냈다.

물론 그들 사십구 명의 온몸은 무수한 금린에 의해서 벌집이 된 상태였다.

화무린은 방금까지 네 번의 조화영검을 전개했다.

첫 번째는 칠성의 공력으로, 두 번째와 세 번째는 절반, 또 절반으로 줄였고, 방금 전 네 번째는 십이성에 최후의 한 움큼까지 보탰었다.

그로써 그는 본신공력의 삼 할 정도를 소비했다.

이 상태에서 계속 조화영검을 전개한다면 급속도로 공력이 소비될 것이다.

앞으로 조화영검을 몇 차례 더 전개해서 몇백 명쯤 죽인다고 해서 전세가 뒤바뀌지는 않는다.

하지만 지금은 몇 시진 앞을 걱정하기보다는 코앞에 닥친

위험부터 해결해야 할 때였다.

제일선의 사십구 명이 순식간에 죽어버리자 이선의 사십구 명이 예상하고 있었다는 듯 즉시 덮쳐 왔다.

쐐애액!

그들이 휘두르는 마흔아홉 자루의 도검에서 소름 끼치는 귀곡성이 터져 나왔다.

창!

화무린이 어깨에서 은오검을 뽑자 용이 승천하면서 내는 듯한 맑은 검명이 터졌다.

경무장이 있는 하북 고안현의 이름 모를 야장간(冶匠間:대장간)에서 우연히 손에 넣었던 은오검.

그날 이후 그 검으로 경무장을 장악하고 있던 천외무적군 제육투번을 시작으로 하여 지금껏 셀 수도 없이 많은 천외무적군을 죽였다.

그렇지만 천외무적군이 아닌 사람의 피를 묻힌 적은 한 번도 없었다.

화무린이 은오검의 주인이 된 지는 채 일 년도 되지 않았지만 생사의 고비는 함께 무수히 넘겼었다.

그러므로 화무린과 은오검의 관계를 사람의 우정으로 논한다면, 목숨을 내줘도 아깝지 않을 막역지간이라고 할 수 있었다.

화무린은 은오검으로 초식을 전개할 때가 어느 때보다도

마음이 편했고 든든했다.

검을 사용하지 않고서도 검으로 펼칠 때보다 열 배 이상 위력적인 초식을 전개할 수 있는 능력을 갖추고 있는 그였지만, 은오검을 뽑아 손에 쥐면 이상하리만치 마음이 편안했다.

그리고 그것은 지금도 변함이 없었다.

그는 은오검을 자신의 팔보다 더 잘 다루었다.

마음대로. 그렇다. 마치 자신의 마음을 움직이는 것처럼 자유자재로 다룰 수 있었다.

슈슈슉!

화무린은 몸을 회전시키지도 않고 꼿꼿하게 선 자세로 은오검을 전후좌우로 휘둘렀다.

오룡검법의 찌르고, 베고, 자르고, 긋기가 한꺼번에 와르르 쏟아져 나가면서 십여 개의 짧고 날카로운 검기로 화했다.

퍼퍼퍼퍼퍽!

"흐악!"

"크와악!"

검기가 몸을 관통하는 둔탁한 음향과 동시에 처절한 비명 소리가 터졌다.

사람을 죽일 때에는, 어떤 소리나 비명이라도 터져 나와야 한다. 그것이 죽어가는 사람에 대한 최소한의 예의니까.

화무린은 은오검으로 자신이 알고 있는 모든 검법을 차례차례 전개했다.

화무린을 공격하고 있는 천외무적군은 마치 불을 향해 달려드는 벌레들 같았다.

죽어가면서도 끝없이 공격해 왔다.

그들의 얼굴에는 일말의 두려움이나 공포도 떠올라 있지 않았다.

그렇다고 그저 무작정 죽으려고 달려드는 것도 아니었다.

정말 사력을 다해서, 그것이 자신이 생전에 펼칠 수 있는 마지막 초식이라는 사실을 잘 알고 있는 것처럼 결사적으로 공격을 퍼부었다.

그러나 그들이 죽이려고 하는 상대는 너무 강했다.

화무린은 호령강을 거두었다. 적의 도검에 맞지 않을 자신이 있었기 때문이다.

검기를 발출하는 것은 공력을 별로 소비하지 않는다.

화무린은 이런 상태라면 하루 종일이라도 쉬지 않고 초식을 펼칠 수 있을 것 같았다.

그러나 그것은 그의 착각이었다. 천외무적군은 그가 알고 있는 것보다 더 악착같았으며, 더 강했고, 차륜혈진의 위력은 예상 밖으로 막강했다.

그리고 느린 속도이기는 하지만, 화무린은 자신의 공력이 점차 소비되고 있는 것을 느꼈다.

검기도 공력으로 만들어내는 이상 수백 번을 발출한다면 공력이 줄어드는 것이 당연한 이치다.

말하자면 가랑비도 오래 맞고 서 있으면 옷이 흠뻑 젖어버린다는 것이다.

이각 정도 흘렀을 때 은오검은 백이십여 명의 천외무적군을 주살하고 있었고, 그 대가로 화무린은 공력의 일 할을 소비하여 전체 공력 중에서 육 할만 남은 상태가 됐다.

다시 이각이 흘렀다.

계산상으로는 이각에 일 할씩의 공력이 소비된다고 생각하겠지만, 현실은 그렇지 않았다.

공력이 칠 할 남았을 때 이각 동안 검기를 발출한 것과 공력이 육 할이었을 때는 그 차이가 현격하게 달랐다.

육 할이었을 때 더 많은 공력이 소비되는 것이다. 더구나 칠 할이었을 때에는 이각 동안 백이십여 명의 적을 죽였으나, 육 할이었을 때에는 칠십 명밖에 죽이지 못했다.

현재 그의 공력은 사 할 오 푼 정도가 남아 있는 상태였다.

반 시진 정도 운공을 한다면 원래의 공력을 모두 회복할 수 있겠지만, 지금은 그럴 수 있는 상황이 아니었다.

비로소 화무린은 약간의 위기감을 느꼈다.

그리고 바로 그때 위기감을 증폭시키는 일이 벌어졌다.

"으아악!"

화무린으로부터 이십여 장쯤 떨어진 곳의 맹렬하게 회전하며 공격을 퍼붓고 있는 대차혈륜진 안쪽에서 처절한 비명 소리가 터져 나왔다.

순간 화무린은 흠칫했다.

"구한(具韓)—!

뒤이어 윤학의 처절한 울부짖음이 들려왔다.

구한은 경무오룡검의 막내인 뇌룡검이었다.

그러나 뇌룡검의 죽음이 끝이 아니었다. 그것은 시작에 불과했다.

대차혈륜진 안쪽에서 잠시의 간격을 두고 세 차례의 비명 소리가 더 터져 나왔다.

화무린은 그것이 누구의 비명 소리인지는 정확하게 구별하지 못했지만, 은오무적부 중의 세 명일 것이라고 추측했다.

천외무적군은 목숨이 끊어지는 마지막 순간에도 여간해서는 비명을 지르지 않는다.

지르더라도 어금니를 악다문 듯 답답한 소리였다, 마치 죽을 때도 천외신계의 자존심을 지키라고 세뇌를 당한 것처럼.

방금 전에 터진 세 마디의 비명 소리는 목청껏 터뜨리는 구슬픈 것이었다. 그러니 천외무적군일 리가 없다.

어느덧 화무린은 소차혈륜진의 천오백여 명 중 삼백여 명을 죽였다.

천외무적군 제육대를 급습하기 전에 세웠던 계획과 싸우는 중에 세웠던 계획은 둘 다 실패하고 말았다.

화무린은 잠시 건성으로 은오검을 휘두르면서 어떻게 하면 이 난관을 극복할 것인지 궁리했다.

무슨 수를 써서라도 이들을 전멸시켜야만 한다. 동시에 은 오무적부를 더 이상 희생시키지 않고 끝까지 살아서 이곳을 떠나야 한다.

그러나 아무런 방법도 떠올라 주지 않았다. 방법을 짜내려고 할수록 머리가 터져 버릴 것 같기만 했다.

화무린의 현재 남은 공력은 평소의 사 할에도 못 미쳤으며, 그를 죽이려고 악귀처럼 공격해 오는 소차혈륜진의 천외무적 군은 아직도 천이백여 명이나 남아 있었다.

당장이라도 은오무적부를 짓뭉개 버릴 것 같은 기세의 대차혈륜진은 오천이백여 명이나 남아 있었다.

'내가 너무 쉽게 생각한 것인가?'

회의와 자책이 한꺼번에 엄습했다. 어디에서부터 무엇이 잘못된 것인지 알 수가 없었다. 그리고 이상한 느낌이 가슴을 쥐어뜯는 것처럼 옥죄어왔다.

절망감이었다.

무쌍신과 육천군에게 가문이 멸문당한 이후 그 혹독한 고난의 세월을 보내면서도 한 번도 느껴보지 못했던 절망감이 지금 이 순간에 찾아들고 있었다.

아마도 화무린 혼자뿐이었다면 절망감 따윈 느끼지 않았을 것이다.

까짓것 죽기밖에 더 하겠는가? 라고 쥐어짜내듯이 없는 깡다구라도 부리면서 온몸이 부서지고 정신이 황폐해지도록 극복했을 터이다.

그러나 지금은 그때와 달랐다. 그때는 혼자였지만, 지금은 혼자가 아니다.

이곳에는 깊든 얕든 그와 친분을 맺은 많은 사람들이 있으며, 지금 그들은 위험이 처해 있다.

그것이 화무린을 절망의 늪으로 밀어 넣고 있었다.

"으악!"

대차혈륜진 가운데에서 천외무적군의 비명 소리와 확연히 구별되는 또 한 차례의 처절한 비명 소리가 터져 나왔다.

화무린의 두 눈이 치켜떠지고 입술이 벌어지면서 흰 이가 드러났다.

걷잡을 수 없는 분노였다.

지금 필요한 것은 존재하지도 않을 계획 따위가 아니라 행동하는 것이었다.

그래야만 가까운 사람들을 한 명이라도 죽지 않도록 할 수 있을 터이다.

화무린은 사 할 남짓의 공력을 극한으로 끌어올려 양팔에 나누어 주입시키고, 그것에 분노를 더했다.

콰아아아!

그는 전면으로 돌진하면서 양팔을 신들린 듯이 휘둘렀다.

오른손에 움켜쥔 은오검에서는 홍몽신류검이, 왼손에서는 제룡수가 폭풍처럼 뿜어져 나갔다.

사 할뿐인 공력이었지만, 육 할, 칠 할 때보다 훨씬 위력적
이었다.

그는 지금 그 어느 때보다 분노했고 절박했기 때문에 필사
적일 수밖에 없었다.

"크악!"

"끅!"

"캐액!"

그는 굳이 적의 급소를 노리려고 애쓰지도 않았다. 머리든,
목이든, 가슴, 허리, 적의 숨통을 끊을 수 있는 방법은 모조리
쏟아냈다.

쒜애액! 쒜액!

은오검은 원귀(寃鬼)의 울부짖음 같은 검명을 토해내어 허
공을 찢으면서 천외무적군의 몸을 찌르고 자르며 그 피를 마
시고 뿌려댔다.

화무린의 왼손에서는 손으로 전개가 가능한, 아니, 도저히
불가능할 것 같은 동작들까지 한순간에 여러 개가 파도처럼
쏟아져 나왔다.

그는 한줄기 바람처럼 소차류혈진의 천이백여 명 사이를
누비고 다녔다.

지금 화무린은 인간의 오욕칠정을 벗어던진 피에 굶주린
염마왕(閻魔王)이었다.

그가 바람처럼 스쳐 지나는 곳에는 천외무적군들의 잘라

진 머리와 몸통이 피를 뿌리면서 와르르 허공을 날았고, 목이 꺾어지고 심장이나 머리통이 으스러진 시체들이 가랑잎처럼 튕겨져 날려갔다.

그러면서 이승을 떠나는 그들이 뿌린 통곡의 피가 소나기처럼 쏟아져 대지를 적셨다.

그 아래에서 혈우(血雨)에 흠뻑 젖어 시뻘겋게 변한 화무린이 두 눈에서조차 혈광을 뿜어내며 상처 입은 맹수처럼 미친 듯이 도륙의 제전을 벌였다.

그는 소차혈륜진을 뚫고 은오무적부 쪽으로 갈 수 있었으나 그렇게 하지 않았다.

그럴 경우 이쪽의 천외무적군이 대차혈륜진으로 전원 가세할 것이고, 상황은 지금과 다를 것이 없거나 더 나빠질 것이 분명했다.

방법은 하나뿐. 아니, 그것은 방법이라고 할 수도 없다.

무조건 이들을 깡그리 죽여야만 한다.

화무린은 격전장 삼면에 매복해 있는 황위질풍군의 지휘자에게 으르렁거리는 듯한 목소리로 전음을 보냈다.

"지금 즉시 황위질풍군은 은오무적부를 도와라!"

화무린은 소차혈륜진을 혼자서 해결할 생각이었다.

황위질풍군과 백 명의 화산파 고수는 너무 오래 기다리면서 쉬느라 주니날 지경이었다. 그들은 바로 이 순간만을 기다렸었다.

차혈륜진의 강점은 쉴 틈을 주지 않고 연속적으로 공격을 퍼붓는 것이다.

그것이 가능한 이유는, 제일선이 전력을 다해서 공격을 퍼부은 후 이선으로 물러나는 순간, 제이선이 일선이 되어 공격을 하기 때문이다.

일선과 이선이 자리를 바꾸는 시간은 찰나라고밖에 설명할 수 없을 정도로 빠르다.

그사이에 방금 전까지 일선이었던 공격조는 진의 가장 바깥 선으로 계속 물러난 다음에 회전하면서 휴식을 취한다.

현재 대차혈륜진은 한 개의 선(線)에 오백여 명씩 열 개의 전투선(戰鬪線)으로 공격하고 있는 중이다.

그러므로 제일선이었다가 살아남은 자들은 가장 바깥 선인 십선으로 물러난 후 아홉 개의 선을 차례로 거치면서 충분한 휴식을 취한 후 다시 제일선이 되어 공격해 오는 것이다.

대차혈륜진의 가장 바깥쪽 선은 방금 전에 전력을 다해서 공격을 했었기 때문에 극도로 지친 상태다.

더구나 즉시 제구선으로 자리를 이동해야 하므로 진 안쪽으로만 온 신경을 곤두세우고 있어서 배후는 전혀 방비를 못하는 실정이다.

그것이 차혈륜진이 지니고 있는 약점이었다.

바로 그 약점을 유령처럼 소리없이 접근한 천 명의 황위질풍군과 화산고수들이 여지없이 깨뜨렸다.

쐐애액!

쉬이익!

황위질풍군과 화산고수 천백 명이 대차혈류진의 십선 오백 명의 등을 향해 일제히 도검을 휘두르자 날카로운 파공성이 밤하늘을 갈가리 찢어발겼다.

"크윽!"

"캑!"

한꺼번에 수백 마디 답답한 신음성이 터져 나왔다.

십선의 오백 명은 도검이 내는 파공성을 들었으나 그것이 무엇인지 미처 확인하지도 못한 채 도검에 찔리고 잘려서 이승을 하직하고 말았다. 그들 중에 목숨을 건진 자는 단 한 명도 없었다.

황위질풍군과 화산고수들은 순식간에 십선을 궤멸시키고 여세를 몰아 구선의 오백 명을 맹렬히 공격했다.

쌔애액!

쐐액! 쐐액!

귀청을 찢을 듯한 날카로운 파공성.

콰차차창!

구선의 오백 명은 십선보다는 형편이 조금 나았다. 십선이 배후에서 급습을 받아 궤멸당하는, 눈 한 번 깜빡일 정도의 시간적 여유가 구선 오백 명 중에서 삼분의 일가량이 그나마 어설픈 반격이라도 할 수 있게 해주었다.

또다시 답답하고 어지러운 신음과 비명 소리가 난무했다.

구선은 삼백오십여 명이 죽고 백오십여 명이 살아남았다.

그사이에 팔선과 칠선의 천 명이 일제히 뒤돌아 황위질풍군과 화산고수들을 상대했다.

대차혈류진은 여지없이 깨졌다.

그리고 피아가 한데 뒤섞여 서로 죽고 죽이는 치열한 혈전이 그 뒤를 이었다.

지상에서 벌어지고 있는 대살류전이 너무 끔찍한지 달도 구름 속으로 모습을 감추어 버렸다.

*   *   *

스으으…….

뇌옥 안을 감시하는 철문 위쪽에 뚫린 손바닥만 한 크기의 작은 구멍을 통해서 하나의 물체가 소리없이 꾸물꾸물 뇌옥 안으로 스며들어 왔다.

그 물체는 매우 가늘고 길어서 흡사 뱀처럼 보였는데, 머리 부분만 제외하고는 전체가 천으로 감싸여 있었다.

그러나 조금 자세히 보면 마치 사람을 힘껏 잡아당겨서 가늘고 길게 늘여놓은 듯한 모습이라는 것을 알 수 있었다.

그 물체는 앞부분이 구멍 안으로 들어와서 철문 안쪽 바닥에 닿는 순간 갑자기 크게 부풀어지며 빠르게 사람의 형체를 갖추기 시작했다.

그러면서도 아직 구멍을 통과하고 있는 부위는 여전히 뱀처럼 길고 가늘었다.

마지막 다리까지 구멍을 통과하자 가늘었던 부위가 원래의 모습을 회복했다.

그는 키가 크고 비쩍 마른 한 명의 흑의사내였다.

함도, 바로 그였다.

그가 구중천에서 익힌 은와사의 은와백괴에는 사람의 신체를 마음대로 줄일 수 있는 비술, 즉 축골공(縮骨功)이 기본으로 수록되어 있었다.

슥―

함도는 천천히 일어서면서 칠흑처럼 캄캄한 뇌옥 안을 천천히, 그리고 예리하게 훑어보았다.

그의 시선이 한쪽 구석에 고정됐다.

그곳 어둠 속에 하나의 흐릿한 물체가 바닥에 놓여 있었다.

함도는 기척없이 그 물체에게 미끄러져 갔다.

그 물체는 사람이었으며 여자였다.

남루한 옷을 입었으며 긴 머리카락을 산발한 채 구부정한 자세로 뺨을 바닥에 대고 엎드려 있었다.

함도는 그녀의 뒤에 단정하게 무릎을 꿇고 속삭이듯 입을 열었다.

"주모(主母)."

순간 여자의 축 늘어진 몸이 가볍게 움찔 떨렸다.

이어서 그녀는 손바닥으로 바닥을 짚고 천천히 상체를 일으켜서 뒤돌아 앉으며 함도를 바라보았다.

힘이 없는지 그 간단한 동작을 하는 데에도 한참이 걸렸으며, 몸을 바들바들 떨면서 몹시 힘겨워했다.

그렇지만 함도는 감히 손을 뻗어 그녀를 도와주지 못했다.

창백한 안색에 눈과 뺨이 움푹 꺼졌으며 파리한 입술을 지녔으나, 그래도 여전히 눈부시게 아름다운 여자.

소군이었다.

그녀는 자신의 앞에 단정한 자세로 무릎 꿇고 있는 함도를 발견하고 가볍게 놀라는 표정을 지었으나 아무 소리도 내지 않았다.

함도는 더없이 공경한 자세로 조심스럽게 입을 열었다.

"존함이 소군이십니까?"

소군은 대답하지 않고 묵묵히 함도를 바라보기만 했다.

그녀의 얼굴은 여전히 무표정했으며, 눈빛은 깊숙이 가라앉아 있었다. 아마도 지독한 상심이 그녀를 절망 속에 빠뜨린 것 같았다.

함도는 그녀가 자신을 경계하고 있다는 사실을 간파했다.

"소인은 주인님이신 은오검객 화무린님의 종인 함도라고 합니다. 주모를 구하러 왔습니다."

순간 소군의 표정이 가볍게 변했다.

기쁨과 기대였다. 입술이 약간 벌어졌고, 초점없는 눈에서 흐릿한 생기가 흘러나왔다.

그렇지만 그녀는 마지막 경계심을 아직도 두 손에 움켜쥐고 있었다.

"그에 대해서 말해봐요."

자신을 이곳으로 납치해 온 이후 한 번도 들여다보지 않던 마련이 드디어 무슨 수작을 꾸미는 것인지도 모른다는 생각이 든 것이다.

함도의 얼굴이 살짝 찌푸려졌다.

소군은 그것이 그가 미소를 짓는 것이라는 것을 어렵사리 느낄 수 있었다.

함도는 어색한 미소를 지으며 공손히 대답했다.

"주인님은 겉보기와는 달리 정이 많고 따뜻한 분이십니다. 소인은 그 사실을 구중천 팔대지옥 지궁계의 그 아늑한 은신처에서 다시 태어나며 알게 되었지요. 그래서 그분의 종이 됐습니다."

그가 말을 하는 동안 소군의 얼굴에서 경계의 기색이 빠르게 사라지더니 두 눈에서 방울방울 눈물이 흘러내렸다.

"그는… 잘 있나요?"

화무린에 대해서 말을 하는 것만으로도 그녀는 가슴이 터질 것 같은 기쁨을 맛보았다.

"지금쯤 무림 군웅을 이끌고 천외무적군을 토벌하고 계실 것입니다."

"다친 곳은 없겠지요?"

소군은 납치되어 뇌옥에 갇힌 채 주는 식사마저 입에 대지 않아서 초췌한 모습으로 변했으면서도 내내 화무린의 안위를 걱정하고 있었다.

함도는 눈이 부신 듯 눈을 약간 반개하며 소군을 바라보았다.

그는 그녀가 어째서 화무린의 사랑을 듬뿍 받고 있는지 알 수 있을 것 같았다.

"주인님께선 언제나처럼 건강하십니다."

그제야 소군의 얼굴에 화사한 미소가 피어났다.

"아아… 다행이에요."

함도는 무릎을 꿇은 자세에서 몸가짐을 단정히 한 후 소군을 향해 공손히 몸을 굽혀 이마를 바닥에 댔다.

"소인 함도, 주모를 뵈옵니다."

소군은 떨리는 손을 뻗어 함도의 어깨에 얹었다.

"못난 나를 구하러 여기까지 오느라 고생이 많았겠어요."

감정이 메마를 대로 메마른 사내 함도는 자신의 어깨에 얹어진 앙상한 손을 통해서 거센 감동이 격랑처럼 쏟아져 들어오는 것을 느꼈다.

"움직일 수 있으십니까?"

함도의 물음에 소군은 미소를 잃지 않으며 대답했다.

"저는 무공이 폐지됐어요."

무공이 폐지된 상태에서도 그녀가 웃음을 잃지 않을 수 있는 이유는, 머지않아서 화무린을 만날 것이라는 부푼 희망이 생겼기 때문이다. 담홍예는 그녀가 도주할 것을 우려해서 그녀의 무공을 당분간 폐지시켜 놓았다.

"송구스럽지만, 소인이 주모를 모시겠습니다."

함도는 무릎을 꿇은 채 소군에게 등을 내밀었다.

소군은 두 팔을 들어 올리며 그의 등에 업히려고 시도했지만 너무 힘이 없어서 뜻을 이루지 못했다.

그러더니 끝내는 팔을 들고 있을 힘조차도 없어서 두 팔을 늘어뜨리고 말았다.

함도는 감히 주모의 몸에 손을 대야 한다는 불경스러운 마음과 힘겹게 싸우면서 조심스럽게 그녀를 등에 업었다.

슥!

그는 철문 앞에 이르러 손잡이 부분에 오른손을 칼처럼 세워서 가볍게 앞으로 내밀었다.

손은 마치 두부 속으로 파고들 듯 철문을 뚫고 나갔다.

깡!

그가 철문 밖에 채워져 있는 자물쇠를 잡고 슬쩍 비틀자 부러지면서 작지만 날카로운 소리를 냈다.

어쩌면 그 소리가 지하 뇌옥인 마심갱 밖으로 새어나가 마련의 마고수들이 몰려들지도 모르지만, 축골공을 모르는 소군을 데리고 나가자면 어쩔 수가 없었다.

그긍!

함도가 철문을 밀자 묵직한 소리가 났다. 그 소리 때문에 소군은 약간 긴장했지만 함도는 태연하게 복도로 나섰다.

휘익!

함도는 철문 밖 벽에 기대어 세워놓은 자신의 검을 왼손에 쥔 후 길게 이어진 복도를 추호의 기척도 없이 바람처럼 쏘아갔다.

소군은 복도의 막다른 곳의 작은 광장에 이르러서야 바닥 여기저기에 다섯 명의 마고수가 쓰러져 있는 것을 보고 함도가 이미 그들을 제압했다는 사실을 깨달았다.

그곳 광장을 중심으로 다섯 개의 복도가 다섯 방향으로 길게 뻗어 있었으며, 각각의 복도 양쪽에는 뇌옥들이 줄지어 늘어섰고, 소군이 갇혀 있던 곳은 그중 하나의 복도 막다른 곳에 있던 뇌옥이었다.

함도는 마심갱을 잘 아는 듯 광장에서 위를 향해 나선형으로 뻗은 계단을 민첩하게 쏘아 올라갔다.

소군은 마심갱 입구에도 두 명의 마고수가 쓰러져 있는 것을 발견했다.

바깥은 어두운 밤이었다.

한줄기 밤바람이 불어와 소군의 몸을 스치며 긴 머리카락을 흩날렸다.

소군은 가슴속까지 상쾌해지는 느낌을 받았다.

이제부터 단 한순간도 잊지 못했던 정랑 화무린에게 가는 것이다.

함도가 마심갱을 지키는 마고수들의 혼혈을 제압하여 기절시키고 소군을 찾아서 데리고 나온 시간은 반 각 남짓에 불과했다.

사실 그는 이곳 마련 총련에 오늘 정오 무렵에 도착했으며, 반 시진 만에 마심갱을 찾아냈다.

그러나 함도가 아무리 은와백괴를 터득했다고 해도 벌건 대낮에 소군을 구해서 나올 수는 없었다.

그래서 밤이 되기를 기다리는 동안 마련 총련 곳곳을 기웃거리면서 가장 안전한 도주로를 미리 확보해 두었다.

마심갱은 마련 총련이 있는 조운정 계곡의 가장 안쪽에 위치해 있었다.

쉬이이!

함도는 계곡의 우측 구불구불한 절벽 아래를 따라 빠르게 곡구 쪽으로 쏘아갔다.

함도가 오늘 오후에 돌아다녀 본 결과 마련 총련은 그가 예상하고 있던 것보다 경계가 훨씬 느슨했다.

그는 오늘 오후 한나절 동안 마고수들의 모습을 거의 발견하지 못했었다.

그도 그럴 것이, 총련주의 명령을 받은 마신삼왕이 마련이 보유하고 있는 팔십일단 중 칠십단 팔천여 명을 이끌고 화무린과 합류하기 위해서 이미 이곳을 떠났기 때문에 총련이 텅 빈 것처럼 돼버린 것이다.

이 거대한 총련에는 총련주인 천마성종 담혁무와 겨우 천여 명의 마고수만이 남아 있을 뿐이었다.

소군을 업은 함도가 계곡을 빠져나가고 반 시진쯤 흘렀을 때 마심갱 입구에 담홍예가 나타났다.

그녀는 하루에 한 번 꼭 마심갱에 들러서 소군을 보는 것이 일과 중에 하나였다.

그렇다고 그녀와 대화를 나눈다거나 그녀를 괴롭히는 짓 따위는 하지 않았다.

그저 철문에 달린 감시 구멍을 통해서 뇌옥 안에 죽은 듯이 쓰러져 있는 소군은 한동안 묵묵히 들여다보다가 발길을 돌리는 것이 전부였다.

막상 소군을 납치해 오긴 했지만 사실 담홍예의 마음도 편치는 않았다.

그녀도 사람인 이상 생각이라는 것을 한다.

소군을 납치하고, 그녀를 자신의 심복 수하인 도검쌍살에게 맡겨 총련으로 데려가게 했으며, 그녀 자신은 화무린에게 붙잡혀서 평생 잊지 못할 치욕을 당했었다.

그때만 해도 무슨 일이 있어도 결코 호락호락하게는 소군을 돌려주지 않을 것이라 다짐했었다.

그렇지만 시간이 지나고 흥분이 가라앉아 냉정한 마음이 되자 전에는 생각하지 못했던 것들이 마구 떠올랐다.

그리고 그 생각들의 결론은 언제나 하나로 귀결됐다.

화무린이 사랑하고 있는 여자를 납치하는 것으로는, 그리고 그를 여러 방법으로 괴롭히는 것으로는 결코 그의 사랑을 얻을 수 없다는 사실이었다.

그런 사실들 때문에 그녀가 갈등하고 있을 때, 조부인 담혁무가 과거 아들 내외를 죽게 한 것에 대해 용서를 구하면서 했던 말이 결정적으로 담홍예를 뒤흔들어 놓았었다.

그는 말했었다. 사람의 능력으로는 들판의 한낱 풀 한 포기조차 피워내지 못하니, 최선을 다해서도 이룰 수 없다면 애초에 인연이 아닌 것이라고…….

그리고 며칠 동안 고심하던 그녀는 마침내 깨달았다.

그 옛날, 자신의 유약하기 짝이 없는 아버지를 할아버지가 강압적으로 마의 지존으로 만들려고 했던 것이 순리가 아니었던 것처럼, 지금 자신이 사랑을 얻기 위해서 사랑하는 남자를 고통 속에 몰아넣는 행위 역시 순리가 아니라는 사실을.

원하는 것이 그 무엇이든, 강압적인 방법으로는 절대 얻지 못한다는 사실을 깨달은 것이다.

그래서 담홍예는 결코 쉽지 않은 용기를 내어 이 한밤중에 마심갱에 소군을 보러 왔다.

소군에게 용서를 구하고, 날이 새면 그녀를 화무린에게 고이 데려다 줄 생각이었다.

며칠 사이에 담홍예는 많이 수척해진 모습이었지만, 큰 아픔을 겪으면서 속으로는 꽤 성숙해져 있었다.

"아!"

막 마심갱 입구에 당도한 담홍예는 입구에 쓰러져 있는 두 명의 마고수를 발견하고 움찔 놀랐다.

순간 불길한 생각이 그녀의 뒷머리를 강타했다.

휘익!

'그녀가!'

순간적으로 누군가 흑심을 품고 소군을 납치해 간 것이라고 판단한 그녀는 쏜살같이 마심갱 안으로 달려들어 갔다.

마심갱에는 백여 명 이상의 인물들이 갇혀 있지만, 그녀의 육감은 소군에게만 집중되어 있었다.

복도 끝의 활짝 열려 있는 철문 앞에서 담홍예는 넋을 잃은 표정으로 서 있었다.

불길함은 적중했다. 뇌옥 안은 텅 비어 있었다.

"아… 진작 그녀를 그에게 보냈어야 했어. 아니, 그녀를 납치하지 말았어야 했어……."

오장육부를 찢을 듯한 후회가 엄습했다. 그러나 너무 늦은 후회였다.

담홍예는 언제나 그랬던 것처럼, 왜 운명은 자신에게만 냉

혹한 것인지, 그 운명이 이가 갈리도록 증오스러워서 그 자리에 선 채 후드드 몸을 떨었다.

담혁무는 자신의 거처 침실에서 잠들기 전에 운공을 하고 있는 중이었다.

그는 내일 동이 트면 총련에 남아 있는 모든 마고수를 자신이 직접 이끌고 화무린과 합류하기 위해서 떠난다는 사실 때문에 가슴이 조금 설레었다.

얼마만의 출전인가? 그가 마지막으로 싸워본 것은 삼십 년 전의 일이었다.

마련을 이룩한 후 어느 누구도 마의 종주인 그에게 싸움을 걸지 않았었다.

삼십 년 만의 출전은 마의 종주인 담혁무라고 할지라도 가슴을 설레게 만들기에 충분했다.

더구나 당금 무림 최고의 영웅이라는 은오검객, 구중천주 등과 어깨를 나란히 하여 천중인계를 구하는 성전(聖戰)에 참가하는 것이 아닌가?

또한 손녀의 마음을 송두리째 빼앗은 젊은 청년 영웅이 어떤 사내인지도 궁금했다.

그리고 천외신계로부터 천중인계를 구하는 대업에 마련이 크게 이바지하고 싶었다.

그렇게 하여 진정한 마도가 무엇인지 이 기회에 만천하에 분명히 알리고 싶었다.

담홍예가 사색이 되어 실내로 뛰어들어 온 것은 담혁무가 막 운공을 끝내고 침상에서 바닥으로 내려섰을 때였다.

왈칵!

"할아버지, 큰일 났어요!"

그날, 조부의 충격적인 고백 이후 조손의 관계는 꽤나 서먹했지만, 지금은 그런 것을 따질 계제가 아니었다.

"무슨 일이냐, 예아?"

담혁무는 손녀가 무슨 말을 하려는 것인지는 모르지만, 그것보다는 그녀가 사색이 되어 금방이라도 숨이 넘어갈 듯한 모습인 것이 더 염려스러웠다.

"누군가 그녀를 납치해 갔어요……!"

담혁무의 안색이 확 굳어졌다. 그는 손녀가 말하는 '그녀'가 누군지 단번에 알아들었다.

방금 전까지만 해도 내일의 출전에, 그리고 은오검객과 함께 천중인계를 구할 것이라는 기대에 부풀어 있던 그는 찬물을 뒤집어쓴 듯한 느낌을 받았다.

"어떻게 해요, 할아버지! 나는 그녀를……."

담홍예가 발을 동동 구르며 말하고 있을 때 담혁무는 이미 방문 밖으로 쏘아져 나가고 있었다.

第百章

주검들

구중천
九重天

　석양에 시작됐던 황하 변의 혈전은 다음날 동이 트고서도 두 시진이 지난 후에야 마침내 끝났다.

　어제까지만 해도 평화로운 풍경이었던 강변의 너른 초지가 지금은 한 폭의 거대한 지옥도로 변했다.

　눈길이 미치는 모든 곳이 시체로 뒤덮여 있었다.

　급소를 찔리거나 베인 시체는 거의 찾아볼 수 없었고, 대부분 목이나 머리가 쪼개져서, 아니면 배가 갈라져 창자를 쏟다가 피를 너무 많이 흘려서 죽은 시체들이었다.

　그로 미루어 이 전투가 쌍방에게 얼마나 치열하고 절박했는지 어렵지 않게 짐작할 수 있었다.

넓은 초지 전체에 시체들이 몇 겹씩 켜켜이 쌓였고, 여러 곳에서 시작된 피의 시냇물[血溪]이 황하로 흘러들어 강을 붉게 물들여 놓았다.

초지에 서 있는 사람은 아무도 없었다. 엊저녁까지만 해도 이곳에 일만여 명이 득실거리고 있었다는 사실이 믿어지지가 않았다.

긴 강둑 아래 한곳에 일단의 사람들이 모여서 앉아 있는 모습이 보였다.

은오무적부와 황위질풍군, 화산고수들이었다.

은오무적부 옆과 황위질풍군, 화산고수들 옆에는 어제와 오늘에 걸친 길고도 참혹했던 싸움에서의 희생자들이 두 군데로 나누어져 나란히 눕혀 있었다.

은오무적부 쪽의 시체들은 경무오룡검의 둘째인 맹룡검과 셋째, 잠룡검, 막내 뇌룡검, 팔부중의 건달바(乾闥婆)와 마후라가(摩睺羅迦), 명황오위와 동서오쾌의 네 명, 도합 아홉 명이었다.

황위질풍군 쪽은 피해가 컸다. 이백칠십삼 명이 죽었으며 삼백여 명이 부상을 당했다.

앉아 있는 사람은 사백이삼십 명에 불과했는데, 그나마 한 군데도 상처를 입지 않은 사람은 한 명도 없었다.

살아 있는 사람들은 한결같이 운공조식에 집중하고 있는 중이었다.

전투가 거의 끝나갈 무렵에는 피아를 막론하고 거의 모두가 서 있거나 도검을 휘두를 힘조차 남아 있지 않았었다.

막바지에 이르렀을 때의 전투는 공력이나 초식이 아니라 무서운 집념과 근성, 독기가 승리의 요인이었다.

결국 침탈하려는 쪽보다 지키려는 쪽이 더 절박했고, 결국 승리했다.

은오무적부나 황위질풍군보다 무위가 약한 화산고수들이 가장 큰 희생을 치렀다.

화산고수 백 명 중에서 살아남은 사람은 고작 십칠 명뿐이었고, 모두 중상을 입은 상태였다.

은오무적부는 한데 모여서 운공을 하고 있었다.

다치지 않은 사람이 한 명도 없기는 그들도 마찬가지였다.

화무린은 왼쪽 가슴을 깊이 찔리고 뒷목을 베었던 것에다, 등과 어깨, 오른쪽 가슴을 찔리고 옆구리와 허벅지를 제법 깊게 베인 상처를 더했다.

그는 머리에서 발끝까지 피를 뒤집어썼다가 그것이 말라 버린 흉측한 몰골이었다.

하지만 싸움이 끝난 직후 그를 가장 괴롭힌 것은 공력이 완전히 고갈됐다는 사실이었다.

공력이 구중천주보다도 훨씬 심후한 그가 그런 지경이 된 것으로 미루어 얼마나 사력을 다해서 싸웠는지, 얼마나 처절했는지 알 수 있을 터이다.

그의 왼쪽에는 주자운이, 오른쪽에는 봉선이 운공을 하고 있었다.

주자운 역시 흠뻑 피를 뒤집어쓴 몰골이었으며, 어깨와 등, 가슴 부위에 가볍지 않은 상처를 입은 상태였다.

봉선은 몇 군데 찔리고 베인 상처를 입었는데, 그중에서도 등에 사선으로 길게 베인 상처가 가장 심했다. 그러나 뼈를 다치지는 않아서 불행 중 다행이었다.

그들 세 사람을 중심으로 마빈과 윤학, 넷째 번룡검, 조영, 단궁천, 현조, 와룡, 명황오위와 동서오쾌의 여섯 명이 호위하는 듯한 자세로 둥글게 작은 원을 형성한 채 운공을 하고 있었으며, 그들 모두 다친 상태였다.

그중에서도 현조와 번룡검의 상처가 가장 심각했다.

현조는 여러 군데 상처를 입었는데, 등을 깊게 찔려 가슴 한복판으로 관통된 상처로 인해서 폐를 심하게 다쳐 호흡이 곤란한 지경이었다.

또한 번룡검은 어디를 어떻게 다쳤는지 상체를 잔뜩 구부리고는 창백한 안색으로 눈을 질끈 감은 채 앉아 있었는데, 운공을 하는 것 같지는 않았다.

화무린의 원 옆에는 구중천주를 중심으로 다섯 천제와 용장, 육부중 등이 또 하나의 작은 원을 형성한 상태로 운공을 하고 있었으며, 그들 중에서 변천제와 육부중의 긴나라(緊那羅)가 위중한 상태였다.

화무린은 혼자 소차혈류진의 천오백 명을 한 명도 남기지 않고 깡그리 죽였다.

그리고는 그때까지도 아비규환의 혈전을 벌이고 있는 은 오무적부와 대차혈류진의 혈전 속으로 곧장 뛰어들어 마지막 한 명을 은오검으로 죽인 후에야 지금 앉아 있는 강둑으로 비틀거리면서 걸어와 주저앉아 버렸다.

피 냄새를 맡았는지 벌써 하늘에는 수백 마리의 까마귀 떼가 높게 떠서 느릿하게 선회를 하며 시체를 쪼아 먹을 만찬의 시간을 기다리고 있었다.

혈전이 막을 내린 지 일각가량이 흘렀다.

그때 화무린이 번쩍 눈을 떴다. 그는 불과 일각 동안의 운공만으로 소진되었던 공력을 거의 회복했다.

그는 자신의 좌우에 앉아 있는 주자운과 봉선의 상태부터 재빨리 살펴보았다.

그리고는 그녀들이 비록 중상을 입기는 했지만 화급을 다투어 치료할 정도는 아니라는 판단을 내렸다.

이어서 그는 주위 사람들을 한 명씩 빠르게 살펴보다가 시선이 현조와 번룡검에게 잠시 머물렀다. 둘 중에 누가 더 위급한지 파악하려는 것이다.

그는 즉시 몸을 일으켜 번룡검에게 다가갔다.

번룡검은 운공을 하고 있는 것이 아니었다. 창백한 안색에 눈을 질끈 감고 어금니를 악문 채 이미 오래전에 혼절을 한 상태였다.

화무린은 그 사실을 간파하고 즉시 번룡검을 바닥에 눕혔다.

그런데 번룡검은 눕혀진 자세에서도 새우처럼 잔뜩 구부리고 있는 상체를 펴지 않았다. 또한 두 팔로 복부를 감싸듯 안고 있었다.

감싸 안은 두 팔과 복부 사이로 짙은 피가 스미듯이 흘러나왔고, 그가 앉아 있던 자리는 그가 흘린 피가 작은 웅덩이를 만들어놓은 상태였다.

화무린은 그의 팔을 조심스럽게 복부에서 떼어냈다.

순간 그는 크게 놀라서 급히 그의 두 팔을 다시 원래의 자리에 밀착시켰다.

번룡검의 복부가 가로로 완전히 갈라져서 팔을 떼자마자 창자가 쏟아져 나온 것이다.

화무린은 즉시 번룡검의 맥을 짚어보았다. 맥이 거의 느껴지지 않았다.

피를 너무 많이 흘렸기 때문이다. 번룡검은 이미 치사량 이상의 피를 흘린 상태였다.

화무린은 초조한 표정을 지우지 못하고 번룡검을 똑바로 뉘어 복부에서 두 팔을 떼어낸 후 쌍장을 복부의 갈라진 부위에 밀착시키고는 공력을 아끼지 않고 쏟아냈다.

잠시 후 혼절했던 번룡검이 스르르 힘겹게 눈을 뜨더니 화무린을 바라보려고 애를 썼다.

화무린이 주입해 준 진기 덕분에 약간의 기력을 되찾아 정신을 차린 것이었다.

번룡검은 거칠게 헐떡였다.

"헉… 헉… 공력을 낭비하지… 마십시오, 장주… 저는 가망이 없습니다……."

그러나 그의 입가에는 미소가 떠올라 있었다.

너무도 만족하고 행복한 미소였다.

"허억!"

그가 눈을 부릅뜨며 입을 크게 벌렸다. 사신이 그의 혼을 육신에서 끌어내고 있었다.

그는 사색(死色)이 자욱하게 깔린 얼굴이 되어 결사적으로 헐떡였다. 마치 지금 하려는 말을 하지 않고는 숨을 거둘 수 없다는 듯이.

"헉… 헉헉… 자… 장주를 모실 수 있… 어서… 영광이었습니다……. 그리고 너… 무 행복했습니다……."

"오 당주……."

화무린은 번룡검의 복부에서 손을 떼고 급히 그의 상체를 부둥켜안았다.

"헉헉헉……."

번룡검의 손이 몇 차례인가 허공을 허우적거리더니 힘없이 툭 떨어졌다.

화무린이 맥을 짚었지만 더 이상 뛰지 않았다. 그리고 그의 갈라진 복부에서 기다렸다는 듯이 창자가 꾸역꾸역 밀려 나왔다.

"오 당주……."

화무린은 번룡검의 상체를 품에 꼭 끌어안은 채 가늘게 몸을 떨었다.

그 즈음 사람들은 운공을 끝내고 슬픈 표정으로 화무린과 번룡검을 쳐다보고 있었다.

그중에서도 윤학이 가장 슬픈 얼굴이었다. 그러나 그는 곧 일어나 화무린 곁으로 다가와 공손히 입을 열었다.

"장주, 오필(吳弼)의 말은 사실입니다. 그는 장주를 모시게 된 이후, 천하에 자신보다 행복한 사람은 없다고 입버릇처럼 말했었습니다."

하지만 그런 말이 화무린에게 위로가 되어주진 못했다. 아니, 위로 따원 되지 않아도 좋았다. 번룡검 오필이 되살아나 주기만 한다면…….

"우리 다섯 명은 모두 그런 마음이었습니다. 언젠가 제가 싸우다가 죽게 된다면, 저는 오필보다 훨씬 더 행복하고 영광된 삶을 살았다는 것을 기억해 주십시오."

화무린은 고개를 들고 윤학을 바라보았다. 화무린은 울고 있지 않았지만, 윤학은 그가 속으로 피눈물을 흘리고 있다는 사실을 알고 있었다.

윤학은 미소를 지었다.

"오필은 정말 행복한 놈입니다. 가장 존경하는 장주의 품에서 죽었으니 그보다 더한 행복은 없었을 것입니다."

윤학은 만약 자신이 죽게 되더라도 화무린의 품에서 죽고 싶다는 말은 하지 않았다.

그는 화무린의 품에서 뺏듯이 오필을 떼어내 자신이 안고 일어나 시체들이 나란히 눕혀져 있는 곳으로 가서 맹룡검과 잠룡검, 뇌룡검 옆에 조심스럽게 뉘었다.

경무오룡검 중에 네 명이 죽고 윤학만이 살아남았다. 그들 네 명은 윤학에게 형제와도 같은 사람들이었다.

그러나 윤학은 슬픔을 드러내지 않으려고 애썼다. 자신이 슬퍼하면 화무린이 지금의 슬픔에서 쉽사리 헤어나지 못할 것 같아서였다.

화무린은 제자의 죽음 때문에 슬픔에 빠져 있기보다는 더 큰일을 해야 할 사람이었다.

"현조, 정신 차려라!"

그때 다급한 목소리가 들려왔다. 화무린이 고개를 돌리니 단궁천이 현조를 안은 채 어떻게든 해보려고 씨름을 하고 있는 광경이 보였다.

"형님, 현조를 제게 주십시오."

화무린은 재빨리 다가가서 단궁천에게서 현조를 건네받은 후 상태를 살펴보다가 가슴과 등이 관통된 상처를 발견했다.

"어이… 무린아… 나는 괜찮으니까… 더 급한 사람들부터 돌봐줘라… 나 현조는 이 정도에 죽지 않아…….”

현조는 화무린의 품에 안겨 흰 이를 드러내면서 씩 웃으며 중얼거렸다.

현조는 폐가 찢어진 것보다 피를 많이 흘렸다는 것이 좋지 않았다.

번룡검 오필도 피를 많이 흘려서 끝내 숨을 거두었다. 대부분의 중상이 다 위험하지만, 과다출혈은 어떻게 손을 써볼 방도가 없었다.

그러나 화무린은 현조의 상태로 미루어 아직은 희망이 있다고 생각했다.

화무린과 구중천주를 비롯하여 경상을 입은 사람들은 부상자들을 치료하는 일에 전력을 기울였다.

그사이에 황위질풍군 중 움직일 수 있는 사람들은 은오무적부의 희생자들과 동료들의 시신을 정성껏 합장했다.

천외무적군 일만여 시체는 그대로 방치해 두었다. 그들을 매장해 줄 만한 자비심도 없었지만, 천외족들이 이 참혹한 광경을 발견하기를 원했기 때문이다.

물론 천외족은 이런 것을 보고 분노한다거나 공포를 느끼지는 않을 것이다.

단지 이것은 복수와 경고의 또 다른 형태일 뿐이었다.

너희도 머지않아서 이렇게 될 것이라는.

화무린 등이 한창 중상자들의 치료에 몰두하고 있을 때 하늘에 떠 있는 수많은 까마귀 떼 사이에서 한 마리 비둘기가 쏜살같이 쏘아져 내려왔다.

발목에 작은 전통이 묶여 있는 전서구였다.

"생사혈맹으로부터의 급전입니다."

은겸이 전통 속의 돌돌 말린 서찰을 구중천주에게 공손히 내밀었다.

구중천주는 얼굴과 수염이 온통 땀투성이가 된 채 근처에서 치료에 열중하고 있는 화무린을 쳐다보았다.

"자넨 저 아이가 우리 모두의 지휘자라는 사실을 벌써 잊은 것인가?"

은겸은 머쓱한 표정을 지으며 화무린에게 다가가 서찰을 내밀었다.

화무린이 서찰을 읽고 있는 동안 은겸은 물끄러미 그를 주시했다.

그는 지금 자신이 보고 있는 이 청년이 그 옛날 산동 악가장 앞에서 피투성이가 되어 죽어가던 그 소년이었다는 사실이 쉽사리 믿어지지가 않았다.

화무린에게 구중천으로 들어올 수 있는 길을 터준 사람은 은겸이었다.

만약 그 당시에 은겸이 화무린에게 작은 관심의 손길을 뻗어주지 않았었다면, 어쩌면 오늘날의 은오검객 화무린은 존재하지 않았을지도 모른다.

은겸은 구중천주가 왜 말끝마다 화무린을 '아이'라고 부르면서 친밀하게 대하는지 이유를 알지 못한다.

그저 약관의 화무린이 너무나 기특하고 대견스러워서 그러는 것이려니 여기고 있을 뿐이었다.

"이런……."

그때 서찰을 읽던 화무린이 벌떡 일어나며 심각한 표정으로 낮게 중얼거렸다.

그는 구중천주를 보며 다급하고도 빠른 어조로 말했다.

"남쪽으로 간 이십사부가 위험하다는 급보입니다."

구중천주를 쳐다보기는 했지만 모두 들을 수 있을 정도의 큰 소리였다.

생사혈맹 이십팔 개 부 중에서 이곳으로 온 은오무적부와 황위질풍군 사 개 부를 제외한 이십사부는 천외무적군 제칠대를 공격하러 이곳에서 백여 리 남쪽으로 향했었다.

"어떻게 할 텐가?"

구중천주가 일어서며 물었다.

"아직 힘이 남아 있는 사람들을 추려서 당장 달려가야지요."

화무린의 말에 치료를 하던 사람들이나 받던 사람들 모두가 벌떡 벌떡 일어섰다.

크게 다치지 않은 사람들은 주먹을 움켜쥐며 의지를 불태웠으며, 치료를 받고 있던 사람들은 자신이 멀쩡하다는 것을 증명이라도 하려는 듯 가슴을 활짝 펴고 당당하게 보이려고 애쓰는 모습이 역력했다.

그것을 보면서 화무린은 가슴이 뭉클했다.

아니, 비단 그만이 아니라 모든 사람들이 서로의 모습을 보면서 진한 감동을 느꼈다.

잠시 묵묵히 서 있는 사람들 사이로 강렬한 중원의 투혼이 도도하게 흐르고 있었다.

"단 형님과 은 숙부께선 함께 갈 사람들을 서둘러 선별하도록 하십시오."

화무린의 명령을 받은 단궁천과 은겸은 즉시 선별 작업에 착수했다.

그러자 아예 서 있을 힘조차 없는 부상자들까지 온몸을 부들부들 떨면서 일어나기 시작했다.

단궁천이 그 광경을 보고 껄껄 웃음을 터뜨렸다.

"헛헛헛! 이봐! 자네들이 굳이 따라가겠다고 억지를 부린다면, 잠시 후에 우리는 자네들의 무덤을 만들어줘야 할 거야! 하지만 지금 이 순간만 참아준다면 앞으로 싸울 기회는 얼마든지 있을 걸세!"

최종적으로 선발된 사람들은 화무린과 주자운, 윤학, 마빈, 조영, 단궁천, 와룡, 구중천주와 네 명의 천제들, 용장봉선과 은겸을 비롯한 사부중, 명황오위와 동서오쾌에서 세 명, 그리고 황위질풍군의 백이십칠 명이었다.

"출발!"

화무린이 짧고 우렁차게 외치면서 강둑 위로 쏘아가자 그 뒤를 백오십여 명의 고수가 따랐다.

강둑 너머는 드넓은 초원이었고 그 끝에 여량산의 서쪽이 시작되는 야트막한 경사 지대의 숲이 있었다.

화무린은 숲을 향해 선두에서 쏘아가고 있었다.

현재 그는 본신진기를 거의 다 회복한 상태였지만 다른 사람들은 그리 좋은 몸 상태가 아니었다.

그렇지만 생사혈맹 이십사부를 돕지 않을 수 없었다. 어쩌면 지금쯤 그들은 이미 전멸당했을지도 모르는 일이다.

화무린은 숲을 오십여 장쯤 남겨둔 지점에서 귀에 익은 한 마디의 소리를 들었다.

캬앙—!

순간 그의 몸이 움찔 떨렸다. 그리고는 얼굴에 믿을 수 없다는 표정과 기쁜 표정이 동시에 떠올랐다.

그의 시선이 방금 소리가 들려온 숲 쪽에 고정됐다.

그리고 바로 그때 숲에서 하나의 작은 인영이 화살처럼 쏘아져 나왔다.

멀리서 얼핏 보기에는 그것은 한 마리 매[鷹]가 전속력으로 날아오는 것 같았다.

그러나 화무린은 그 물체가 자신의 분신이나 다름없는 존재라는 것을 한눈에 알아보았다.

"아령!"

캬아아!

화무린이 기쁨에 겨워 외치면서 두 팔을 활짝 펼치자 그 물체는 쏘아와 그대로 그의 품에 안겼다.

갸르르— 캬아—

그 물체는 겉으로 보기에는 결코 아령이 아니었다. 원래의 아령은 새끼 고양이 정도의 크기에 온몸이 눈보다 더 희고 탐스러운 털로 복슬복슬 뒤덮여 있었다.

그런데 지금은 그 털이 모두 없어져서 주먹 절반만 한 크기로 변해 있었다.

화무린은 아령을 혈옥강기로 불태워서 죽였다는 금오의 말을 아직도 생생하게 기억하고 있었다.

아령은 불에 털이 모두 타버리고 맨살만 남은 상태로 천여 리가 넘는 길을 달려 자신의 영원한 보호자인 화무린을 찾아온 것이었다.

"이 녀석, 아령아……."

화무린은 아령을 꼭 안고 뺨에 비볐다.

아령은 가르릉거리는 소리를 내면서 새빨간 혀로 그의 뺨을 핥았다.

"아령이로구나! 헛헛헛! 이 녀석 꼬락서니 좀 보게!"

"아령아! 대체 무슨 일을 당한 거니?"

아령을 알고 있는 단궁천과 주자운이 화무린 곁으로 다가 들었다.

그렇지만 아령은 두 사람을 쳐다보지도 않고 화무린의 얼굴에 자신의 얼굴을 비비며 혀로 핥으면서 작게 몸부림치느라 정신이 없었다.

화무린은 아령을 다시 보게 되어 뭐라고 표현할 수 없을 만큼 기뻤다.

구중천 팔대지옥 알부타의 어느 커다란 바위 아래에서 화무린이 극한의 추위와 허기, 절망에 빠져 있을 때 독지네에게 물려 죽어가고 있던 새끼 아령을 처음 만났었다.

동병상련의 처지였던 둘은 그 후 오 년여 동안 한 몸처럼 붙어 지내면서 서로에게 없어서는 안 될 존재가 되었다.

화무린은 아령을 두 손으로 잡고 얼굴 높이로 들어 올려 바라보며 환하게 웃었다.

"나는 네가 죽었을 것이라고는 생각하지 않았다. 잘 돌아왔다, 아령아."

그러자 아령이 혀를 내밀어 화무린의 코를 핥았다.

화무린 일행은 숲을 가로질러 남쪽으로 달리고 있었다.

마음이 급한 화무린은 잠깐 달리다 보면 무리에서 수백 장이나 앞서 나가기 일쑤였다.

그것도 뒤따르는 사람들이 처질까 봐 배려하여 천천히 달리려고 애쓴 것인데 그 모양이었다.

구중천주와 네 명의 천제, 용장봉선, 단궁천, 조영 정도만이 화무린에게서 크게 뒤처지지 않았고, 다른 사람들은 전력을 다해도 잠깐 사이에 까마득하게 뒤처졌다.

만약 화무린이 전력으로 쏘아간다면 구중천주라고 해도 뒤따르지 못할 터였다.

화무린이 또다시 뒤처진 사람들을 돌아보면서 조급한 표정을 짓는 것을 보던 단궁천이 속력을 뚝 떨어뜨리면서 화무린에게 말했다.

"무린아, 저들은 내가 인솔해서 갈 테니 너는 여러분들과 함께 먼저 가거라."

"그래 주시겠습니까?"

화무린은 금세 표정이 펴지면서 단궁천의 대답은 듣지도 않고 이미 수십 장 밖으로 쏘아가고 있었다.

그 뒤를 구중천주와 네 명의 천제, 용장봉선과 조영이 전력으로 따랐다.

화무린은 생사혈맹의 이십사부와 천외무적군 제칠대가 격전을 벌이는 곳을 십여 리 정도 남겨둔 지점에서 심상치 않은 기척을 감지했다.

그것은 수많은 고수들이 한쪽 방향으로 빠르게 이동하는 기척이었는데, 화무린은 기척만으로도 그들이 고도의 훈련을 받은 고수들이라는 사실을 간파했다.

우연의 일치인지 화무린 일행과 그들 암중의 고수들이 이동하고 있는 방향이 같았다.

이 숲에 있는 사람이라면 적 아니면 우리 편 둘 중 하나였다.

그러므로 화무린으로서는 그들이 어떤 사람들인지 확인해 볼 필요가 있었다.

만약 천외무적군이라면 일이 골치 아파질 것이다.

그들의 수는 천 명에 달했는데도 빠르게 이동하고 있는 광경이 마치 한 사람이 이동하는 듯한 착각을 불러일으킬 정도로 일사불란했다.

그리고 그들에게서는 보통의 무림인들에게서는 느낄 수 없는 어둠의 기운이 짙게 풍겨졌다.

한 줄에 이백여 명씩 다섯 줄을 이루어 쏘아가고 있는 선두의 인물은 한 뼘 길이의 검은 수염을 지닌 위맹한 용모의 초로인이었다.

문득 전면을 주시하던 초로인은 눈을 약간 크게 뜨며 가볍게 움찔했다.

갑자기 아홉 명의 인물이 전방의 하늘에서 뚝 떨어져 내렸기 때문이다.

나타난 아홉 명은 화무린 일행이었다.

선두의 초로인이 화무린 일행 전면 삼 장 거리에 멈추자 뒤따르던 천 명은 추호의 기척도 없이 정지했다.

"아!"

그때 화무린 뒤에 서 있던 조영이 나직한 탄성을 터뜨렸다.

조영은 즉시 화무린 옆으로 나서며 나직이 속삭였다.

"저들은 본 련의 마고수들입니다."

조영은 천 명을 이끌고 있는 초로인 앞으로 다가가 포권을 하며 정중히 허리를 굽혔다.

"번창왕님, 조영이 인사드립니다."

초로인은 마련 서열 이위 마신삼왕 중에 번창왕이었다. 총 련주의 명으로 마련의 일천 정예 고수를 이끌고 여량산으로 달려온 것이다.

번창왕 형강은 조영에게 가볍게 고개를 끄덕여 보였다.

조영은 온몸 십여 곳에 크고 작은 상처를 입었으며, 옷이 갈가리 찢어져 누더기나 다름없는 데다 온통 피가 말라붙은 모습이라 그가 얼마 전까지 무엇을 하고 있었는지 짐작하는 것은 어려운 일이 아니었다.

형강의 시선이 조영을 떠나 화무린 일행으로 옮겨갔다.

그러나 그의 시선은 곧 화무린에게 고정되었다. 한눈에 그가 은오검객이라는 사실을 알아본 것이다.

화무린은 머리끝에서 발끝까지 피를 흠뻑 뒤집어썼다가 말라붙었고, 얼굴만 겨우 닦은 모습이었다.

아니, 그뿐만이 아니라 그의 일행 모두 핏물로 목욕을 한 섬뜩한 모습이었다.

형강은 화무린을 그저 쳐다보는 것만으로도 과연 소문이 명불허전이라는 사실을 확인했다.

아니, 오히려 천하에 떠도는 은오검객에 대한 소문이 부족함을 느꼈다.

형강은 성큼성큼 걸음을 옮겨 화무린의 두 걸음 앞에 멈춘 후 정중히 포권하며 가볍게 고개를 숙였다.

"나는 마련 마신삼왕의 번창왕 형강이오. 총련주의 명을 받자와 은오검객 휘하에 합류하여 천외무적군과 싸우러 왔소. 거두어주시겠소?"

화무린의 입가에 부드러운 미소가 떠올랐다.

"우리는 지금 싸우러 가는 길인데, 함께 가겠소?"

형강의 입가에도 화무린과 비슷한 미소가 떠올랐다. 그는 즉시 포권을 하며 고개를 숙였다.

"명을 따르겠소."

조영은 번창왕 형강의 성품이 얼마나 굴강한지 잘 알고 있었다. 형강은 총련주 담혁무 외에는 고개를 숙여본 적이 없는 사람이다.

그런 그가 화무린에게 고개를 숙인 것이다. 그것도 조영과 천 명의 수하가 지켜보고 있는 상황에서 말이다.

하지만 조영은 그것을 조금도 이상하게 여기지 않았다. 자신 역시도 화무린과 합류한 지 얼마 지나지 않아서 그에게 고개를 숙이지 않았던가.

화무린은 조영에게 형강과 그가 이끄는 일천 마고수를 안내하라고 이르고는 구중천주 등과 함께 순식간에 시야에서 사라져 버렸다.

　형강은 수하들을 이끌고 즉시 출발했다.

　"모두들 조금 전까지 심하게 싸운 모습인데, 또 싸우러 간단 말인가?"

　형강은 화무린 일행이 사라진 방향에 시선을 둔 채 자신의 옆에서 나란히 달리고 있는 조영에게 물었다.

　조영은 얼마 전에 끝난 천외무적군 칠대와의 대혈전을 간략하게 설명해 주었다.

　설명을 듣고 난 형강은 아연실색하고 말았다.

　겨우 천여 명이 일만 명을 한 명도 남김없이 전멸시켰다는 데 놀라지 않을 수가 없었다.

　더구나 대혈전의 처음에는 은오무적부의 단지 삼십오 명만으로 급습을 하여 육대에 치명타를 안겼다는 말에는 혀를 내둘러야만 했다.

　그리고는 제대로 쉬지도 못한 상태에서 생사혈맹 이십사부를 구원하러 가고 있다니, 너무 놀랍다 못해서 어이가 없을 지경이었다.

　"조 대주, 은오검객은 어떤 인물인가?"

　잠시 말이 없던 형강이 불쑥 물었다.

　조영은 즉시 대답하지 않았다.

형강은 조영을 쳐다보다가 가볍게 놀랐다. 그의 얼굴에 뭐라고 형언하기 어려운 복잡한 표정이 가득 떠오른 것을 발견한 때문이다.

그러나 형강은 그 복잡한 표정 중에서 가장 강렬한 것 하나를 발견해 냈다.

그것은 '존경'이었다.

조영은 화무린을 감히 뭐라고 설명할 방법이 없어서 말을 고르고 있는 중이었고, 형강은 그것을 간파했다.

이윽고 조영이 그 표정 그대로 허공을 응시하며 입을 열었다.

"저는 그분을 알게 되고 또 그분과 함께 싸울 수 있게 되어 무상의 영광으로 여기고 있습니다."

결국 조영은 번룡검 오필이 죽어가면서 했던 말과 윤학이 했던 말을 그대로 답습했다. 그렇게밖에는 달리 화무린을 설명할 말이 생각나지 않았다.

그 말을 하면서 조영은 어째서 오필과 윤학이 그런 말을 했는지 그제야 깨달을 수 있었다.

형강은 조영이 자존심으로는 자신과 버금간다는 것을 잘 알고 있었다.

第百一章

진정한 사랑

구중천
九重天

생사혈맹 이십사 개 부와 천외무적군 제칠대의 싸움은 예상했던 것보다 훨씬 더 심각한 상황이었다.

이십사 개 부의 부주는 이십 명의 구중천 령(令)과 마룡전 대주인 조영의 네 명의 직속 수하가 맡고 있었다.

처음에 화무린은 천외무적군 제육대와 칠대를 발견하여 그중 칠대를 이십사부에게 맡겼다.

그는 칠대가 이동하고 있는 앞쪽의 지형을 최대한 이용한 치밀한 급습 계획을 세워 이십사부주에게 자세히 설명해 주고, 상황이 어떻게 변할는지 모르니까 때에 따라서는 계획을 수정하여 공격하라고 당부하고는 자신은 은오무적부와 황위질풍군을 이끌고 육대를 공격하러 갔었다.

천팔백 명의 구중천 고수와 천 명의 마룡전대, 그리고 삼천 이백여 명의 무림 군웅으로 이루어진 이십사부 총 육천의 세력이라면 충분히 천외무적군 제칠대와 싸워볼 만했다.

더구나 급습인데다 치밀한 계획까지 세웠으니 큰 변수가 생기지 않는 한 승리할 수 있을 것이라고 이십사부주는 자신감에 차 있었다.

화무린이 설명해 준 계획은 수정할 필요가 없었다.

그리고 급습은 성공했다.

자신들이 급습당할 것이라고는 추호도 예상하지 못했던 천외무적군 제칠대는 주변의 지형지물을 교묘하게 이용하면서 느닷없이 사면팔방에서 맹공을 퍼부어대는 생사혈맹 이십사부의 최초 급습으로 한 시진 만에 전체 전력의 삼분의 일가량인 삼천오백 명을 잃고 말았다.

더구나 제칠대는 반격하면서 밀리다가 울창한 숲 가운데의 넓은 공터로 내몰리고 말았다.

물론 그것은 화무린이 사전에 지형을 이용하여 치밀하게 짠 최후의 계획이었다.

생사혈맹 이십사부는 그 공터를 제칠대의 무덤으로 삼을 생각이었다.

제칠대의 남은 육천오백여 명은 숲 가운데의 넓은 공터에 몰린 채 완전히 노출된 상황이었다.

그리고 생사혈맹 이십사부 육천여 명은 숲에서 그들을 포위한 상태에서 구중천 고수들과 마룡전대의 마고수들을 중심으로 맹공을 퍼부었다.

　그래도 상대는 천외무적군이었다. 그들의 저항은 너무도 완강해서 쉽사리 무너지지 않았다.

　대혈전은 밤을 넘겨 새벽까지 이어졌으며, 그때쯤 제칠대는 천오백여 명이, 생사혈맹 이십사부는 사천여 명이 살아남은 상태였다.

　급습과 지형을 이용한 계획이 적중한 덕분에 천외무적군 칠대를 팔천오백 명이나 죽이고 반면에 이십사부는 사천여 명이나 생존했다는 사실은 대단한 성공이 아닐 수 없었다.

　그러나 새벽이 됐을 때, 피아를 막론하고 그들 모두는 극도로 탈진하여 도검을 휘두르기는커녕 서 있을 기력조차 남아 있지 않았다.

　그런 상태에서도 싸움은 계속됐다. 생사혈맹 사람들은 자신들이 조금만 더 견디면서 마지막 힘을 내면 승리할 수 있을 것이라는 사실을 믿어 의심하지 않았다.

　그런데 바로 그때에 누구도 예상하지 못했던 변수가 발생했다. 느닷없이 사방에서 수많은 천외무적군이 들이닥치며 생사혈맹 이십사부를 급습한 것이었다.

　그들은 마련을 공격하라는 명령을 받고 남쪽으로 향하던 천외무적군 제오대였다.

마룡전대가 보유하고 있는 탐찰소대의 척후에 의하면 그들 오대는 육대보다 최소한 이백오십여 리 더 남쪽에서 이동하는 중이었다.

그랬기에 마음 놓고 육대를 공격했던 것인데, 오대가 되돌아올 줄은 꿈에서조차 예상하지 못했었다.

마룡전대 탐찰소대는 은와사의 은와백괴로 무장하여 추적술과 감시, 미행술에서는 타의 추종을 불허하지만 인원이 이십 명밖에 안 된다는 것이 약점이었다.

탐찰소대주 적요는 천외무적군 오대가 남쪽으로 멀어지는 것을 확인하고 그들을 감시하던 수하를 불러들여 다른 명령을 내렸던 것이다.

원래 은오무적부와 황위질풍군, 그리고 이십사부는 거의 같은 시각에 천외무적군 육대와 칠대를 공격했었다.

육대는 자신들을 급습한 자들이 절정고수이기는 하지만 불과 삼십오륙 명이라는 사실을 확인하고는 충분히 진압할 수 있다고 확신하여 구원을 청하지 않았다.

그러나 방심하고 있다가 생사혈맹 이십사부 육천여 명에게 급습을 당해 궁지에 몰린 칠대는 사정이 크게 달랐다.

그들은 숲 가운데 너른 공터로 쫓겨가기 직전에 급히 오대에게 전서구를 띄웠다.

그리고 급보를 받은 오대는 그 즉시 회군, 밤새 전력으로 달려왔던 것이고, 오대를 감시하던 탐찰소대의 마고수는 그 무렵 적요의 명령을 받고 다른 곳으로 이동하고 있는 중이었다.

그저 달려오기만 한 오대의 일만 천외무적군이 밤새도록 치열한 격전을 벌여 지칠 대로 지친 생사혈맹 이십사부 사천여 명을 상대로 싸우는 일은 땅 짚고 헤엄치는 것과 다를 바가 없었다.

거의 일방적인 도륙이 벌어졌다. 구중천 고수들도, 마룡전대의 마고수들도 도검 한 번 제대로 휘둘러보지 못한 채 맥없이 스러져 갔다. 그들이 그 지경인데 무림 군웅들은 더 설명한들 무엇 하겠는가.

급기야 생사혈맹 이십사부는 은오무적부에 전서구를 보내기에 이르렀다.

하지만 그들은 절망하는 중에서도 은오무적부가 자신들을 구원해 주는 것을 그다지 기대하지는 않았다.

자신들이 천외무적군 칠대와 싸워본 결과 은오무적부와 황위질풍군 천여 명으로는 절대 천외무적군 육대를 이길 수 없을 것이라고 판단했기 때문이다.

그러므로 지금쯤 은오무적부와 황위질풍군은 전멸했거나 아니면 그와 비슷한 상황에 처했을 것이라고 판단했다.

사천여 명이던 생사혈맹 이십사부는 천외무적군 오대의 맹공을 받아 불과 한 시진여 만에 천여 명을 잃었다.

상황이 완전히 역전됐다. 더구나 숲 가운데의 공터에 있던 칠대의 잔존 세력들이 숲으로 빠져나갔으며, 반대로 생사혈맹 이십사부가 공터로 몰려 겹겹이 포위를 당하는 신세가 되고 말았다.

그나마 천이백여 명 정도 남은 구중천 고수들과 오백여 명으로 줄어든 마룡전대가 둥글게 원을 형성한 상태로 사력을 다해서 싸우며 원 안쪽의 무림 군웅을 보호하고 있어서 희생을 줄일 수가 있었다.

그렇지만 천외무적군의 공격이 워낙 맹렬해서 구중천 고수와 마룡전대가 만든 벽이 무너지는 것은 시간문제였다.

그리고 그 시기는 예상했던 것보다 훨씬 빨리 찾아왔다.

"으악!"

"크아악!"

벽을 형성하고 있던 마룡전대의 마고수 세 명이 한꺼번에 피를 뿌리면서 쓰러지는가 싶더니, 천외무적군이 기회를 놓치지 않고 집중 공격을 퍼붓자 대여섯 명이 더 쓰러지면서 그곳의 벽이 와르르 허물어지기 시작했다.

그곳으로 천외무적군이 파도처럼 쇄도하며 원 안에 있던 무림 군웅을 무차별 도륙했다.

"크악!"

"끄아악!"

한 번 무너지기 시작한 방어벽은 순식간에 전체로 이어졌다.

기력이 쇠잔할 대로 쇠잔해진 생사혈맹 삼천여 명은 완전한 무방비 상태로 일만여 천외무적군에게 노출됐다.

그때부터 완전히 일방적인 천외무적군의 살육이 시작됐다.

'아아… 이럴 수는 없어……! 구중천이 이렇게 맥없이 무너진다는 것은 말이 안 돼!'

이미 세 군데에 가볍지 않은 상처를 입은 은한은 속으로 처절하게 울부짖고 있었다.

그녀는 자신이 구중천의 일원이라는 사실에, 또한 천상성계가 안배한 천중인계 최후의 보루가 구중천이라는 사실에 대단한 자부심을 품고 있었다.

그래서 구중천은 언제나 무적이고 영원히 불패일 줄 알았다. 그랬기 때문에 이렇게 속절없이 무너지고 있는 현실이 도저히 믿어지지가 않았다.

"커윽!"

그때 그녀의 바로 옆에서 답답한 신음 소리가 터졌다. 귀에 익은 목소리였다.

"적 숙부!"

은한은 목이 절반쯤 잘라진 채 비틀거리고 있는 적궁을 발견하고 목젖이 찢어질 정도로 날카롭게 외쳤다.

그녀는 오부에 속해 있었고, 적궁은 구중천의 령 가운데 한 명으로서 오부의 부주였다. 또한 부친인 은겸의 절친한 친구이기도 했다.

만약 이번 싸움에서 적궁이 은한 곁에서 위급한 순간마다 그녀를 보호해 주지 않았다면, 그녀는 이미 오래전에 죽었을 것이다.

어쩌면 적궁은 방금 전에도 은한을 공격하는 천외무적군을 막으려다가 당한 것인지도 몰랐다.

"한아……."

은한이 눈물을 왈칵 쏟으면서 쳐다볼 때, 적궁은 안타까운 눈빛으로 그녀를 쳐다보며 쓰러져 갔다.

쐐애액!

바로 그 순간 두 명의 투번고수가 은한의 양쪽에서 그녀를 향해 맹렬하게 도와 검을 휘둘러왔다.

"……."

은한은 그것을 막을 정신도, 한 올의 기력도 없었다. 그래서 그 두 명의 공격은 세상에 존재하는 그 어떤 것보다 강하게 느껴졌다.

그녀는 그저 머릿속이 새하얗게 탈색되면서 분노 같기도 하고 절망 같기도 한 괴이한 기분에 사로잡혔다.

그 순간 문득 그녀의 뇌리를 번쩍 스치는 것이 있었다.

그것은 어떤 복잡하면서도 미묘한 감정이었고, 과거에 한 번 느껴봤던 것이었다.

그리고 과거의 그날 그 순간이 갑자기 거짓말처럼 되살아났다. 그런데 그 기억이 왜 하필 지금처럼 위급한 순간에 떠올랐는지 모를 일이었다.

구중천 팔대지옥에서 나찰의 임무를 수행하던 중에 만났던 한 소년이 안겨준 굴욕감이었다.

그때 느꼈던 치욕과 분노는 그전에도 없었고 이후에도 없었던 그녀 최초의 지독한 경험이었다.

그리고 다음 순간 눈앞이 환해지면서 준수한 한 청년의 모습이 선명하게 떠올랐다.

화무린이었다.

'그래! 바로 은오검객이 그놈이었어!'

그녀는 그때 그 소년이 화무린이라는 사실을 이 위기의 순간에 깨달았다.

순간 은한은 화무린을 다시 한 번 보기 전에는 절대로 죽을 수 없다는 생각이, 아니, 절박한 마음이 활화산처럼 치밀어 올랐다.

'그 자식의 따귀를 후련하게 갈겨주고 말겠어!'

어쩌면 그 절박함이 꺼져 가던 기력을 한순간이나마 되살려준 것인지도 몰랐다. 그녀는 수중의 검을 번쩍 들어 올려 결사적으로 휘둘렀다.

차창!

요란한 소리가 터지며 한 자루 도를 막은 것 같았으며, 그 순간 그녀는 가슴 한복판이 불에 달군 인두로 지진 듯 화끈한 것을 느꼈다.

그녀는 자신의 가슴 한복판을 뚫고 들어온 한 자루 검을 굽어보며 믿을 수 없다는 표정을 지었다.

츄악!

검이 뽑히자 가슴에서 새빨간 핏물이 만개한 장미꽃처럼 확 뿜어졌다.

가슴이 답답했다. 그리고 숨을 쉴 수가 없었다. 그런데도 기분은 아주 좋았다.

마치 자리에 편안한 자세로 누워서 막 잠이 들려고 할 때의 몽연함 같았다.

그리고 자신의 가슴에서 뿜어지고 있는 피분수가 무척 아름답다는 생각이 들었다.

그때 그녀는 멀리에서 들려오는 듯한 누군가의 호통 소리를 아련하게 들었다.

"이놈들! 모조리 죽여 버리겠다!"

은한은 뒤로 스르르 쓰러지면서 그 목소리가 그 옛날 자신에게 치욕을 안겨주었던 어떤 소년의 목소리와 비슷하다는 생각을 했다.

해질녘이 돼서야 산천초목도 몸서리를 치고 말았던 또 한 번의 싸움이 끝났다.

그리고 그 싸움 역시 생사혈맹의 승리로 끝났다.

그러나 만약 번창왕 형강이 이끌고 온 마련의 일천 정예 고수가 아니었다면 은오무적부와 황위질풍군을 포함한 생사혈맹 전체와 천외무적군 양쪽이 모두 전멸했을 것이다.

그들 마련의 일천 정예 고수 대부분이 자신들의 목숨을 초개처럼 던지며 사투를 벌인 덕분에 많은 사람들이 살아남을 수 있었다.

숲과 공터는 완전히 폐허로 변했고, 시선이 미치는 곳까지 처참한 몰골의 시체들로 뒤덮였다.

그리고 공터 한가운데에 화무린이 우뚝 서 있었다.

헝클어진 머리카락에 누더기처럼 변한 옷, 온몸 수십 군데에 상처를 입은 채 오른손에 쥔 은오검을 땅을 향해 비스듬히 뻗은 자세다.

짙은 노을 앞에 서 있는 그의 얼굴이 붉게 물든 것이 노을 때문인지 핏물을 뒤집어써서인지 알 수 없었다.

*　　　*　　　*

"너는 누구냐?"

담혁무는 담담한 표정으로 조용히 물었다.

그의 전면에는 함도가 소군을 업고 오른손에는 검을 움켜쥔 채 우뚝 서 있었고, 두 사람이 있는 곳에서 두어 걸음 뒤쪽은 까마득한 낭떠러지였다.

"헉… 헉……."

함도는 어깨를 들썩이며 거친 숨을 몰아쉬었다.

그는 소군을 업고 마련을 탈출한 후 동북쪽으로 전력을 다해서 달리다가 한 시진 후에 누군가에게 추격당하고 있다는 사실을 깨달았다.

그때부터 해가 뉘엿뉘엿 지고 있는 지금까지 추격자를 떨어뜨리려고 무진 애를 썼지만 결국은 보다시피 이렇게 궁지에 몰리는 신세가 되고 말았다.

함도는 은와백괴를 익힌 자신을 추격하고 끝내 잡을 수 있는 사람이 존재한다는 사실이 쉽사리 믿어지지 않았다.

담혁무 역시 은와백괴를 익혔으며, 더구나 수십 년 동안 실전에서 사용했기 때문에 그 방면에서는 함도보다 뛰어나다는 사실을 그로서는 알 리가 없었다.

함도는 재빨리 주위를 둘러보았다. 아까부터 이상한 기운이 감지되고 있는데 그것이 무엇인지 알지 못했다.

이곳에 함도와 소군을 제외하곤 담혁무 한 명뿐인데, 어째서 스멀스멀 이상한 기운이 느껴지는 것인지 모를 일이었다.

그것은 전면 삼 장 거리에 우뚝 서 있는 담혁무를 중심으로 좌우로 둥글게 원을 형성하여 벼랑까지 이어진 보이지 않는 그물이 펼쳐진 것 같은 느낌이었다.

함도의 좌우에는 몇 그루의 잡목과 풀포기가 있을 뿐 사람이 숨을 만한 장소는 한 곳도 없었다.

그러나 함도의 능력이라면 그 어디에도 숨을 수 있다.

소군만 없다면.

담혁무는 함도가 처음부터 고분고분 대답할 것이라고는 생각하지 않았다.

그는 함도의 등에 업혀 있는 소군이 두 팔로 그의 목을 꼭 안고 있는 것을 보았다.

그것은 두 사람이 모르는 사이가 아니라는 증거였으며, 함도가 그녀를 납치한 것이 아니라 구출했다는 단적인 증거이기도 했다.

그때 문득 함도는 담혁무도 자신처럼 은와백괴를 익혔을지 모른다는 생각을 떠올렸다.

그렇지 않고서는 자신을 이처럼 완벽하게 결계(結界)에 가둔 것처럼 옭아맬 수는 없는 일이었다.

당금 천하에서 은와백괴를 터득한 사람을 추적할 수 있는 것은 은와백괴를 터득한 사람뿐이다. 그만큼 은와백괴는 타의 추종을 불허하는 기술들이다.

한 번 그런 생각을 하게 되자 잠시 후 함도는 담혁무가 은와백괴를 터득했다는 사실을 거의 확신하게 되었으며, 그의 좌우에 있는 보이지 않는 그물 같은 존재는 은와백괴를 터득한 그의 수하들이 은둔한 채 포위망을 형성하고 있는 것이라는 결론을 내렸다.

"너는 은오검객의 수하냐?"

그때 담혁무가 불쑥 물었다.

함도는 여전히 대답하지 않았다. 지금이 어떤 상황인지, 그리고 상대의 의중을 모를 때에는 함구하는 것이 이롭다는 사실을 그는 경험을 통해서 잘 알고 있었다.

그러나 담혁무가 원하는 것은 굳이 함도의 대답이 아니었다. 때로는 침묵도 훌륭한 대답이 될 수가 있다. 바로 지금과 같은 상황이 그렇다.

그때 뒤쪽에서 하나의 붉은 인영이 나타나 바람처럼 쏘아오더니 담혁무 왼쪽에 멈춰 섰다.

먼 길을 달려왔는지 가쁜 숨을 할딱거리고 있는 담홍예였다. 은와백괴를 익힌 적이 없는 그녀는 멀리서 뒤따르다가 담혁무의 심복 수하가 쏘아 올린 신호탄을 보고 한달음에 이곳을 찾아온 것이다.

함도나 소군은 담홍예를 한 번도 본 적이 없다.

소군은 백학서원에서 깊은 잠에 빠져 있다가 담홍예의 심복인 도검쌍살에게 혼혈이 제압되어 납치되어 깨어나 보니 마련의 마심갱이었고, 절망하고 있던 중에 자신을 화무린의 종이라고 소개한 함도에게 구출된 것이 그녀가 알고 있는 전부였다.

담홍예는 소군이 무사한 것을 보고 속으로 안도의 한숨을 토해냈다.

"네놈이 감히……."

이어서 그녀를 업고 있는 함도를 당장이라도 죽일 듯이 으르렁거리자 담혁무가 팔을 뻗어 제지하고 조용히 말했다.

"노부는 마련의 거의 모든 수하를 이미 은오검객에게 보냈다. 그의 휘하에서 천외무적군과 싸우도록 한 것이지."

거두절미하고 그런 말을 한 이유는 오해를 풀어야 하기 때문이었다.

소군의 표정이 크게, 함도의 표정은 가볍게 변했다.

"그리고 노부는 지금 네가 업고 있는 여자, 아니, 은오검객의 부인인 은오정녀를 데리고 은오검객과 합류하기 위해서 오늘 아침에 출발하려고 했었다."

담혁무 같은 일대 거목의 얼굴에서 진실이냐 거짓이냐를 알아내는 것처럼 어려운 일은 없을 것이다.

"사실이오?"

영원히 입을 열 것 같지 않던 함도가 날카로운 눈빛과 함께 약간 쉰 듯한 목소리로 물었다.

"이놈아, 너는 천마성종이 거짓말했다는 말을 들어본 적이 있느냐?"

담홍예가 분을 삭이지 못한 듯 어깨를 들썩이며 쨍 하게 소리쳤다.

'천마성종!'

소군과 함도는 놀라서 똑같이 속으로 낮게 외쳤다. 두 사람은 자신들 앞에 서 있는 볼품없는 모습의 노인이 설마 천하사

마(天下邪魔)의 조종이며 절대자인 천마성종일 것이라고는 예상하지 못했었다.

그때 두 사람은 동시에 한 가지 사실을 깨달았다. 만약 천마성종에게 흑심이 있었다면 추격하던 사람을 지금처럼 완벽하게 궁지에 몰아넣은 상황에서 구구절절 많은 말을 늘어놓을 필요 없이 즉시 손을 써서 원하는 바를 이루었을 것이라는 사실이다.

담혁무가 슬쩍 손녀를 쳐다보았다.

담홍예는 조부의 온화한 표정을 보고는 그의 의중을 읽었다. 그다음 말은 그녀더러 하라는 뜻이었다.

그녀는 약간 긴장하여 낮게 숨을 골랐다. 이미 커다란 깨우침을 얻은 다음이라서 지금 하려는 말이 굳이 어려울 것은 없었다.

필요한 것이 있다면 약간의 용기 정도였다. 그녀는 소군을 바라보며 진심 어린 표정으로 조용히 말했다.

"은오정녀 당신을 납치한 사람은 바로 나예요. 철모르고 한 짓이니 부디 용서해 주기를 바라겠어요."

담혁무는 손녀의 잘못을 자신이 대신 용서를 구하려고 하지 않고 그녀가 직접 해결하도록 배려했다.

손녀를 위해서라면 목숨도 아깝지 않은 그였지만, 지금은 자신이 나설 때가 아니었다.

진정으로 손녀를 위한다면, 그녀가 직접 깨닫게 해주는 것이 옳다고 판단한 것이다.

만약 그녀가 한 일 때문에 벌을 받게 된다면 그것도 감수하게 할 생각이었다.

최악의 상황이 아니라면 그 일에 대해서만큼은 담혁무는 나서지 않을 터이다.

함도는 마련의 소련주가 소군을 납치했다는 사실을 마심갱을 탈출한 후에 그녀에게 말해주었다.

두 사람은 담홍예의 말을 듣고 그녀가 마련의 소련주, 즉 천마성종의 손녀라는 사실을 알게 되었다.

소군은 표정의 변화 없이 담담하게 물었다.

"왜 나를 납치했죠?"

예전의 소군, 즉 구중천 구나찰이었던 시절의 그녀는 언제나 얼굴에 무표정이라는 한 겹의 면구를 쓴 것처럼 싸늘했었다.

그러나 지금의 그녀는 크게 변해 있었다. 봄이 되면 얼었던 냇물이 녹듯이, 화무린의 사랑이 그녀의 마음을 녹여 완전히 다른 사람으로 만들어 버린 것이었다.

담홍예는 머뭇거렸다. 그리고 그녀는 깨달았다. 무슨 일을 저지르는 것보다 그것을 수습하는 것이 몇 배나 더 힘들다는 사실을. 그리고 그것에는 진심이 필요하다는 것을.

그녀는 입술을 잘근잘근 깨물다가 마침내 용기를 냈다.

"나는… 화무린을 사랑하고 있어요. 그의 마음을 얻으려고… 그래서 그를 협박하기 위해서 당신을 납치한 거예요."

자신이 사랑하고 있는 남자가 사랑하는 여자 앞에서 이런 말을 한다는 것은 평범한 용기로는 할 수 없을 것이다.

소군은 적이 놀란 표정을 지었다.

담홍예는 고개를 숙인 채 가만히 소군의 눈치를 살폈다. 그녀가 무슨 벌을 내리더라도 달게 받을 각오였다.

그런데 소군이 잠깐 놀라는 것 같더니 곧 표정이 담담하게 변하는 것을 보고 내심 크게 안도했다.

"그를 어떻게 알게 됐죠?"

소군의 물음에 담홍예는 쭈뼛거리면서 담혁무의 눈치를 살피더니 겨우 말했다.

"나… 중에 설명하면… 안… 될까요?"

소군은 고개를 끄덕였다.

"그렇게 하세요."

담홍예가 조심스럽게 소군에게로 걸음을 옮겼다.

"저… 내가 당신의 혈도를 풀어주겠어요."

소군은 의아한 표정을 지었다. 그녀는 자신이 제압됐다고 생각하지 않았다.

"나는 몸을 움직일 수 있어요."

담홍예는 두어 걸음 다가가다가 걸음을 멈추었다. 그녀의 얼굴에 떠오른 것은 이해하기 어렵다는 표정이었다.

"나는 당신의 무공을 폐지시켰어요. 설마 그것을 모르는 것은 아닐 테죠?"

"알아요."

"그런데도 왜 화를 내지 않는 건가요?"

소군의 얼굴에 해사한 미소가 피어났다.

"무공이 폐지된 상태에서 지하 뇌옥에 갇혀 있는 동안 나는 많은 생각을 했어요. 내가 어디에 무엇 때문에 갇혀 있는지도 몰랐고, 누구에게 화를 내야 하는지도 몰랐어요. 그렇게 분노와 서글픔과 절망의 나날을 보내다가 맨 마지막에 찾아온 것이 하나 있었어요."

담홍예는 한마디도 놓치지 않으려는 듯 귀를 기울였다.

소군의 얼굴에 밝은 햇살을 닮은 표정 하나가 떠올랐다.

담홍예는 그런 신비한 표정을 본 적이 한 번도 없었다.

당연했다, 그것은 누군가를 목숨보다 사랑하는 사람만이 지을 수 있는 '그리움'이라는 것이므로.

"무린 그 사람을 먼발치에서라도 딱 한 번만 볼 수 있다면 웃으면서 죽을 수 있다는 간절한 소망이었어요."

"……."

담홍예의 얼굴에 여러 가지 복잡한 표정들이 떠올랐다. 그러나 그것들은 모두 깨달음으로 인한 것이었다.

그녀는 큰 충격을 받은 듯한 얼굴로 소군을 바라보았다.

소군의 부드러운 미소가 담홍예의 모든 것을 뿌리째 뒤흔들어놓았다.

사랑하는 사람을 먼발치에서나마 한 번이라도 볼 수 있다면 당장 죽어도 좋다는 사람이 자신의 무공이 폐지된 것을 안타까워하거나 분노할 수 있겠는가.

사랑은 그렇게 하는 것이고, 인생이란 누군가를 사랑할 때에 진정한 가치를 발하는 것이며, 그런 것들의 근원에는 진실함이라는 바탕이 있어야 한다는 사실을 담홍예는 한꺼번에 깨달았다.

그녀는 멈칫멈칫 소군에게 다가가며 손을 내밀었다.

"당신의 혈도를… 아니, 잠시 폐지시켜 놓았던 무공을 회복시켜 주겠어요."

第百二章

생사혈맹주(生死血盟主)

구중천
九重天

화무린의 생사혈맹은 천외무적군 제오대와 육대, 칠대 도합 삼 대 삼만여 명을 완전히 괴멸시킴으로써 큰 승리를 거두었지만, 그것 때문에 치른 희생이 너무 컸다.

혈전이 벌어졌던 숲 가운데 너른 공터에서 이십여 장가량 쯤 떨어진 숲 속의 또 다른 아담한 공터에 화무린을 비롯한 사람들이 모여 있었다.

그곳에 모여 있는 사람들은 중상을 입었거나 그들을 치료하는 이들이었다.

그러나 이곳에서 치료를 받고 있는 사람들보다는 죽은 사람이 몇 배나 더 많았다.

황하 변에서 벌어졌던 천외무적군 육대와의 싸움과 이곳에서 벌어진 오대, 칠대와의 싸움에서의 공통점이라면, 무공이 고강한 사람이나 약한 사람들의 차이가 없이 고르게 죽었다는 사실이다.

원래 싸움이란 크든 작든 강한 자가 끝까지 생존한다는 것이 만고불변의 원칙이다. 그런데 이 두 번의 싸움에서는 그 원칙이 전혀 적용되지 않았다.

이유는 한 가지, 고강한 사람들이 약한 사람들을 보호하려고 죽는 순간까지 전력을 기울였기 때문이다.

화무린은 차라리 벌집이라고 표현하는 것이 적당할 정도로 온몸에 수십 개의 크고 작은 상처를 입었다.

그것은 그가 약한 사람들을 보호하고 또 구하려고 가장 고군분투했기 때문이다.

싸움이 끝난 후 그는 일각 동안 운공을 하여 고갈된 공력을 회복하는 한편 치명적일 수도 있는 몇 군데 상처를 임시로 치료했다.

그 후 중상자들을 치료하기 시작하여 세 시진이 지난 지금까지 잠시도 쉬지 않고 치료에 열중하고 있는 중이었다.

구중천주와 네 명의 천제, 용장봉선도 심각한 중상을 입었다. 그중에서도 호천제, 주천제, 용장이 위중한 상태였다.

변천제와 팔부중의 긴나라는 죽었다. 그들은 황하 변의 싸움에서 너무 심한 중상을 입었기 때문에 다른 중상자들과 함께 그곳에 두고 왔었다.

그러나 잠시 휴식을 취한 변천제가 슬며시 싸우러 가려고 일어서자 긴나라가 따라 일어섰고, 곧이어 모든 부상자들이 자신들도 함께 가겠다면서 우르르 따라나섰다.

결국 변천제는 움직일 수 있는 사람들 삼백여 명을 이끌고 달려와서 천외무적군 오대, 칠대와의 싸움에 참가했으며, 결국 그들은 싸움이 끝나기도 전에 모두 죽었다.

팔부중은 우두머리인 옥천(玉天)과 백룡(白龍), 그리고 금비라인 은겸 세 명만이 생존했다.

주자운은 화무린의 보호를 받으면서도 아름다운 옥체에 여러 개의 상처를 새긴 채 살아남았고, 마빈은 왼팔을, 조영은 눈 하나를 잃었다.

단궁천은 누운 채 숨만 겨우 붙어 있는 상태에서도 화무린이 치료하려고 들면 다른 사람들부터 치료하고 자신은 맨 마지막에 하겠다며 소리를 지르며 역정을 냈다.

명황오위와 동서오쾌의 생존자는 단 한 명이었다.

조영이 그를 돌봐주고 있었는데, 명황오위와 동서오쾌의 유일한 생존자라면서 명황동서라고 농담을 건넸다.

황위질풍군은 부상이 심해서 겨우 목숨을 부지하고 있는 사람을 통틀어 백칠십이 명만이 생존했다.

마룡전대는 사정이 더 좋지 않았다. 대주인 조영을 포함하여 구십삼 명이 살아남았다.

번창왕 형강은 운이 좋았다. 그는 화무린 근처에서 싸우다가 그에게 두 차례나 도움을 받았다.

그렇지 않았다면 형강은 싸움에 뛰어든 후 반 시진 만에 죽었을 것이다.

그가 이끌고 온 마련의 일천 정예 고수는 싸움이 끝난 후 삼백이십칠 명으로 줄어 있었다.

현조와 와룡은 거의 실성한 것처럼 이리 뛰고 저리 뛰며 싸운 것을 감안하면 신기할 정도로 멀쩡했다.

현조는 황하 변에서의 싸움에서 가슴을 관통당하는 큰 부상을 입었는데, 화무린의 치료가 큰 효과를 발휘하여 이곳의 싸움에서는 아예 멀쩡한 사람처럼 펄펄 날아다녔다.

마룡전대와 황위질풍군을 제외한 생사혈맹의 이십부는 화무린을 비롯한 은오무적부의 눈물겨운 보호에도 불구하고 이십 명의 부주 중에 십이 명을, 그리고 구중천 고수와 무림 군웅을 통틀어 삼천오백여 명을 잃었다.

"휴우… 움직이지 말고 계속 운공을 하세요."

화무린은 기어코 단궁천을 치료한 후 길게 한숨을 토하며 당부했다.

그는 맨 마지막이 아니면 치료를 받지 않겠다고 부득부득 버티는 단궁천의 마혈을 제압해 놓고서야 겨우 치료를 할 수 있었다.

만약 조금만 더 늦었더라면 손을 쓸 수 없는 상황이 돼버렸을 것이다.

화무린은 자신도 심한 중상을 입은 상태에서 겨우 일각 동안 쉬며 스스로 응급처치만 하고 난 후 정신없이 몇 시진 동안 진기를 과도하게 사용하면서 치료를 했기 때문에 극도로 지쳐 있었다.

"고집불통 같으니……."

화무린이 운공할 수 있도록 단궁천을 일으켜 나무에 기대어 앉게 해주자 그가 툴툴거렸다. 그러면서도 입가에는 흐뭇한 미소가 떠올라 있었다.

"……!"

막 일어서며 다음은 누굴 치료할까 물색하던 화무린의 시야에 문득 두 사람의 모습이 잡혔다.

그가 있는 아담한 공터는 수백 명의 부상자들이 눕고 앉아 있는 터에 북새통을 이루고 있었다.

그의 시선이 고정된 곳은 공터 밖 숲 속의 약간 외진 장소였다. 그곳에 한 사람이 우뚝 서 있고, 또 한 사람이 그 앞에 무릎을 꿇은 채 고개를 숙이고 있는 모습이 보였다.

서 있는 사람은 마룡전대주 조영이었으며, 무릎을 꿇은 사람은 마룡전대 휘하 탐찰소대주 적요였다.

그때 조영이 어깨에 메고 있는 검은색의 강궁을 잡고 허공으로 치켜들었다.

누가 보더라도 적요의 머리를 내려치려는 것이 분명했다.

조영은 싸움이 막바지에 이를 즈음 자신의 무기인 기형도를 잃었다.

부러진 상태에서 계속 사용하다가 끝내는 손잡이만 남긴 채 박살 나버렸기 때문이다.

황하 변의 싸움과 이곳에서의 싸움에서 조영에게 죽은 천외무적군은 셀 수 없을 정도로 많았다.

그가 죽인 적의 삼분의 이는 강궁에 당했다. 그러나 그는 화살을 지니고 다니지 않았다.

그냥 화살 없는 빈 강궁의 시위를 잡아당겨 거기에 공력을 실어 화살처럼 쏘아내면, 그것에 적중당한 적은 피를 뿜으면서 픽픽 거꾸러졌다.

지금 조영은 그 강궁으로 자신의 수하인 적요의 머리통을 박살 내려 하고 있었다.

그러나 적요는 자신의 머리를 향해 쏘아 내리는 파공음을 분명히 들었을 텐데도 무릎을 꿇고 고개를 숙인 채 꼼짝도 하지 않았다.

땅—!

강궁이 적요의 머리를 박살 내기 직전, 경쾌한 소리를 내며 조영의 손에서 벗어났다.

자신의 오른손에 가해진 충격 때문에 조영은 비틀거리면서 서너 걸음이나 밀려나야만 했다.

그는 눈썹을 치뜨면서 한쪽 방향을 쏘아보다가 급히 표정을 누그러뜨렸다.

화무린이 이쪽으로 걸어오고 있는 것을 발견한 것이다. 조영은 방금 자신을 방해한 사람이 화무린이라고 생각했다.

화무린은 걸음을 멈추고 담담한 얼굴로 조영을 쳐다보았다.

"무슨 일인가?"

조영은 두 손을 앞에 모으고 조용히 대답했다.

"이놈의 실수 때문에 수많은 사람들이 죽었습니다."

"자세히 말해보게."

"이놈은 본대 휘하의 탐찰소대를 맡고 있습니다. 그런데 이놈이 남쪽으로 향한 천외무적군 오대가 되돌아오는 것을 알아내지 못했습니다."

조영은 결코 말이 많은 사람이 아니다.

"적요, 어떻게 된 것인가?"

화무린이 적요의 이름을 부르자 조영도 적요도 가볍게 움찔 놀랐다.

화무린이 마룡전대의 일개 소대주의 이름을 알고 있다는 사실은 놀라고도 남을 일이었다.

적요는 고개를 들어 화무린을 우러러보다가 그와 눈이 마주치자 급히 고개를 숙이며 공손히 대답했다.

"오대가 이곳에서 남쪽으로 백오십 리 이상 멀어졌기 때문에 더 이상 감시의 필요성이 없다고 판단, 그들을 감시하던 수하를 불러들여 다른 곳으로 보냈었습니다."

만약 탐찰소대원이 계속 감시하고 있었더라면 오대의 회군(回軍)을 즉시 알렸을 것이고, 칠대를 공격하던 생사혈맹 이십사부는 즉각 철수했을 터이다.

그랬다면 화무린을 비롯한 은오무적부와 황위질풍군, 번창왕 형강이 이끄는 세력은 지친 몸을 이끌고 연이어 싸우지 않아도 됐을 것이다.

그러나 무엇보다 가장 큰 것은 너무 큰 희생을 치렀다는 사실이었다.

"우리의 희생이 컸지."

화무린이 나직이 중얼거리자 적요는 더욱 고개를 숙였고, 조영은 눈에서 살기를 뿜으며 적요를 쏘아보았다.

조영은 자신의 수하가 저지른 실수로 인해서 생사혈맹이 막대한 희생을 치렀다는 사실 때문에 화무린을 똑바로 쳐다볼 수 없을 정도로 죄스러웠다.

그래서 그는 그 책임을 물어 적요를 죽이고, 그 자신도 자결할 각오였다.

그때 화무린이 몸을 돌려 공터 쪽으로 걸어가며 조용히 중얼거렸다.

"조 대주, 그러나 그 덕택에 우리가 놈들을 만여 명이나 더 죽일 수 있었다는 사실을 간과하지는 말게."

"······."

"싸움은 언제든, 그리고 어디에서나 벌어지는 것일세. 결론적으로 평가하자면, 이번의 싸움은 우리 쪽의 큰 승리라네."

적요의 실수가 아니더라도 생사혈맹은 조만간 천외무적군과 또다시 싸움을 벌이게 될 것이고, 그러므로 희생이 뒤따르는 것은 피할 수 없는 결과이며, 그렇게 볼 때 이 정도의 희생으로 천외무적군 일 개 대 만여 명을 더 죽인 것은 오히려 잘된 일이라는 뜻이었다.

조영과 적요는 공터로 들어서고 있는 화무린의 뒷모습을 망연히 바라보았다.

두 사내의 가슴속에서 똑같은 감정이 꿈틀거렸다.

화무린에 대한 가없는 존경심이었다.

"무린."

화무린이 공터로 들어서 치료할 사람을 찾느라 두리번거리고 있을 때 은겸이 한 여자를 안고 다가왔다.

"이 아이를 치료해 줄 수 있겠나?"

화무린은 은겸의 품에 안겨서 그의 어깨에 고개를 기댄 채 혼절해 있는 창백한 여자의 얼굴을 쳐다보다가 가볍게 놀라는 표정을 지었다.

"은한?"

그녀는 은한이었다. 그녀가 변해 버린 화무린을 알아보지 못했던 것에 반해서 그는 그녀를 한눈에 알아보았다.

은겸은 의아한 표정을 지었다.

"이 아이를 알고 있나?"

화무린은 팔대지옥 지궁계에서 은한과 두 번 마주쳐서 본의 아니게 두 번 다 그녀를 곤란하게 만들었던 것을 기억해내고 빙그레 미소 지으며 고개를 끄덕였다.

"내려놓으시오. 어디 좀 봅시다."

화무린은 적당한 자리를 가리키며 치료할 태세를 갖추었다.

은겸은 은한을 내려놓지 않고 주위를 두리번거렸다.

"어디 조용한 곳에서 치료하는 게 좋겠네."

화무린은 그제야 은한이 입은 여러 곳의 상처 중에서 가장 치명적인 부위가 가슴이라는 것을 알아차렸다.

그래서 은겸이 사람 많은 곳에서 제자의 상의를 벗기는 것을 원치 않는다고 여겼다.

화무린은 은한이 소군의 사매, 즉 은겸의 여제자라고만 알고 있지 딸인 줄은 짐작조차 못하고 있었다.

"너무 심하군. 빨리 내게 데리고 오지 왜 이 지경이 되도록 내버려 두었소?"

공터에서 약 이십여 장 떨어진 인적이 없는 어느 커다란 바위 뒤편. 화무린이 눕혀놓은 은한의 상처를 살피다가 가볍게 눈살을 찌푸리며 은겸을 책망했다.

"가… 망이 없는 것인가?"

은겸은 초조하게 물었다. 사실 그는 은한의 가슴에 난 상처를 지혈만 한 후 어떻게 할 줄을 몰라서 그녀를 안은 채 치료를 부탁하기 위해 계속 화무린의 주위를 맴돌았었다.

그러나 화무린은 이 사람에게서 저 사람에게로 끝없이 중상자들 사이를 오가며 치료를 하느라 잠시도 쉴 틈이 없었다.

그가 치료하는 사람들은 당장 손을 쓰지 않으면 반 시진 혹은 한 시진 이내로 숨이 끊어질 만큼 화급을 다투는 최악의 중상자들이었다.

사람의 목숨이란 다 똑같다. 자신의 딸이나 다른 사람의 목숨은 모두 소중한 것이다.

그래서 은겸은 차마 화무린 앞에 나서지 못하고 줄곧 기회만 엿보고 있었던 것이다.

"모르겠소. 무심한 사부 같으니……."

찌익!

화무린은 은한의 앞섶을 찢으며 은겸을 꾸짖었다.

은한의 백옥처럼 뽀얀 살결이 드러나자 은겸은 급히 고개를 돌리고 그 자리를 떴다.

하지만 화무린은 은한의 상세를 살피기에 여념이 없어서 그 사실을 모르고 있었다.

은한은 두 개의 젖가슴 한복판에 손가락 두 개가 들어갈 정도의 구멍이 뚫려 있었다.

지혈을 제대로 하지 않았더라면 이미 오래전에 과다출혈로 숨이 끊어졌을 것이다.

화무린은 상처 부위에 손바닥을 밀착시키려고 했지만 두 개의 젖가슴이 너무 풍만해서 상처 부위에 골이 패어 제대로 밀착이 되지를 않았다.

진기를 주입시키려면 장심과 상처 부위가 빈틈없이 밀착되어야만 하는 것이다.

그래서 그는 왼손으로 젖가슴 두 개를 싸잡아 위로 밀어 올리고서야 오른손을 상처 부위에 밀착시킬 수 있었다.

그가 상처를 치료하는 방법은 거의 대부분 공력으로서 상처 부위와 내부의 손상된 장기를 접합하는 것이었다.

그러므로 한 사람 치료할 때마다 그의 본신진기의 삼사 푼 가량의 공력이 소비된다. 지금껏 살려낸 사람이 수십 명에 달하니 그의 공력이 얼마나 남아 있을지는 미루어 짐작할 수 있을 터이다.

은겸은 초조하기 이를 데 없는 표정으로 서성거리면서 자꾸 저만치에 있는 바위를 쳐다보았다. 그 바위 뒤에서 지금 화무린이 은한을 치료하고 있는 중이었다.

그가 여태껏 지켜본 바에 의하면 화무린은 중상자들의 치료에 이각을 넘긴 적이 없었다.

그런데 지금 이각의 두 배인 반 시진이 넘어가고 있는데도 화무린은 모습을 나타내지 않고 있었다.

왠지 불길했다. 원래 세상에서 벌어지는 좋지 않은 일들 대부분의 밑바닥에는 '비상식'이나 '예외'라는 것이 있는 법이다.

짝!

"꺄악! 이 자식이 어딜 감히!"

그때 바위 뒤편에서 은한의 비명에 가까운 외침과 마찰음이 터져 나왔다.

은겸은 크게 놀라 황급히 바위 뒤편으로 몸을 날렸다. 그가 그곳에서 발견한 것은 바닥에 앉아 있는 화무린이 씁쓸한 표정으로 자신의 뺨을 만지고 있는 모습과 그 앞에 일어나 앉아 있는 은한이 싸늘한 표정으로 화무린을 쏘아보면서 그의 뺨을 막 한 대 후려갈긴 자세를 취하고 있는 장면이었다.

하지만 그런 것은 그리 중요하지 않았다. 은겸의 시선은 적나라하게 드러나 있는 은한의 뽀얀 상체에 꽂혔다.

딸이지만 스물한 살 성인이다. 은겸의 눈길이 머문 곳에는 은한의 풍만한 젖가슴이 가볍게 출렁이고 있었다. 그는 딸의 벗은 몸을 한 번도 본 적이 없었다.

"아앗! 뭘 보는 거예요?"

은한은 날카롭게 소리치면서 급히 두 손으로 화무린의 어깨를 붙잡으며 그의 뒤에 숨었다.

그녀의 행동에 은겸은 충격을 받았다. 그가 아는 한 화무린과 은한은 서로 모르는 사이다.

알더라도 한두 번 안면이 있는 정도일 것이다. 그런데도 은한은 아버지에게 자신의 알몸을 감추려고 화무린의 뒤에 숨은 것이다.

은겸은 은한을 쳐다보았다. 그녀는 화무린 뒤에서 몸을 잔뜩 옹송그린 채 젖가슴을 그의 등에 밀착시키고 있었다. 아비에게는 보여줄 수 없는 알몸을 저래도 되는 것인가? 하는 가장 원초적인 의문이 은겸의 머리를 혼란스럽게 했다.

"무사해서 다행이다."

이윽고 은겸은 태연하려고 애쓰면서 그렇게 말하고는 몸을 돌려 급히 그 자리를 벗어났다.

그러면서 이십여 년 전의 어느 날을 떠올리며 가슴이 답답해지는 것을 느꼈다.

아니, 정확하게는 십구 년 전의 일이었다. 은겸은 당시 구중천의 나찰이었던 아내와 임무를 수행하러 천외신계 가까이에 접근했다가 발각되어 쫓기는 신세가 됐고, 그 와중에 그의 아내는 죽임을 당하고 말았다.

그날 이후 두 살배기 딸 은한은 구중천에서 운영하는 위탁 시설에서 어린 시절을 보내야 했으며, 은겸 자신은 임무 수행 때문에 동분서주하느라 일 년에 한두 번 딸을 보러 가는 것이 고작이었다.

훗날 은겸이 창천삼령이라는 안정적인 지위가 되어 딸을 제자로 맞이했지만, 이미 십삼 세가 된 은한은 부친과 일정한 거리를 둔 채 종내 가까워지려고 하지 않았었다. 그렇게 팔 년여가 흘러 지금에 이른 것이다.

은겸은 자신과 딸 사이가 지금처럼 버성긴 관계가 된 것이 자업자득이라고 생각했다.

딸은 저 혼자 다 커버려서 이제는 어떻게 해볼 재간이 없었다. 은한은 어렸을 때에도 아비가 필요하지 않았는데, 지금이라고 다르겠는가.

"한아, 대체 언제까지 날 붙잡고 있을 생각이냐?"

화무린이 말하자 그의 어깨를 거의 끌어안듯 딱 붙어 있던 은한의 몸이 움찔 떨렸다.

은한은 입술을 깨물면서 화무린의 뒤통수를 쏘아보았다.

그녀는 정신을 차리자마자 누군가 자신의 젖가슴을 만지고 있는 것을 깨닫고 소스라치게 놀라서 앞뒤 생각할 것도 없이 냅다 뺨을 후려쳤었다.

그러나 그녀는 곧 화무린이 자신을 치료하고 있었다는 사실을 알게 되었다.

그러려면 옷을 벗기고 또 젖가슴을 만질 수밖에 없었다는 것을 인정했다.

그렇지만 어쨌든 화무린은 자신의 알몸을 본 최초의 사내가 된 것이다.

그런 생각을 하자 과거 팔대지옥에서 있었던 화무린과의 케케묵은 소소한 원한 따윈 아예 생각조차 나지 않았다.

어떻게 해서든 자신의 알몸을 본 이놈을 놓치지 않겠다는 생각뿐이었다.

"날… 어떻게 할 생각이지?"

은한은 화무린의 등에 꼭 달라붙은 채 그의 뒤통수를 쏘아보면서 조심스럽게 물었다.

"무엇을 말이냐?"

"너는 나를… 내 알몸을 봤잖아."

화무린은 기가 막혀서 말도 나오지 않았다.

'또 알몸 타령인가?'

악소와 담홍예에 이어서 이번에는 또 은한이다. 담홍예 때문에 곤욕을 치른 이후 두 번 다시 여자를 치료하지 않겠다고 다짐을 했었는데, 어쩌다가 이 지경이 됐는지 자신이 생각해도 한심하기 짝이 없었다.

그러나 화무린에게 알몸을 보인 여자들끼리 일부러 짬짜미를 하고 그를 괴롭히는 것은 아니다.

그녀들 각자에게는 사내에게 알몸을 보였다는 사실이 목숨을 걸 만큼 중요한 일인 것이다.

사실 은한은 화무린에게 작은 원한 정도는 있을지언정 애정 따윈 품고 있지 않았다. 품을 이유가 없었다.

화무린이 매력이 없어서가 아니라, 그녀는 아직 사랑 같은 것을 할 준비가 되어 있지 않았고, 남자에 대해서는 완전히 숙맥불변(菽麥不辨)이었다.

그래서 그녀는 순전히 화무린이 자신의 알몸을 봤다는 이유 하나 때문에 그에게 자신을 책임지라고 요구하는 것이었다.

"무린아! 어디에 있느냐?"

그때 근처에서 현조의 우렁우렁한 목소리가 들려왔다.

"여기다, 조야."

"무… 슨 짓이야? 오지 못하게 해."

화무린이 태연스레 대답하자 소스라치게 놀란 은한이 화무린 뒤에 더욱 바짝 붙으며 다급히 속삭였다. 그녀의 몸이 경직되는 것이 화무린의 몸으로 고스란히 전해졌다.

그러나 현조는 이미 바위를 돌아서 화무린 앞에 모습을 드러내고 있었다.

"어서 와라, 조야."

"앗!"

쿵!

그때 화무린이 벌떡 일어나는 바람에 은한은 뒤로 자빠지면서 엉덩방아를 찧고 말았다.

그런 자세에서 그녀의 벌거벗은 상체가 적나라하게 드러나는 것은 당연지사.

화무린은 은한을 등지고 서 있었지만, 그와 마주 서 있는 현조는 그녀의 벌거벗은 상체와 파도처럼 출렁이는 젖가슴을 똑똑히 목격했다.

더구나 현조는 너무 놀라서 눈을 커다랗게 뜬 채 은한에게서 시선을 떼지도 못했다.

은한의 알몸을 보려는 것이 아니라 순간적으로 놀라서 시선을 어디에 둘지 몰랐기 때문이다.

"이따 보자, 조야."

"이… 이봐, 무린아!"

그때 화무린이 싱긋 미소를 지으면서 바위를 돌아 걸어가자 현조는 혼비백산해서 급히 그를 뒤따르며 불렀다.

화무린은 뒤도 돌아보지 않은 채 성큼성큼 걸어갔다.

그러나 현조는 더 이상 화무린을 따라가지 못했다.

은한이 두 손으로 현조의 굵은 팔을 결사적으로 붙잡고 있었으므로.

성가신 은한을 떼어내서 휘파람이라도 불고 싶을 정도로 홀가분한 심정이 된 화무린의 등 뒤에서 은한의 단호하면서도 위협적인 음성이 들려왔다.

"어딜 가려고? 날 두고는 한 발자국도 못 가!"

현조는 멀어지고 있는 화무린과 자신의 팔을 잡고 있는 은한을 번갈아 쳐다보면서 어쩔 줄을 모르고 금방이라도 울 것 같은 표정을 지었다.

은한은 슬쩍 현조의 외모를 살펴보았다.

사내에 대해서는 숙맥인 그녀였지만, 기생오라비처럼 반반한 화무린보다는 호걸처럼 거쿨진 모습의 현조가 훨씬 더 마음에 들었다.

화무린을 비롯한 생사혈맹 전원은 이동을 하면서 휴식을 취하기로 했다.

적요의 탐찰소대로부터 천외무적군의 동향을 보고받은 결과 다음 먹잇감으로 제이대(第二隊)를 삼았다.

보고에 의하면 이대는 분수(汾水)를 건너 동남쪽으로 향하고 있는데, 현재는 태악산(太岳山)을 거의 벗어나고 있는 중이라고 한다.

남북으로 길쭉한 모양을 하고 있는 산서성은 성의 정중앙이라고 할 수 있는 태원(太原) 근처에서 발원한 분수가 그곳에서부터 남남서(南南西)로 약 칠백여 리를 흐르다가 섬서성과의 접경 지역에서 황하와 합수한다.

그 칠백여 리 분수 유역의 협소한 평야를 제외하고는 거의 대부분이 산악 지대로 이루어져 있는 것이다.

산서성의 산들은 이름만 오대산이니 여량산, 태악산, 운중산으로 불리고 있을 뿐이지 사실 한 덩어리의 거대한 산맥이나 다름이 없었다.

그 말은 천외무적군 제이대가 여전히 산중에 있다는 뜻이고, 그러므로 생사혈맹이 그들을 급습할 수 있는 기회 역시 여전히 남아 있다는 뜻이었다.

화무린은 될 수 있는 한 산서성의 거대한 산역(山域) 안에서 천외무적군을 요리하고 싶었다.

거의 모든 것이 불리한 상황에 놓여 있는 생사혈맹으로서는, 그나마 험준한 산중에서 싸울 수 있다는 것이 몇 안 되는 유리한 이점 중에 하나였기 때문이다.

현재 천외무적군 총 십사 개 대 중에서 삼 대를 괴멸시켰다. 아직도 십일 개 대, 즉 십일만 명이 남아 있었다.

탐찰소대주 적요의 보고에 의하면 천녀황은 혈도신의 제자 용비를 데리고 어디론가 떠났다고 했다.

원흉인 천녀황이 이곳에 없다는 것이 아쉽기는 하지만, 오히려 잘된 일이었다.

그녀가 없는 사이에 화무린은 될 수 있는 한 천외무적군을 많이 괴멸시킬 생각이었다.

그러면 사태의 심각성을 인식한 천녀황이 결국은 모습을 나타낼 것이다.

그때 천녀황과 일 대 일 결전을 벌인다. 오십여 년 전, 화무린의 부친인 성존도 천녀황과 일전을 벌여 승리함으로써 파국으로 치닫던 전쟁을 종식시켰다.

만약 화무린과 천녀황의 일 대 일 대결이 성사된다면, 화무린은 아버지에 이어서 이대(二代)에 걸쳐 천상성계와 천중인계의 대표로서 천녀황과 싸우게 되는 것이다.

분수를 건너 태악산 서쪽에 진입한 후 생사혈맹은 휴식을 취하고 있었다.

부상이 심한 사람들은 모두 생사혈맹의 본부인 생사갱으로 보냈다. 그곳에서 충분한 치료와 휴식을 취한 후에 다시 본대와 합류하라고 지시했다.

화무린이 연이은 두 번의 운공을 막 끝냈을 때 탐찰소대주 적요가 보낸 전서구가 도착했다.

조영은 전서구의 발목에 부착된 전통에서 돌돌 말린 서찰을 꺼내 즉시 화무린에게 가져왔다.

"급전입니다."

전통이 붉은색이면 분초를 다투는 급한 전갈을 나타낸다.

화무린은 서찰을 받으면서 조영을 쳐다보았다.

검에 찔려서 왼쪽 눈알이 통째로 터졌을 뿐만 아니라 눈가에서 귀까지 깊고 긴 검흔이 새겨진 흉측한 모습이었다.

산중이라서 안대를 구할 수 없는 터라 조영은 그 모습을 가리지도 못하고 있었다.

하지만 그는 추호도 개의치 않았다. 지금 이곳에 있는 사람들 중에는 멀쩡한 사람이 거의 없었다.

그 정도의 상처나 흉터쯤은 누구나 몇 개씩 훈장처럼 몸에 지니고 다닌다.

조영은 공손한 자세로 화무린의 시선을 마주 받았다.

화무린은 말없이 빙그레 미소를 지었다.

단지 미소뿐이었지만, 조영은 그 미소에 담긴 깊은 의미를 알아차릴 수 있었다.

처음에 조영이 마련을 출발하여 이곳으로 올 때에는 생사혈맹과 힘을 합쳐서 천외신계를 물리치겠다는 굳은 결의를 품고 있었다.

그러나 지금은 아니다. 지금 그의 마음속에는 오직 화무린을 위해서 싸우고 죽겠다는 강한 의지만이 가득 차 있다.

화무린은 서찰을 펼쳤다.

맹주, 일단의 무리가 포착됐습니다. 천외무적군은 아닙니다. 몹시 지친 행색인데 총 백구십팔 명입니다. 그들은 맹주가 계신 곳에서 동쪽 칠십여 리 지점에서 남하하고 있습니다. 그들 중에 지휘자로 보이는 몇몇의 용모파기를 적어 보내겠습니다. 하회를 기다립니다.

서찰은 구중천주도 아니고 조영도 아닌 화무린 앞으로 보내진 것이었다.

생사혈맹 본대, 즉 화무린과 구중천주를 주축으로 하는 이들 조직은 어느덧 하나의 독립된 세계를 구축하고 있었다.

얼마 전까지만 해도 구중천과 마련, 무림 각파의 군웅이 두루 합쳐진 혼합 세력이었지만, 지금은 화무린을 중심으로 똘 똘 뭉친 단일 세력이 된 것이다.

"어머니."

화무린은 구중천주 일행이 쉬고 있는 곳으로 가서 서찰을 봉선에게 보여주었다.

봉선이 서찰을 읽는 동안 화무린은 구중천주와 일행을 둘러보았다.

주천제는 화무린이 직접 치료를 했음에도 불구하고 회복이 느려서 생사갱으로 보내졌다.

창천제와 현천제는 기력을 거의 회복한 상태고, 구중천주와 호천제, 용장은 화무린에게 치료를 받은 후 꾸준한 운공으로 평소의 육칠 할까지 회복된 상태였다.

싸우는 동안 화무린은 특히 주자운과 봉선을 자신의 곁에서 싸우도록 하면서 보호했기 때문에 큰 부상을 입지 않았고, 그녀들도 그런 사실을 잘 알고 있었다.

이곳 평지나 다름없는 완만한 경사의 산중턱에는 화무린과 구중천주 두 일행이 두 개의 무리를 이룬 채 휴식을 취하고 있었다.

그리고 그 두 무리를 중심으로 산중턱 전역에 생사혈맹 삼천여 명 전체가 고르게 널리 퍼진 상태로 운공, 또는 편안한 자세로 대화를 나누거나 부족한 잠을 자는 등 휴식을 취하는 광경이었다.

육백여 명의 구중천 고수와 백칠십이 명의 황위질풍군, 심지어 마련의 마고수들까지도 격의없이 한데 어울려 있는 모습이 참으로 보기에 좋았다.

그들은 자신들의 출신이 구중천이거나 황궁, 마련이라는 것을 조금도 의식하고 있지 않은 듯했다.

그들은 하나의 목적을 위해서 생사를 함께하는 진한 동료일 뿐이었다.

"이들은 현천사령이에요."

서찰에 적힌 용모파기를 자세히 읽고 난 봉선이 구중천주와 천제들에게 들으라는 듯 기쁜 목소리로 말했다.

"그들이 살아 있단 말인가요?"

현천제가 일어나 봉선에게 다가왔다. 그녀의 목소리에는 기쁜 기색이 역력했다.

그녀는 마치 흰 눈을 머리에 이고 있는 것처럼 새하얀 백발에 살결도 희었다.

두 눈동자만 검은색이고 입술까지도 창백한 흰색이었다. 원래 삼십여 세가량의 아름다운 미모를 지녔지만, 두 차례의 혼신을 다 쏟은 격전 이후 지금은 사십대의 중년 여인 모습으로 변해 있었다.

현천제는 서찰을 읽고 나서 소녀처럼 기쁜 미소를 떠올렸다.

"호명과 빙염, 한봉이에요. 이들이 아직도 살아 있었다니, 정말 기쁘군요."

"현천제님, 함께 있는 백구십오 명은 누굴까요?"

"현천사령은 천주의 명으로 선천고수들을 지휘하고 있었어요. 아마도 그들 같군요."

봉선은 고개를 갸웃거렸다.

"본 천의 선천고수는 모두 백육십여 명뿐인데 그들이 한 명도 죽지 않았다고 해도 백구십오 명은 많군요."

"그것까지는 모르겠군요."

현천제는 살래살래 고개를 가로젓고 나서 화무린을 보며 온화한 미소를 지었다.

"맹주, 그들을 데려오도록 허락해 주세요."

구중천의 모든 사람들에게 화무린을 맹주로서 존중하라는 명을 내린 사람은 구중천주였다.

화무린은 마주 미소를 지었다.

"그러겠습니다. 제가 가지요."

"아니에요. 제 사람들이니 제가 가겠어요."

"그럼 수고해 주십시오."

이즈음의 화무린은 생사혈맹의 맹주로서 손색이 없는 예의와 덕목을 갖추게 되었는데, 정작 본인은 자신이 그렇게 변해가고 있다는 사실을 느끼지 못하고 있었다.

"조 대주, 현천삼령에게 우리의 위치를 알리고 이곳으로 향하도록 조치하게."

화무린의 명령에 조영은 즉시 적요에게 보낼 서찰을 작성하여 전서구를 날려 보낸 후 현천제에게 정중히 알려주었다.

"그들이 내 수하의 말을 믿는다면 이곳으로 방향을 바꿀 테니 현천제께서는 동동남(東東南) 쪽으로 가십시오."

현천제는 화무린과 구중천주에게 각각 예를 갖춘 후 현천 고수 열 명을 이끌고 동동남 방향으로 쏘아갔다.

휴식을 취한 지 반 시진이 지났지만 화무린은 출발 명령을 내리지 않았다.

현천제를 기다리는 것이 아니다. 그녀는 생사혈맹의 이동 경로를 잘 알고 있을뿐더러, 전서구를 보내 어느 지점으로 오라고 하면 될 터이다.

화무린은 한 시진 전에 철심협개의 전서구를 받았었다. 그와 무아 선사가 이끌고 있는 치중대(輜重隊:보급 부대)가 근처까지 당도했다는 내용이었다.

최초의 공격을 개시하기 한 시진 전에 손가락만 한 건육 한 조각씩을 먹은 것이 전부였다.

그 이후 이틀 하고도 한나절이 지났지만 아무도 허기진 표정조차 짓지 않았다.

강한 믿음과 단단한 결속력은 아직 극한에 도달하지 않은 여러 가지 고통들을 인내하게 만들어주는 듯했다.

치중대가 늦어지고 있었다. 보급은 반드시 필요했다. 누더기나 다름없는 옷이나 부러진 무기들은 어떻게든 해본다고 해도 먹지 않고 견딜 수는 없다.

탐찰소대의 보고에 의하면 현재 이 근처에는 생사혈맹이 먹잇감으로 정해서 추격하고 있는 천외무적군 이대 외에는 천외무적군이라곤 한 명도 없었다.

그러므로 치중대가 천외무적군을 만나 변을 당했을 가능성은 없는 것이다.

한 번 실수를 범했던 탐찰소대는 예전보다 더욱 확실하고도 빠르게 천외무적군의 행적을 추적, 감시, 보고하고 있었다.

화무린은 시간을 헛되이 보낼 수가 없어서 여전히 회복의 정도가 더딘 사람들을 일일이 찾아다니며 이차적인 치료를 해주면서 치중대를 기다렸다.

삐리삐리삐리~

그렇게 반 시진 정도가 더 흘렀을 때 멀리서 이름 모를 산새의 울음소리가 들려왔다.

화무린은 그 소리가 척후로 나가 있는 조영의 수하가 내는 소리라는 것을 알고 있었지만 무슨 뜻인지는 몰랐다.

잠시 후 큰 소동이 벌어졌다. 마고수의 안내로 치중대가 당도한 것이다.

그런데 많아야 백여 명 정도의 인원으로 이루어졌을 것이라고 예상했던 치중대의 수가 지나치게 많았다.

자그마치 삼천여 명이었다.

그들이 등에 메고 있는 커다란 가죽으로 만든 행낭에는 건량과 건육, 술, 약품, 옷 등이 가득 들어 있었다.

그들 대다수가 입고 있는 옷에 무림의 각 방, 문파를 상징하는 표식이 수놓아져 있었으며, 나머지의 복장은 각양각색이었다. 그로 미루어 그들은 무림 군웅이 분명했다.

그들 삼천여 명은 화무린이 서 있는 아래쪽 완만한 경사지에 각 백 명 단위로 질서있게 도열했고, 맨 앞에 철심협개와 무아 선사, 악소, 당쾌가 서 있었다.

그들은 자신들 주위에 원을 형성한 채 서 있는 생사혈맹 고수들을 쳐다보면서 한결같이 놀라고 또 질린 듯한 표정을 지었다.

생사혈맹 고수들은 인간이기를 포기한 듯한 몰골이었다. 그들이 걸치고 있는 것은 옷이 아니라 그저 치부를 겨우 가린 천 조각이었다.

또한 한 사람이 평균 십여 군데의 아직 아물지 않은 크고 작은 상처를 온몸에 새기고 있었으며, 팔이나 다리가 잘려 나간 사람들도 부지기수였다.

특히 삼천여 무림 군웅의 기를 여지없이 꺾어버리는 것이 하나 있었는데, 그것은 생사혈맹 고수들의 눈빛이었다. 피가 덕지덕지 말라붙어 있는 얼굴에서 두 눈만 활활 불타고 있었다.

그것은 '투지(鬪志)'였다.

그 무엇으로도 꺾을 수 없을 듯한.

무림 군웅은 비로소 자신들이 지옥의 한복판에 도착했다는 사실을 실감하기 시작했다.

그러면서 자신들도 그 지옥의 야차와 나찰이 되기를 간절하게 희망했다.

철심협개가 위쪽을 향해 팔을 뻗어 가리켰다. 그가 가리킨 방향에는 화무린과 주자운, 구중천주, 천제들, 용장봉선 등이 나란히 서 있었다.

그때 무림 군웅의 선두에 서 있던 철심협개가 위쪽 여러 사람 중 가운데 서 있는 화무린을 가리키며 웅혼한 목소리로 소개했다.

"여러분들이 그토록 보고 싶어하던 은오검객이 바로 저분이시오!"

그러자 삼천여 무림 군웅이 화무린을 향해 일제히 허리를 굽혔다.

"맹주를 뵈오!"

그들의 외침이 우렛소리처럼 허공으로 퍼져 나갔다.

철심협개가 의기 넘치는 표정으로 화무린을 보며 설명했다.

"이들은 맹주께서 안국현을 출발한 이후에 운집한 군웅인데, 모두 천비군 수준이오! 맹주와 함께 싸우다가 죽기를 각오했다고 하니 부디 물리치지 말아주시오!"

화무린과 창천제, 봉선 등은 안국현을 출발할 때 오천여 명의 천비군을 이끌었다.

그리고 안국현에는 이만 명의 지홍군과 오만 오천의 인의군이 남아 있었다.

하지만 화무린 등이 없다고 해서 이미 성지(聖地)처럼 돼버린 안국현에 무림 군웅이 운집하지 않을 리가 없다.

화무린이 떠난 이후에도 군웅들은 꾸준히 운집했다. 그리고 그들 모두는 은오검객과 함께 싸우기를 갈망했다.

철심협개와 무아 선사 등이 보급 때문에 안국현에 갔을 때, 그들 모두는 한꺼번에 벌 떼처럼 두 사람에게 매달리면서 은오검객에게 데려다 달라면서 아우성쳤다.

그래서 철심협개와 무아 선사는 그들 중에 일류고수 이상의 수준만 선발하여 데리고 온 것이었다. 또한 그들이 화무린 등에게 필요할 것이라는 생각도 했다.

화무린은 적잖이 놀라고 또 당황하는 표정으로 좌우를 둘러보았다.

구중천주와 봉선, 주자운, 천제들이 그런 그를 보면서 흐뭇한 미소를 짓고 있었다.

"모두들 맹주의 한마디를 기다리고 있지 않은가?"

구중천주가 미소를 조금 더 짙게 하며 화무린에게 말하기를 권했다.

화무린은 가슴이 쿵쿵 뛰는 소리를 생생하게 느꼈다.

이것이 '의협'이고 '열혈'이며 '중원의 혼'인가, 하는 생각이 들었다.

이들 모두가 자신의 이름을 부르며 존경을 표시하고 있다는 사실이 도무지 실감나지 않았다.

그는 한차례 심호흡을 한 후 나직하게, 그러나 힘있는 목소리로 입을 열었다.

"여러분, 우리는 반드시 승리할 것입니다!"

지금, 이 말 외에 할 수 있는 말이 무엇이겠는가.

"와아아—!"

"은오검객 만세—!"

"맹주 만세—!"

第百三章

원한은 골수에 맺히고 [怨徹骨髓]

九重天
구중천

　현천제가 돌아왔다. 그런데 그녀는 전혀 예상하지 않았던 손님을 데리고 왔다.

　"아버지!"

　그 예기치 않은 손님을 발견한 악소가 눈물을 흘리면서 소리치며 달려갔다.

　"소야!"

　예기치 않은 손님은 악소의 부친인 산동악가 가주 낙성검협 악군성이었다.

　현천제가 데리고 온 백구십팔 명은 현천삼령을 비롯하여 선천고수 구십이 명, 그리고 나머지가 악군성과 악가의 정예 고수들이었다.

"고생이 많았겠구나."

악군성은 실로 오랜만에 만나는 딸 악소를 품에 꼭 안고 부드럽게 등을 토닥여 주었다.

잠시 후 악소는 부친의 품에서 살며시 빠져나와 한쪽 방향을 가리키며 조용히 말했다.

"아버지, 저기 누가 있나 보세요."

그녀가 가리키는 방향에는 화무린이 현천제가 소개하는 현천삼령의 인사를 받고 있었다.

"설마……."

순간 악군성은 화무린의 얼굴에 시선이 못 박은 채 불신 어린 중얼거림을 흘렸다.

그의 시선이 고정된 곳에는 절친한 친구인 대성학 화운락이 미소를 지으면서 서 있었다. 화무린은 부친과 판에 박은 듯이 닮은 모습이었다.

"그는 화운락 백부님의 아들인 화무린이에요."

"저 아이가 무린이라고……?"

악소의 설명에 악군성은 크게 놀랐다가 얼굴 가득 감회 어린 표정을 떠올렸다.

그때 화무린이 이쪽을 쳐다보다가 악군성을 발견하고 가볍게 놀라는 표정을 지었다.

이윽고 그는 성큼성큼 다가와 악군성 앞에 우뚝 서더니 곧 무릎을 꿇고 큰절을 올렸다.

"악 숙부님, 소질 무린이 인사드립니다."

지금의 화무린은 그 옛날 자신이 악가장 전문 앞에서 문전박대당하여 뭇매를 맞았던 설움 따위 추호도 기억하고 있지 않았다.

그저 부친과 막역한 사이였던 악군성을, 자신을 그토록 귀여워했던 숙부를 만난 반가움만이 있을 뿐이었다.

과연 그는 어느덧 팔면영롱(八面玲瓏)의 대인이 되어 있었다.

"네가 정말 화운락 형의 아들인 무린이란 말이냐……?"

악군성은 반가운 마음에 어쩔 줄을 모르면서 군악의 두 손을 잡고 일으키며 굵은 눈물을 흘렸다.

"악 숙부님, 찾아뵙지 못해서 죄송합니다."

"이 녀석… 무린아!"

악군성은 솟구치는 격동을 주체하지 못하고 화무린을 와락 끌어안았다.

화무린은 마치 부친의 품에 안긴 듯 가슴이 뭉클했다.

＊　　　　＊　　　　＊

천녀황은 기분이 몹시 상했다. 상한 정도가 아니라 분노가 끓어올랐다.

자신에게 이처럼 커다란 분노가 존재했었는지 의아할 정도로 격노했다.

그것은 비찰신번 번주가 직접 그녀에게 한 보고 때문이었다.

평소 그녀는 자신이 공과 사를 뚜렷하게 구분하는 사람이라고 확신했다.

또한 그녀는 감정을 쉽사리 겉으로 드러내는 것은 소인배들이나 하는 짓이라고 업신여겼었다.

그랬던 천녀황이 보고를 다 듣기도 전에 진노하여 비찰신번 번주의 머리통을 박살 내버렸다.

비찰신번 번주가 보고하던 내용은 은오검객이 이끄는 생사혈맹이 천외무적군 제오대, 육대, 칠대에 이어서 이대와 팔대, 구대마저 전멸시켰다는 것이었다.

천녀황은 천상성계의 앞잡이인 구중천과 천중인계의 잔당을 제거하는 것으로 자신이 세운 천하대계의 절반이 성공하는 것이라고 여겼었다.

나머지 절반은 천상성계다. 천상성계마저 괴멸시켜야만 비로소 삼천계를 완전하게 일통하는 것이다.

그런데 구중천과 천중인계의 잔당이, 떨거지들이 충성스럽고도 막강한 천외무적군을 무려 여섯 개 대 육만여 명이나 죽였다고 한다.

말이 안 되는 일이었다. 있을 수도 없으며, 이해할 수도 없는 일이었다.

그러나 그것은 엄연한 현실이었다. 그것은 아마도 천녀황이 삼천계 일통이라는 대업을 개시한 이후 최초이며 최대의 난관일 것이다.

천외무적군 육만여 명을 몰살시킨 그들은 더 이상 잔당이나 떨거지가 아니었다.

그리고 그들의 중심에는 은오검객이라는 걸출한 청년 영웅이 있었다.

"빠드득……! 이노옴……! 내 직접 네놈을 죽이리라!"

천녀황은 이를 갈고는 앉아 있던 의자에서 박차고 일어났다.

"크악!"

천하를 호령하던 마도의 종주 천마성종 담혁무는 처절한 비명을 지르면서 주루의 벽을 뚫고 거리로 날아갔다.

그의 몸은 몇 차렌가 땅에 팅겨지다가 멈추었는데, 그때는 그의 심장도 멈춰 있었다.

담혁무의 운은 거기까지였다. 그는 한 시대를 풍미하면서 천하인들로부터 손가락질받던 마를 단합하여 마련을 만들고 마도(魔道)로까지 승화시켰던 무림사에 길이 남을 거목이었지만, 그 혁혁했던 삶에 비해서 죽음은 너무도 간단했고 또 허무했다.

그는 주루에서 식사를 하던 중 천녀황의 일장에 즉사했다. 자신이 왜 죽어야 하는지, 누구에게 죽는지도 알지 못했다.

벽 쪽 자리 그의 옆과 앞에 앉아 있던 담홍예와 소군은 소스라치게 놀라서 담혁무에게 달려가려고 했지만 어떻게 된 일인지 앉은자리에서 꼼짝도 할 수가 없었다.

바로 옆자리에 앉아 있는 천녀황이 무형지기를 발출해서 그녀들을 옥죄고 있었기 때문이다.

하지만 천녀황은 묵묵히 술잔을 기울이고 있을 뿐 어떤 동작이나 자세도 취하지 않고 있었다.

그녀 맞은편에는 용비가 꼿꼿한 자세에서 약간 고개를 숙인 채 앉아 있었다.

소군과 담홍예는 커다랗게 뚫린 주루의 벽을 통해서 거리 한복판에 널브러져 있는 담혁무를 바라보았다.

구경꾼들이 몰려들었다. 그들이 담혁무를 에워싸는 바람에 소군과 담홍예 쪽에서는 더 이상 그가 보이지 않았다.

구경꾼들은 길 복판에 죽어 있는 볼품없는 노인이 천마성 종일 것이라고는 꿈에서조차 생각하지 못할 터이다.

담혁무는 마련의 남은 세력 전부인 이천여 명을 직접 이끌고 담홍예, 소군, 함도와 함께 은오검객이 있는 여량산으로 가는 중이었다.

그러다가 소군이 깨끗한 옷이 한 벌 필요하다고 해서 오랜만에 건량이 아닌 푸짐한 식사도 할 겸 이곳 산서성 남단에 위치한 안읍에 들른 것이었다.

소군이 직접 옷을 사러 나가겠다는 것을 함도가 만류하며 자신이 대신 사러 갔다.

소군은 마련 마심갱에 갇혀 있는 동안 입고 있던 옷이 엉망이 돼버렸다.

머지않아서 화무린을 만나게 될 텐데 자신의 형편없는 모습을 보이기가 싫었던 것이다.

세 사람이 함도가 돌아오기를 기다리면서 화기애애한 담소를 나누며 식사를 하고 있던 주루에 천녀황과 용비가 들어선 것은 실로 우연이었다.

천녀황에겐 행운이지만 소군 일행에겐 불행의 또 다른 시작이었다.

용비와 모종의 거래를 한 적이 있었던 담홍예는 주루 입구를 등지고 있어서 그가 들어서는 것을 발견하지 못했다.

그러나 용비는 그녀뿐만 아니라 소군까지도 한눈에 알아보았다. 그가 이런 절호의 기회를 놓칠 리가 없었다.

물론 소군은 용비도 천녀황도 알아보지 못했다.

대화에 열중하느라 담홍예는 천녀황과 용비가 자신들의 옆자리에 앉는 것조차 몰랐다.

그리고 그 직후 담혁무가 영문도 모른 채 벽을 뚫고 거리로 날아가서 즉사를 한 것이었다.

대화를 하던 중에 느닷없이 그런 일을 당했으니 소군과 담홍예의 놀라움은 이만저만한 것이 아니었다.

이곳 안읍에는 담혁무와 담홍예, 소군, 함도 네 사람만 왔다.

마련의 마고수들은 계속 북행을 하고 있는 중이고, 이들은 볼일을 마친 후에 뒤따를 예정이었다.

그러므로 마고수들이 소군과 담홍예를 도울 수도 없는 상황이었다.

아니, 그들이 온다고 해도 천녀황과 용비, 그리고 암중에서 그녀를 호위하고 있는 십이령후 중에 구령후를 감당할 수는 없을 것이다.

소군과 담홍예는 아직 어떻게 된 일인지 모르는 터라 주루 안을 둘러보려고 고개를 돌렸다.

천녀황은 단지 그녀들을 앉은자리에 붙들어둘 정도의 무형지기만을 뿜어내고 있었으므로 그녀들은 힘겹게나마 고개를 돌릴 수 있었다.

"용비!"

용비를 발견한 담홍예가 뾰족한 비명을 터뜨렸다.

"네놈이 감히 할아버지를⋯⋯."

담홍예는 용비를 잡아먹을 듯이 쏘아보며 외치다가 금세 말끝을 흐렸다.

용비 정도의 실력으로는 조부를 방금 전처럼 그렇게 날려버릴 수 없다는 사실을 깨달은 것이다.

그녀와 소군의 시선이 일제히 용비 맞은편에 앉아 있는 천녀황에게 향했다.

천녀황은 그녀들에게 눈길조차 주지 않은 채 술잔을 입에 대고 있었다.

두 여자는 우선 천녀황이 너무도 아름다운 소녀라는 사실에 놀랐다. 그녀에 비하면 자신들의 미모는 월광과 반딧불이의 차이라고 느껴질 정도였다.

두 번째는 천녀황의 온몸에서 흘러나오는 기도였다. 뭐라고 설명할 수 없는, 차가우면서도 여유로운 느낌이었다.

그러나 한 가지 분명하게 느낄 수 있는 것은, 그녀가 무공을 익히지 않았다는 사실이었다.

무공을 익힌 사람에게서 뿜어지는 기운이 그녀에게서는 조금도 흘러나오지 않고 있었다.

소군과 담홍예의 눈동자가 주루 내의 사람들 얼굴 위로 빠르게 부유했다.

용비와 천녀황이 아니라면 대체 누가 담혁무를 일장에 즉사시켰다는 말인가.

그때 천녀황이 술잔을 내려놓으면서 조용히 입을 열었다.

"누가 은오검객의 계집이냐?"

조용한 목소리라고는 하지만 그 말을 듣는 순간 소군과 담홍예는 뼛속까지 얼어붙는 듯한 한기를 느꼈다.

그제야 소군과 담홍예는 천녀황이 심상치 않은 소녀일지

도 모른다는 생각을 했다.

"이 계집입니다."

용비가 손을 들어 소군을 가리키면서 더 이상 공손할 수 없는 자세를 취했다.

극히 짧은 순간, 담홍예는 온몸의 피가 머리로 쏠리는 듯한 느낌, 아니, 고통을 느꼈다. 금방이라도 머리가 폭발할 것만 같았다.

순간 용비는 이마가 탁자에 닿도록 고개를 숙이면서 급히 간청했다.

"폐하, 부디 그녀를 살려주십시오."

소군은 담홍예의 얼굴이 홍시처럼 시뻘겋게 변해서 머리 전체가 팽팽하게 부풀어 오른 것을 보고 소스라치게 놀랐다.

담홍예는 신음조차 흘리지 못하고 두 손으로 머리를 감싼 채 두 눈과 입을 잔뜩 크게 벌리고 있었다.

소군은 그제야 비로소 천녀황이 담혁무를 죽이고, 또 자신들을 제어하고 있으며, 무형지기로 담홍예를 죽이려 한다는 사실을 깨달았다.

그러나 담홍예에게 도움의 손길을 뻗기는커녕 자신의 몸조차 꼼짝할 수 없는 소군이었다.

바로 그때 주루 입구의 주렴이 걷히면서 강시가 걷는 것 같은 특이한 걸음걸이의 함도가 들어섰다.

그의 손에는 소군이 입을 옷이 담긴 작은 꾸러미 하나가 쥐어져 있었다.

그는 아무것도 모른 채 소군 쪽으로 똑바로 걸어왔다.

그는 소군을 보고 있었다. 소군을 볼 때면 이 감정없는 사내는 늘 흐릿한 미소를 지었다.

그때 마침 소군도 함도를 발견했다.

함도는 움찔했다. 소군의 얼굴에 극도의 당황과 초조함이 가득 떠올랐고, 눈동자가 바람 앞의 등잔불빛처럼 흔들리고 있는 것을 본 것이다.

함도의 시선이 재빨리 담홍예에게 옮겨졌다. 뒷모습을 보인 채 앉아 있는 그녀의 머리가 괴이하게도 평소보다 절반 이상 부풀어 있었고, 두 손으로 자신의 머리를 감싸 안고 있는 모습이 보였다.

함도의 눈동자가 다시 빠르게 그 옆의 뻥 뚫어진 벽으로 향했다가 옆자리의 천녀황과 용비에게 향했다.

뒷모습을 보인 천녀황은 술잔을 기울이고 있었고, 용비는 이마를 탁자에 댄 채 고개를 숙인 자세였다.

함도는 아무 생각도 들지 않았다. 아니, 아무 생각도 할 수가 없었다. 단지 무언가 알 수 없는 위기감을 본능적으로 느꼈을 뿐이다.

"아……."

그때 갑자기 담홍예가 나직한 한숨을 터뜨리며 탁자에 풀썩 엎어졌다.

소군은 그녀가 죽었는 줄 알고 급히 쳐다보다가 담홍예처럼 탁자에 엎어졌다.

두 여자가 거의 동시에 엎어지자 함도의 몸이 후드득 떨렸다.

용비가 막 고개를 드는 순간 함도는 방향을 꺾어 오른쪽으로 걸어가다가 빈자리에 앉았다.

심장이 미친 듯이 요동을 쳤고 두 손이 학질에 걸린 사람처럼 부들부들 떨렸다.

그는 자신의 얼굴에 따가운 시선을 느꼈다. 용비가 그를 주시하고 있었다.

함도는 약간 고개를 숙인 채 탁자에 올려놓은 보자기를 만지작거렸다. 등줄기에서 땀이 줄줄 흘러내렸다.

공포 때문이 아니라 발작하지 않으려고 최대한 인내심을 발휘하고 있기 때문이었다.

"감사합니다, 폐하."

함도는 자신의 얼굴에서 따가운 시선이 거두어지는 것과 지극히 공손하면서도 속삭이는 듯한 목소리를 들었다.

한 사람이 주루 입구 쪽으로 걸어가는 소리가 들렸다.

함도는 발자국 소리에 묵직한 체중이 실려 있는 것으로 미루어 남자, 즉 자신을 노려보던 용비라고 판단했다.

술을 마시던 여자는 뒷모습을 보인 채 앉아 있었으므로 함도는 용비가 여자를 혼자 놔두고 나간 것으로 여기고 슬쩍 고개를 들어 그쪽을 쳐다보았다.

"……."

그런데 용비뿐 아니라 여자도 보이지 않았다. 한 명이 걸어가는 발자국 소리밖에 감지하지 못했는데, 여자는 용비가 나갈 때 함께 나갔던 것이다.

함도의 이목을 속이려면 두 발이 아예 바닥에 닿지 않아야만 가능하다. 아마도 그녀는 그랬을 것이다.

소군과 담홍예는 여전히 탁자에 엎드린 자세로 방치되어 있었다.

함도는 천녀황과 용비가 주루를 나가자마자 즉시 몸을 일으켰다. 아니, 일어나려고 의자에 막 엉덩이를 떼다가 뚝 멈춘 자세로 굳어버렸다.

언제 나타났는지 낯선 두 인물이 막 소군과 담홍예를 옆구리에 끼고 있는 것을 발견했기 때문이다.

엉덩이가 의자에서 반 뼘쯤 떨어진 상태에서 함도의 몸이 가볍게 움찔거렸다.

쏘아가서 두 인물을 단칼에 죽이고 소군을 구하려다가 무엇인가를 발견하고 급히 멈추느라 몸이 떨린 것이다.

그것은 두 인물의 온몸에서 뿜어지고 있는 폭풍 같은 기도였다. 그 기도는 함도가 그들 중 한 명에게 십 초식 안에 죽을 수도 있다는 사실을 말해주고 있었다.

죽는 것은 두렵지 않으나 자신이 죽으면 소군을 구해내지 못할 것이다.

저벅저벅…….

두 인물이 주루 입구를 완전히 나가는 동안 함도는 다른 곳을 쳐다보며 꼼짝도 하지 않았다.

그들 두 인물은 천녀황을 호위하고 있는 구령후 중에 두 명이었다.

슈우우—

천녀황이 탄 교여가 거대한 홍학처럼 숲 위를 비행하고 있다.

"나는 그따위 유치한 방법은 쓰지 않는다."

"하지만 여황 폐하……."

용비는 다향을 음미하면서 차를 마시고 있는 천녀황 옆에 무릎을 꿇고 앉아 다시 한 번 간청했다.

"굳이 힘들게 은오검객을 죽일 필요가 있겠습니까? 계집을 이용해서 그놈을 함정 속으로 끌어들이기만 하면 간단하지 않겠습니까?"

"그 어린놈은 내가 직접 상대하겠다. 그 얘긴 두 번 다시 꺼내지 마라."

용비는 목적을 위해서라면 수단, 방법을 가리지 않는 성격이다.

그렇지만 천녀황은 잔인하고 포악할지언정 비열하거나 치

사한 사람이 아니다.

그녀는 강철같은 여자다. 그녀가 세우는 것은 계획이지 계략이 아니다.

용비는 천녀황이 어째서 땅 짚고 헤엄칠 만큼 쉬운 방법을 놔두고 골치 아프게 은오검객하고 싸우려는 것인지 도무지 이해할 수가 없었다.

용비는 천성이 졸렬했다. 그런 그가 천녀황을 이해할 리가 없었다.

좀벌레처럼 미미한 것들이 어찌 바다의 깊음을 헤아릴 수 있겠는가[以蠡測海].

천녀황이 소군을 살려서 데리고 있는 것은 화무린과 일 대 일 결투를 벌이기 위한 미끼였다.

천중인계나 구중천은 은오검객을 대단한 존재로 여기는지 몰라도 천녀황은 그렇게 생각하지 않았다.

그녀는 소군을 유질(留質)로 삼고, 화무린의 영웅심을 자극하여 일 대 일 결투를 벌여서 그를 죽일 때 소군도 함께 죽여서 통쾌한 복수를 하려는 계획이었다.

그 정도면 자신의 삼천계 일통을 번번이 방해한 것에 대한 복수로 충분하다고 여긴 것이다.

하지만 화무린이 일 대 일 결투를 받아들이지 않을 가능성이 더 크다고 생각했다. 그렇다면 소군은 더 쓸모가 있게 될 것이다.

"비야, 붉은 옷을 입은 여자 아이를 좋아하느냐?"

불쑥 천녀황이 물었다. 그녀가 담홍예를 죽이려고 할 때 용비가 살려달라고 간청한 것을 말하는 것이었다.

용비는 움찔 몸을 떨었다. 다른 사람이 물었다면 거짓말로 둘러댔겠지만 상대는 천녀황이다.

"네."

제자가 없는 천녀황은 용비를 곁에 두고 지켜보면서 제자로 거둘 것인지 말 것인지를 생각하는 중이었다.

그러나 심각한 것은 아니었다. 용비를 곁에 두고 있는 것은 그저 가벼운 놀이 같은 것이었다.

만약 용비에게 용렬함과 교활함을 발견하지 못했다면 그녀는 벌써 그를 자신의 제자로 삼았을 것이다.

그 말뿐 천녀황은 말없이 차만 마셨다.

용비는 초조하게 그녀의 다음 말이나 행동을 기다렸다. 그역시 천녀황이 자신을 제자로 삼으려고 시험하는 중이라는 사실을 짐작하고 있었다. 그래서 제 딴에는 잘 보이려고 최대한 노력하고 있었다.

육천군의 맏이인 대천군이 돌아와 교여 밖에서 보고를 한것은 천녀황이 차 마시기를 그만두고 막 운공에 들어가려고할 때였다.

"여황 폐하, 소신 대천입니다."

"그년은 찾았느냐?"

대천군은 혈옥녀, 즉 금오를 찾으라는 천녀황의 명령으로 막내인 잔혼군을 데리고 떠났다가 지금 돌아왔다. 그는 교여 곁을 바짝 따르면서 보고했다.

"찾았습니다. 그녀는 이미 천중인계의 남북사도총채(南北邪道總寨)를 완전히 장악했습니다."

천녀황은 어이없다는 표정을 지었다.

"미친년."

남북사도총채는 사파의 마련 같은 연맹이다. 그렇지만 작금의 천중인계에서 사파라는 존재는 도적 무리인 녹림이나 별반 차이가 없는 최하급이었다. 그런 놈들을 규합해서 뭘 어쩌자는 것인지, 천녀황은 금오가 한심하다 못해서 측은하다는 생각까지 들었다.

어차피 금오는 소모품이었다. 찢어 죽여도 시원치 않을 성존 동방운의 딸인 것이다.

천녀황은 그 소모품을 충분히 활용하지는 못했지만 더 골칫거리가 되기 전에 잘라 버려야겠다고 생각했다.

이윽고 그녀는 자신이 구상하고 있던 계획을 명령했다.

"그년에게 천상성계가 그년의 부모를 어떻게 버렸는지, 그리고 그년의 가족을 몰살시킨 것이 그들이라고 알려주고, 천상성계의 위치를 가르쳐 줘라. 그러나 천상성계에도 가지 못하고, 중원으로도 돌아오지 못하게 해라."

대천군은 천녀황의 명령을 받는 즉시 머리가 빠르게 회전하고 있었다.

그의 머릿속에서는 이미 어떤 방법으로 금오에게 그 사실들을 자연스럽게 알려줄 것인지 결정되고 있었다.

*　　　*　　　*

생사혈맹 본대는 오대산의 생사갱으로 이동하고 있는 중에 두 가지 보고를 접했다.

하나는 천외무적군이 여량산으로 다시 집결하고 있다는 것이었다.

화무린과 구중천주 등은 천외신계가 그럴 것이라고 어느 정도는 예측하고 있었다.

천외무적군은 생사혈맹의 산발적이면서도 치밀한 급습에 졸지에 여섯 개의 대 육만여 명을 잃었다.

천녀황은 그런 보고를 받고 당연히 격노했을 것이고, 원래의 명령이 무엇이었든 즉각 그것을 번복하고 천외무적군을 회군시켜 여량산과 오대산에 집결, 생사혈맹과 최후의 일전을 벌이려고 할 것이다.

그리고 아마도 그 일전에는 천녀황이 직접 천외무적군을 지휘하게 될 터이다.

또 한 가지 보고는 천외신계의 이 인자인 혈도신이 삼천여 명의 천외무적군을 이끌고 생사혈맹 본대와 그리 멀지 않은 곳에서 이동 중이라는 것이었다.

화무린은 천녀황이 이끄는 천외무적군과 최후의 일전을 벌이기 전에 혈도신을 마지막 제물로 삼기로 결정했다.

생사혈맹은 태악산에서 천외무적군 이대를, 산서성을 완전히 벗어나 하남성으로 들어선 팔대를 끝까지 추격하여 무척평원(武陟平原)에서, 산서성의 대산맥군이 끝나는 하북과의 접경 지대 태행산(太行山) 동북쪽 자락에서 구대를 각각 완전히 섬멸시켰었다.

그러나 생사혈맹의 희생도 막대했다. 특히 무공이 고강하지 않은 무림 군웅의 희생이 가장 컸다.

그렇지만 무림 군웅은 계속 충원됐다. 보급을 맡고 있는 철심협개와 무아 선사가 부지런히 안국현을 오가면서 그사이에 그곳으로 모여든 무림 군웅 중에 일류고수로 분류된 군웅을 줄기차게 인솔해 왔다.

그렇지만 두 사람이 데리고 오는 수는 갈수록 적어졌다. 마지막에는 궁여지책으로 이류 급인 지홍군 오천을 이끌고 왔다가 화무린의 불호령을 듣기도 했다.

지홍군은 싸움에 조금도 도움이 되지 않을뿐더러 오히려 그들을 모두 죽게 만들 것이라는 게 화무린의 말이었다.

그래서 철심협개와 무아 선사는 지홍군 오천을 이끌고 다시 안국현으로 되돌아가야만 했다. 두 사람이 얼마나 다급했으면 이류고수들까지 데리고 왔겠는가.

무기에 비유한다면 구중천 고수와 선천고수, 몇 남지 않은 황위질풍군과 마룡전대는 도나 검, 무림 군웅과 마고수들은 화살이라고 할 수 있다.

도검은 부러져서 못쓰게 되지 않는 한 이가 빠지거나 무뎌진 것은 보수를 해서 다시 사용할 수 있지만, 화살은 한 번 쏘아내고 나면 그만이다.

생사혈맹이 천외무적군 이대를 섬멸한 후에 마련의 마신삼왕 중에 두 명, 즉 혈궁왕과 작도신왕(灼刀神王)이 각기 이천여 마고수를 이끌고 생사혈맹에 합류했다.

그로써 생사혈맹의 전력은 크게 증강됐지만, 천외무적군 팔대, 구대를 연이어 몰살시킨 후에는 마신삼왕이 이끄는 육천여 마고수는 이천오백으로 감소했다.

화무린과 생사혈맹은 혈도신과 그가 이끄는 천외무적군 삼천여 명이 지나갈 앞쪽에 매복한 채 기다리고 있었다.

이 일대 이십여 리 이내에는 치밀하게 삼중의 포위망을 형성해 두었다.

제일선은 화무린 측근과 구중천주 측근, 구중천 고수들과 황위질풍군, 마룡전대, 그리고 몇 차례 싸우는 동안 일류고수 이상의 무위를 지녔다고 판단되어 선발한 무림 군웅과 마고수 오백여 명, 그렇게 도합 천오백 명으로 이루어졌다.

제이선은 오 리와 십 리 이내이며 마신삼왕이 이끄는 이천오백여 마고수.

제삼선은 이십여 리 밖이고 삼천칠백여 무림 군웅이 벽을 쌓고 있었다.

화무린과 구중천주 등은 혈도신이 이끌고 있는 삼천여 명이 천외무적군의 정예 중에서도 정예라고 간파했다. 그래서 그들을 기필코 섬멸시킬 각오였다.

그러나 결론적으로 말하자면 그 계획은 무용지물이 되고 말았다.

혈도신과 삼천여 천외무적군이 이곳으로부터 삼십여 리 거리를 남겨둔 지점에서 갑자기 방향을 바꾸어 왔던 길로 되돌아가고 있다는 급보가 탐찰소대로부터 날아든 것이다.

급보는 그것뿐만이 아니었다.

마련의 마고수 이천여 명이 생사혈맹과 합류하기 위해서 백여 리 이내로 들어왔다는 것과 한 명의 청년이 산중에서 배회하고 있다는 보고였다.

한 청년이 산중을 배회하는 것 정도는 별것 아닐 수도 있는 일이었다.

그러나 그 청년이 산중을 돌아다니면서 '은오검객' 이라는 별호를 소리쳐 부르고 다닌다는 사실은 결코 별것 아닌 게 아니었다.

그리고 탐찰소대가 보내온 서찰에 적힌 청년의 용모파기를 읽는 순간 화무린과 봉선은 동시에 낮게 외쳤다.

"용비!"

마련의 마지막 마고수 이천여 명이 생사혈맹에 합류했다.

그러나 애타게 기다리던 소군은 그들과 함께 오지 않았다.

번창왕 형강의 말에 의하면, 담홍예가 납치한 소군을 천마성종 담혁무가 직접 화무린에게 데려온다고 했었다.

그런데 소군은 물론이고 담혁무와 담홍예의 모습도 보이지 않았다.

다만 우두머리를 잃은 이천여 마고수만이 탐찰소대의 안내로 생사혈맹에 합류한 것이다.

화무린은 마고수를 이끌고 온 지휘자로부터 소군과 함도, 담혁무, 담홍예가 안국현에 들른 것을 마지막으로 사라졌다는 말을 들었다.

화무린은 끝없는 절망 속으로 깊이깊이 빠져들었다.

"나와라, 은오검객! 할 말이 있다!"

얼마나 소리를 질렀는지 용비는 거의 목이 쉬어 있었다.

그는 정말 단신으로 산중을 돌아다니고 있었다.

벌써 이틀째, 미친놈처럼 이리저리 뛰어다니면서 은오검객만 불러대고 있는 중이었다.

'미치겠군! 도대체 그 자식은 어디에 처박혀 있는 건가?'

극도로 지친 용비는 달리는 것을 멈추고 터덜터덜 걷다가 어느 나무그루터기에 주저앉고 말았다.

그는 은오검객을 만나기 전에는 돌아가지 못한다. 은오검객에게 천녀황의 말을 전해야만 하는 것이다.

"성질 같아서는 소군이라는 계집년 모가지를 확 비틀어서 죽인 후에 화무린 그놈에게 그년 시체나 던져 주고 싶건만…빌어먹을!"

용비는 나무그루터기에서 뻗어 나온 나뭇가지를 신경질적으로 부러뜨리며 투덜거렸다.

문득 그는 자신의 뒷목에 무언가 닿는 것을 느꼈다. 나뭇잎이 떨어져서 뒷목에 내려앉은 것이라고 여겨서 손을 들어 털어내려고 했다.

그러나 나뭇잎은 없었다. 대신 뒷목에 닿았다고 여긴 그 무엇인가가 느닷없이 그의 목을 조이기 시작했다.

"끄으……."

그러더니 용비의 뒤에서 분노를 겨우 억누르는 듯한 조용한 목소리가 들려왔다.

"지금 당장 소군이 어디에 있는지 말하지 않으면 목을 부러뜨리겠다."

"끄으으… 누, 누구냐……."

용비는 일어나서 두 손으로 목을 감싸 쥐고 버둥거렸다.

한 사람이 그의 곁을 지나쳐 앞쪽으로 걸어왔다.

용비는 자신의 앞에 우뚝 서 있는 화무린을 발견하고 두 눈을 부릅떴다.

"화… 무린……."

하지만 놀라움은 오래가지 않았다. 그보다는 목을 조이는 고통이 더 컸다.

고통은 점점 더 가중됐다.

화무린은 용비의 일 장 앞에 우뚝 서서 두 팔을 늘어뜨린 채 아무런 행동도 취하고 있지 않았지만, 용비는 그가 무형지기로 자신의 목을 조이고 있는 것이라고 판단했다.

두둑!

무형지기가 더욱 깊이 목 속으로 파고들자 뼈마디 소리가 터졌다.

"끄끄으으… 사… 살려… 줘……."

용비가 얼굴이 시뻘겋게 변해서 금방이라도 폭발할 것 같은 모습으로 더듬거렸지만 화무린은 꿈쩍도 하지 않았다.

그저 화무린의 싸늘하게 이글거리는 눈빛만이 용비의 얼굴에 고정되어 있을 뿐이었다.

용비는 자신이 이처럼 허무하게 죽는구나, 하는 생각을 했다. 그래서 그토록 꿈꿔왔던 야심도, 미래도 한꺼번에 사라져가는 것을 느꼈다.

문득, 용비는 기적처럼 조금 전에 화무린이 물었던 말을 기억해 냈다. 소군이 어디에 있느냐는 질문이었다.

"끄끄으으… 그… 녀는… 여황 폐… 하와 함께 있…

다……."

스르…….

용비의 목을 조이는 힘이 조금 약해졌다. 그러나 언제든지 다시 조여들 수 있다는 사실을 그는 알고 있었다. 그러지 않으려면 화무린의 비위를 거스르지 말아야 한다.

화무린은 여전히 말없이 용비를 주시하고 있었다. 계속 말할 것을 위협하고 있는 것이다.

"여황 폐하께선 너와 단독으로 만나기를 원하신다."

"일 대 일 대결을 원하는 것이냐?"

"그것을 원한다면… 그렇게 되겠지. 어쨌든 나는 이 말을 전하려고… 일부러 널 찾아다녔다."

자신은 천녀황의 칙사(勅使)로 왔으니 예의를 지켜 죽여서는 안 된다는 뜻이었다.

"여황 폐하께서는 한 달 후 북경 인근 묘봉산에서 너를 만나고 싶다고 말씀하셨다."

화무린이 대답이 없자 용비는 그가 망설이는 것이라고 오해했다. 그래서 그의 영웅심을 건드려 보기로 했다.

"겁이 난다면 수락하지 않아도 된다."

"소군을 데리고 나와야 한다."

"물론이다. 그리고 여황 폐하께서 말씀하셨다, 너와의 만남이 이루어지는 날까지 잠정적으로 휴전을 하자고."

"좋다."

"여황 폐하께 전할 말은 없느냐?"

용비는 자신이 꼭 살아서 돌아가야 한다는 점을 다시 한 번 강조했다.

"소군에게 무슨 일이 생기면 너에게 책임을 묻겠다, 용비."

화무린은 중얼거리면서 마치 옷에 묻은 티끌을 털어내듯 슬쩍 소매를 떨쳤다.

팟―

순간 용비는 이마가 따끔하는 것을 느꼈다.

그때 화무린이 몸을 돌려 걸어가기 시작했다.

그와 동시에 용비의 목을 조이던 무형지기가 씻은 듯이 사라졌다.

용비는 즉시 공력을 끌어올리면서 오른손을 치켜들었다. 등을 보이고 걸어가는 화무린과의 거리는 이 장 남짓.

지금 몸을 날리면서 일장을 뿜어낸다면 즉사시킬 수 있을 것을 확신했다.

그렇게 생각한 즉시 신형을 날렸다.

"컥!"

그러나 그는 조금 전의 그 무형지기가 자신의 목을 거세게 움켜쥐는 것을 느끼고 그대로 땅바닥에 나뒹굴었다.

그가 땅바닥을 구르면서 버둥거리며 쳐다보자 화무린은 여전히 뒷모습을 보인 채 걸어가고 있었다.

순간 용비는 깨달았다. 어떻게 된 일인지는 모르지만 화무

린의 무공이 자신과는 비교도 할 수 없을 정도로 고강해졌다
는 사실을.

　　그리고 또 한 가지 사실을 깨달았다. 화무린이 용비 자신을
죽이지 않은 것은 죽일 가치가 없었기 때문이라는 것을.

　　그리고 그 사실 때문에 용비는 치욕을 느끼기보다는 감사
하는 마음이 들며 안도의 한숨을 내쉬었다.

　　화무린이 멀어지자 용비의 목을 조이던 무형지기도 점차
사라졌다.

第百四章

천성의 후예

구중천
九重天

"한(恨)이라고?"

돌아온 용비의 얼굴을 본 천녀황은 약간 어이없는 표정을 지었다.

"무슨 말씀이신지……."

용비는 의아한 얼굴로 고개를 조아렸다.

천녀황이 가볍게 미간을 좁혔다.

"그놈이 네 이마에 글을 새기는 것조차도 모르고 있었단 말이냐?"

"……."

용비는 움찔 놀라면서 급히 자신의 이마를 만져 보았지만 아무것도 느껴지지 않았다.

"물러가라."

천녀황은 실망스러운 표정으로 용비에게서 시선을 거두었다.

용비는 황망히 천녀황의 방에서 나와 구르듯이 자신의 방으로 달려갔다.

"그놈이 내게 한을 품고 있단 말인가? 대체 무엇 때문에?"

가볍게 미간을 좁히면서 생각에 잠기던 천녀황은 곧 고개를 가로저었다.

은오검객 같은 놈이 자신에게 개인적인 한을 품고 있을 이유가 없었다. 있다면 천중인계를 짓밟은 한 따위겠지라고 치부해 버렸다.

어쨌든 한 달 후에는 눈엣가시, 아니, 최대의 걸림돌이었던 은오검객을 제거할 수 있다. 그 후엔 단숨에 천중인계와 천상성계를 짓밟아 버리는 것이다.

그녀가 굳이 한 달이라는 말미를 둔 것은, 그 한 달 동안에 천외무적군을 깔끔하게 재정비하기 위해서였다.

"이런… 찢어 죽일 놈!"

동경을 들여다보던 용비는 너무도 격분하여 이 가는 소리를 터뜨렸다.

그의 시선은 동경 속 자신의 이마 한복판에 뚫어지게 못 박혀 있었다.

그의 미간에는 핏빛으로 '恨'이라는 한 글자가 크고도 뚜렷하게 새겨져 있었다.

아마도 그 글자는 죽을 때까지 지워지지 않을 듯했다.

문득 용비는 그 글자가 새겨지게 된 시기를 기억해 냈다. 화무린에게 천녀황께 전할 말이 없느냐고 물었을 때 그가 가볍게 소매를 저었던 것 같았다. 그 순간 이마가 따끔했었다.

'그놈이 여황 폐하께 한을 품고 있다는 말인가?'

*   *   *

한 척의 거대한 배가 동해의 망망대해를 항진하고 있었다.

배 복판에는 오층의 누각이, 앞뒤에는 삼층의 전각이 세워져 있는 궁전처럼 거대한 배였다.

오층 누각 꼭대기에는 핏빛 비단 자락을 펄럭이며 한 명의 미녀가 서 있었다.

금오였다. 그녀는 얼마 전보다 더 어린 모습이었고, 훨씬 아름다워져 있었다.

"얼마나 더 가야 하느냐?"

그녀는 끝이 보이지 않는 수평선을 응시한 채 물었다.

"정보가 분명하다면, 그리고 이 정도 순풍이면 여드레 안에 천상성계에 당도할 수 있을 것입니다."

금오에게 제압되어 충성을 맹세하기 전까지만 해도 남북사도총채주였던 인물이 그녀의 곁에서 고개를 조아리며 공손히 아뢰었다.

"여드레라……."

이 배에는 남북사도총채의 정예 고수 삼천여 명이 완전무장한 상태로 타고 있었다.

금오는 자신과 삼천의 정예 고수만으로 천상성계를 전멸시킬 수 있다고 확신했다.

현재 그녀의 무위는 정령신계 이령인 오행생사경에 진입했으며, 천외오신극의 최고봉인 불세파천극을 완벽하게 터득한 상태였다.

그녀는 화무린은 물론, 천녀황조차도 자신의 상대가 되지 못할 것이라고 확신하고 있었다.

그러므로 그녀가 하찮은 사파의 정예 고수 삼천을 이끌고 천상성계를 전멸시키려 하는 것은 어쩌면 허황된 망상이 아닐 수도 있었다.

사실 지금 그녀의 정신은 오락가락했다. 초마지경에 이를수록 과거의 기억이 드문드문 생각나기도 했지만, 거의 대부분의 시간은 더 이상 오를 수 없는 경지에 이른 마녀의 모습으로 지냈다.

총채주는 누군가가 슬며시 귀띔해 준 금오의 왜곡된 과거지사와 천상성계의 위치 따위를 마치 자신이 알아낸 양 그녀에게 떠벌리듯 늘어놓았었다.

다른 것은 몰라도 그 옛날 북경 천화장에서의 그날 밤, 가족이 처참하게 몰살당했던 광경만큼은 생생하게 기억하고 있는 금오는 총채주의 말을 듣는 즉시 천상성계 정벌을 계획하고 일사천리로 진행시켰다.

천상성계를 피로 씻은 다음에는 은오검객과 천녀황을 찢어 죽이고, 그 후에는 삼천계를 일통한다는 원대한 대계를 세웠다.

그리고 지금 그 거보(巨步)를 내딛은 것이었다.

쿵!

그때 금오가 딛고 선 누각의 바닥 아래쪽에서 둔중한 음향이 터지더니 배 전체가 가볍게 진동했다.

"무슨 일인지 알아봐라!"

총채주는 금오의 표정을 살피면서 즉시 수하에게 명령했다. 하지만 별일이 아닐 것이라고 생각했다.

그보다는 어떻게 해서 이 엄청나게 고강한 마녀의 신임을 얻을 수 있을 것인지에 대해서 골몰했다.

그는 자신이 왕으로 군림하고 있는 남북사도총채를 순식간에 집어삼킨 금오를 조금도 원망하지 않았다.

아니, 오히려 이것을 기회라고 여겼다. 무림 축에도 끼지 못하는 사파 나부랭이에게도 마침내 행운의 여신이 찾아온 것이라고 판단했다.

금오가 삼천계를 일통하는 것이 목표라면, 총채주는 그녀의 그림자에 숨어서 무림 위에 군림하는 것이 목표였다.

그러나 총채주의 목표는 곧이어 들려온 수하의 다급한 보고에 의해서 여지없이 박살 나버렸다.

"큰일 났습니다, 총채주! 어떤 놈들이 배 밑창에서 벽력탄을 안고 자폭했습니다!"

닷새 전, 천외신계 대천군의 심복 수하 한 명이 사파 인물로 변장한 후 총채주에게 접근하여 금오의 내력과 천상성계의 위치를 은근히 흘려주었었다.

그리고 이틀 후 금오와 총채주, 삼천여 사파 고수가 탄 배가 부두를 출발할 때, 대천군의 심복 수하의 밀명을 받은 두 명의 투번고수가 사파 고수로 변장한 채 커다란 등짐을 지고 몰래 그 배에 올랐다.

그리고 그 둘은 다시 사흘이 지났을 때 바다 한복판에서 등짐을 풀어 벽력탄을 꺼낸 후 자폭을 한 것이다.

밑창에 커다란 구멍이 뚫린 배는 빠른 속도로 기울면서 가라앉기 시작했다.

그때까지도 금오는 별로 걱정하지 않았다.

"어서 뚫린 곳을 막아라!"

총채주가 이리 뛰고 저리 뛰면서 악을 써댔지만, 막기에는 뚫린 구멍이 너무 컸다.

배의 고물 쪽이 바다 속으로 잠겨들고 앞머리가 번쩍 쳐들리자 배에 타고 있던 삼천 사파 고수들은 일제히 바다로 뛰어들었다.

금오는 훌쩍 허공으로 솟구쳤다.

"살려주십시오ㅡ!"

"아아악!"

"으아악!"

그토록 거대한 배가 수면에서 모습을 감춘 것은 실로 순식간이었다.

그저 거대한 소용돌이와 그것에 휘말린 수천 명이 아우성치면서 발버둥 칠 뿐이었다.

그것은 마치 커다란 밥그릇에 물을 부어 밥을 말아놓고 휘저은 것 같은 광경이었다.

척!

금오는 소용돌이에서 멀찍이 떨어진 바다 위에 떠 있는 문짝 크기의 널빤지 위에 가볍게 내려섰다.

슈우우ㅡ

그리고는 뒤도 돌아보지 않고 수면 위를 바람처럼 쏘아갔다.

그녀가 가고 있는 방향은 조금 전에 총채주가 가리켰던 쪽이었다.

바다는 너무 넓었다.

금오가 제아무리 정령신계의 이령에 도달했으며 불세파천극을 터득했다고 해도 대자연 앞에서는 어쩔 수 없는 한낱 피조물일 뿐이었다.

그녀는 천상성계가 있다는 동쪽으로 공력을 발휘하여 꼬박 하루 동안 쏘아가다가 두 가지 사실을 깨달았다.

하나는 꼬박 하루 동안 공력을 발휘했을 뿐인데도 지치기 시작했다는 것이고, 또 하나는 배로 여드레를 가야 하는 천상성계보다는 사흘 동안 온 육지가 더 가까울 것이라는 사실이었다.

그래서 그녀는 그곳에서 즉시 방향을 바꿔 왔던 곳으로 쏘아갔으며, 그렇게 이틀을 더 가다가 마침내 널빤지에 주저앉으면서 한 가지 사실을 더 깨달았다.

인간은 먹지 않으면, 아니, 물을 마시지 않으면 견딜 수 없다는 가장 기초적인 사실이었다.

허기는 견딜 수 있겠는데, 갈증은 아니었다. 더구나 그녀는 사흘 동안 쉬지 않고 공력을 쏟아냈다.

널빤지에 주저앉아서도 계속 공력을 뿜어내어 육지라고 생각되는 방향으로 향하던 그녀가 마침내 탈진하여 쓰러진 것은 엿새째 한밤중이었다.

*　　　*　　　*

담홍예는 침상에 벽 쪽을 향해서 옆으로 누워 있었다.

뺨을 타고 눈물이 흘러내렸다. 언제부터 울기 시작했는지 기억조차 나지 않았다. 어쩌면 하루 종일 울었는지도 모른다.

아니, 그 일이 있고 난 직후부터 울었을 것이다.

용비에게 순결을 잃은 그날부터……

덜컥!

방문 열리는 소리가 들리자 담홍예의 심장이 철렁 내려앉으며 안색이 하얗게 질렸다.

저벅저벅―

침상을 향해 다가오는 묵직한 발자국 소리. 그놈, 용비였다.

담홍예는 얼른 눈물을 닦았다. 자신이 울고 있는 것을 놈에게 들키면 계획에 큰 차질이 생긴다.

나흘 전, 담홍예는 그동안 끈질기게 구애(求愛)를 해온 용비에게 마침내 몸을 허락했다.

희망을 버린 것도, 용비의 정성에 감동해서도 아니었다.

제압당한 채 같은 뇌옥에 갇혀서 화무린을 그리워하며 시름시름 앓고 있는 소군을 구하기 위한 방법이 그것뿐이라고 판단했기 때문이다.

용비는 담홍예를 얻기 위해서 필사적이었다. 그가 안국현에서 담홍예를 처음 만났을 때 사랑을 느꼈던 것은 결코 장난이 아니었던 것이다.

그랬다면 감히 천녀황에게 담홍예를 살려달라고 빌 용기
도 나지 않았을 것이다.

용비는 강제로 담홍예를 겁탈할 수 있는데도 그러지 않았
다. 그러면서 하루에도 몇 번씩 뇌옥을 들락거리며 담홍예에
게 자신의 사랑이 얼마나 진실한 것이며 절절한지를 설명하
느라 애썼다.

담홍예는 자신 혼자뿐이었다면 혀를 깨물고 죽는 한이 있
더라도 용비 같은 놈에게 몸을 허락하지 않았을 것이다.

그러나 소군이 있었다. 담홍예 자신이 아니었다면 소군은
지금쯤 화무린과 함께 있었을 것이다.

그래서 담홍예는 소군에게 속죄하는 길은 자신이 희생하
는 것뿐이라는 결론을 내렸다.

방법은, 용비를 이용하는 것이다.

"예 매, 자는 거야?"

용비는 다정한 목소리로 담홍예를 부르며 침상에 걸터앉
았다.

그는 담홍예에게만은 그지없는 애정과 정성을 쏟았다.

"밥은 먹었어?"

용비가 침상에 누우면서 이불 속으로 파고들어 와 담홍예
에게 손을 뻗었다.

그의 손에 새파란 물이라도 묻어날 듯한 싱싱한 여체가 가
득 만져졌다.

담홍예는 옷을 입지 않은 채 이불 속에 누워 있었다. 옷을 입을 필요가 없었다.

한 번 몸을 허락한 후, 용비는 시도 때도 없이 담홍예의 몸을 요구했다.

그리고 이 방 안에서만 자유가 허락된 담홍예는 딱히 옷을 입고 있어야 할 필요를 느끼지 못했다.

용비는 또 어김없이 담홍예의 몸을 요구했다. 늦게 배운 도둑질에 날 새는 줄 모른다더니, 담홍예가 첫 여자인 그는 거의 정신을 잃을 정도로 그녀에게 빠져 있었다.

"저……."

"응?"

거칠게 숨을 몰아쉬면서 마지막 방출을 위해 헐떡이던 용비는 자신의 몸 아래에서 담홍예가 달뜬 목소리로 수줍게 부르는 소리에 아쉬운 듯 동작을 멈추었다.

"부탁이 있어요, 가가."

눈을 내리깔고 비음이 섞인 애교 만점의 목소리에 용비는 뼈까지 다 녹을 지경이었다.

"소녀를 사랑해요?"

담홍예는 자신의 어디에 이런 교태가 숨어 있었는지 스스로도 놀라고 있었다.

"물론이야. 못 믿겠어?"

"소녀는……."

"무슨 부탁인지 말해봐. 내 목숨을 달라고 해도 주겠어."

"소녀에겐 소원이 딱 한 가지 있어요."

"소원?"

"소녀는 가가의 여자가 되고 나서 새로 태어난 것처럼 행복해요. 이 행복이 깨질까 봐 너무 두려워요."

담홍예는 정말 무섭다는 듯 땀에 축축하게 젖은 몸뚱이를 옹송그리며 용비의 품으로 파고들었다.

"나도 정말 행복해. 그렇지만 우리의 이 행복은 깨지지 않아. 내가 있는 한 그런 일은 절대 없을 거야."

용비는 사랑스러워 죽겠다는 듯 담홍예를 힘주어 안으며 속삭였다.

"그렇지만… 소녀는 무림이 싫어졌어요. 너무 무서워요. 만약 당신이 싸움에 나갔다가 잘못되기라도 한다면… 소녀는……."

담홍예는 상상하는 것조차 끔찍한 듯 용비의 품에 얼굴을 묻으며 몸을 바르르 떨었다.

"이런……."

그녀는 용비의 가슴을 눈물로 적시며 애원했다.

"가가, 소녀와 함께 멀리 도망쳐요. 아무도 모르는 곳에서 소녀는 오직 가가만을 섬기면서 행복하게 살고 싶어요."

용비의 몸이 움찔 떨리는 것을 담홍예는 그의 품에서 느꼈다.

그는 담홍예를 품에서 떼어내고는 두 팔로 몸을 지탱한 자세로 그녀를 굽어보았다. 여태까지와는 달리 엄청 굳은 표정이었다.

"진심이야?"

담홍예의 눈에서 샘물처럼 눈물이 흘러내렸다.

"어떻게 해야 소녀를 믿겠어요? 가가 앞에서 죽어 보일까요? 소녀에겐 오직 가가뿐이에요. 가가와 함께 단둘이 오순도순 살고 싶다는 것이 잘못인가요?"

용비의 표정이 복잡하게 여러 차례 변했다.

그러더니 이윽고 나직이 힘주어 입을 열었다.

"좋아. 예 매 말대로 하겠어."

담홍예의 몸속에 있는 그의 남성이 한차례 단단하게 불끈거렸다.

담홍예는 눈물을 흘리면서 용비에게 입을 맞추었다.

"아아……! 고마워요, 가가."

용비가 다시 하체를 움직이기 시작했다.

담홍예는 그의 등을 힘껏 끌어안으며 속삭였다.

"아아… 소녀는 소군에게 큰 빚이 있어요. 우리 도망칠 때 그녀를 풀어주도록 해요. 네?"

"아… 알았어."

용비는 폭발을 하기 위해서 미친 듯이 하체를 움직이면서 헐떡거리며 대답했다.

      *   *   *

한 척의 배가 돛을 활짝 펼친 채 망망대해를 미끄러져 가고 있었다.

삼층의 전각이 지어져 있는 큰 배였는데, 삼층 누대에서 네 사람이 수평선을 바라보고 있었다.

화무린과 주자운, 봉선이 나란히 서 있었고, 주자운 뒤에는 마빈이 우뚝 서 있었다.

화무린은 용비를 만난 이후 거의 말을 하지 않았다. 주위 사람들이 안타까워할 정도로 침묵 속에 빠져들었으며 하루가 다르게 야위어갔다.

화무린은 천녀황과 한 달 후에 일 대 일로 만나기로 한 후 생사혈맹 전원을 이끌고 안국현으로 향했었다.

무림의 성지가 된 안국현에는 이미 십오만이 넘는 군웅이 운집해 있었다.

허허벌판이었던 안국현 밖 무군평에는 둘레 이십여 리에 달하는 거대한 성채(城砦)가 세워져 있었으며, 십오만 군웅은 모두 그곳에서 기거하며 훈련에 열중하고 있었다.

성채의 거대한 전문 위 현판에는 '생사혈맹'이라는 글이 새겨져 있었고, 성채 한복판에는 맹주의 거처와 집무실인 은오정전(銀烏情殿)이 웅장하게 자리해 있었다.

십오만 군웅의 열렬한 환영을 받으면서 생사혈맹에 도착한 화무린 일행은 실로 길고도 험난했던 긴 여정을 끝내고 꿀 같은 휴식을 취했다.

그러나 화무린은 아니었다. 그의 머릿속에는 오직 소군 생각뿐이었다. 그녀가 천녀황 수중에 있는 한 그는 결코 발을 뻗고 편히 잠들지 못할 것이다.

이후 그는 천상성계를 방문하지 않겠느냐는 구중천주의 제의를 받아들여 북경으로 갔다가, 상명각에서 하루를 머문 뒤에 배를 타고 천상성계로 향했다.

며칠 후면 천상성계에 당도한다지만, 화무린은 아무런 감흥도 느끼지 못했다. 부모를 내쳐서 결국 비참한 최후를 맞이하게 만든 성제의 매몰찬 부정(父情) 때문이었다.

지금 그가 천상성계로 가는 것은 구중천주와의 약속 때문이지 별다른 의미는 없었으며, 그래서 기대도 없었다.

그는 소군이 담혁무와 함께 올 것이라 믿고 내내 기다렸었다. 그러나 결국 담혁무도 소군도 오지 않았다. 그때 화무린은 모든 의미를 잃어버렸다.

소군이라는 나뭇잎 한 장이 그의 눈을 가려 천하를 보지 못하게 하고 있는 것이었다[一葉蔽目不見天下].

"저기, 바다에 사람이 떠 있어요!"

그때 주자운이 바다를 가리키며 가볍게 놀란 표정을 지었다.

화무린은 그녀가 가리키는 곳으로 의미없는 눈길을 던졌다가 다음 순간 두 눈을 부릅떴다.

항진하고 있는 배의 전면 우측 십오륙 장쯤 떨어진 바다 위에 하나의 널빤지가 떠서 물결을 따라 이리저리 흔들리고 있는데, 그 위에 한 사람이 혼절한 채 쓰러져 있었다.

화무린이 놀란 것은 그 사람의 얼굴을 발견했기 때문이다.

그녀는 틀림없는 금오였다.

선실의 침상에는 금오가 반듯한 자세로 누워 있었고, 침상 옆 의자에는 화무린이 꼿꼿한 자세로 앉아서 그녀를 주시하고 있었으며, 뒤쪽에는 주자운과 봉선, 마빈, 구중천주, 네 명의 천제가 둘러서서 지켜보고 있었다.

금오는 거의 모습을 알아볼 수 없을 정도의 몰골이었다.

극도의 갈증과 따가운 햇살 때문에 그녀의 얼굴은 까맣게 그을린 데다 심한 부스럼처럼 얼굴 전체가 쩍쩍 갈라지고 떠 있었다.

화무린이 표류하고 있는 여자를 구했다는 소식에 모두들 달려왔지만, 그녀가 누군지 알고 있는 사람은 화무린뿐이었다.

구중천주와 천제들은 묘봉산에서 그녀를 봤었지만 완전히 변해 버린 지금의 그녀를 알아보지는 못했다.

화무린은 금오의 맥을 짚은 채 돌덩이처럼 굳은 표정으로 그녀를 주시하고 있었다.

오랜 시간이 지났지만 아무도 입을 열지 않았다.

이윽고 구중천주가 천제들에게 가볍게 고개를 끄덕여 보이고는 몸을 돌렸다.

"부탁이 있습니다."

그때 화무린이 나직이 입을 열며 몸을 일으켰다.

구중천주와 천제들은 걸음을 멈추고 뒤돌아섰다.

그러자 갑자기 화무린이 구중천주 앞에 무릎을 꿇고 큰절을 올렸다.

"이게 무슨 짓이냐? 어서 일어나라!"

구중천주가 깜짝 놀라서 손수 일으키려고 했지만 화무린은 꼼짝도 하지 않은 채 오히려 이마를 바닥에 대고 진정 어린 목소리로 간청했다.

"부탁입니다. 저 사람을 살려주십시오."

중인의 안색이 크게 변했다. 침상에 누워 있는 여자가 누군지 아무도 모르고 있지만, 화무린은 알고 있다는 뜻이었다.

더구나 중인은 화무린이 어떤 성품인지 너무도 잘 알고 있었다. 그런 그가 침상의 여자를 살려달라고 부복한 채 애원하고 있는 것이다.

"그녀는 누구냐?"

구중천주가 화무린 앞에 서서 진중히 물었다.

"금오입니다."

중인이 놀랄 틈도 주지 않고 화무린은 내처 말을 이었다.

"저의 친누님이기도 합니다."

그때부터 정적이 흘렀다. 중인은 모두 침상의 금오를 주시하고 있었다.

망망대해 한가운데에서 건져낸 여자가 금오일 줄은, 더구나 금오가 화무린의 친누나일 줄은 그 누구도 상상하지 못했기에 놀라움은 더 컸고 침묵도 길었다.

그렇지만 이 방 안에는 금오가 저지른 만행에 대해서 왈가왈부할 사람은 아무도 없었다.

"일어나라, 애야."

이윽고 구중천주가 부드럽게 화무린을 일으켰다.

"너에게 누나면 내게는 조카가 아니겠느냐?"

그의 말에 주자운과 마빈은 크게 놀라 혹시 자신들이 잘못 들은 것이 아닌가 하고 구중천주와 화무린을 번갈아 쳐다보았다.

그러나 화무린은 입을 굳게 다물고 있었다.

주자운 옆에 서 있는 봉선이 그녀에게 조용히 일러주었다.

"무린은 천상성계 성제의 둘째 아드님이신 성존의 아들이야."

"아!"

"천주께선 성제의 큰 아드님, 무린의 큰아버님이시지."

주자운은 너무 놀라 이 사실이 잘 믿어지지가 않았다.

"무린아."

구중천주가 온화한 미소를 지으면서 손을 화무린의 어깨에 얹었다.

"네가 누나를 용서하는 것으로 충분하단다. 금오가 저지른 죄는 네가 천하에 베푼 은혜에 비하면 백분의 일도 되지 않을 테니까 말이다."

화무린은 착잡하게 중얼거렸다.

"누나는… 천녀황의 강압에 의해서 천마혈옥강이라는 마공을 익혔으며 그로 인해서 인성이 마비됐습니다."

"역시 그랬었구나. 제정신을 갖고 있었다면 그런 짓을 할 리가 없었겠지."

구중천주의 중얼거림에 사람들은 금오가 자신의 친어머니와 이모를 죽였다는 기억을 되살려냈다.

"이제 그녀를 어떻게 할 거니?"

봉선이 금오를 바라보며 물었다.

"누나를 되찾아야지요."

금오와 단둘이 남은 화무린은 반나절 동안 선실에서 나오지 않았다.

그는 먼저 금오의 공력을 완전히 폐지시켰다. 그녀가 정령신계 이령의 엄청난 존재였기 때문에 평범한 방법은 먹히지 않았다. 그래서 화무린은 아예 그녀의 단전을 파훼시켜

버렸다.

　그것 때문에 두 시진 가까운 시간이 걸렸고, 공력을 크게 소비했다.

　공력을 깡그리 잃어버린 금오의 몸에 혈옥강기는 물론 혈마심기도 남아 있지 않았다.

　그렇지만 화무린은 그녀의 체내에 혹시 남아 있을지도 모르는 혈마심기를 제거하느라 설영에게 배운 수법으로 그녀의 몸속을 깨끗하게 벌모세수(伐毛洗髓)시켜 주었다.

　그리고는 그녀가 깨어나기를 기다리면서 그녀의 몸에 부드러운 진기를 주입시키고 영양가 높은 미음을 손수 먹여주었다.

　그렇게 꼬박 이틀이 지났을 때 금오는 홀연히 눈을 떴다.

　이틀 동안 많이 좋아졌다고는 하지만, 여전히 까칠한 모습의 그녀는 눈을 깜빡거리면서 눈동자를 이리저리 굴리다가 자신을 굽어보고 있는 한 명의 잘생긴 청년을 발견하고 화들짝 놀랐다.

　그녀는 더 이상 눈을 깜빡거리지 않고 뚫어지게 화무린의 얼굴을 주시했다.

　그렇게 얼마의 시간이 흘렀을까. 그녀의 눈동자가 흔들리기 시작했고, 얼굴에 불신과 기쁨이 범벅되어 떠올랐다.

　"대… 장부 린아니?"

　십삼 년 전에 들었던 속삭이는 듯 부드러운 누나의 바로 그

음성이었다.

"응, 누나."

화무린은 눈물이 핑 돌며 울음이 터지려는 것을 겨우 참았다.

"네가 이렇게 어른이 되다니……."

그녀는 누굴 찾는 듯 주위를 두리번거렸다.

"나는 어머니와 함께 잡혀갔었는데… 어떻게 된 거지?"

"미안해. 누나를 구하는 데 너무 오래 걸렸어."

"네가… 날 구했구나… 린아……."

선실 밖에서 초조하게 기다리고 있던 주자운과 봉선, 마빈은 갑자기 선실 안에서 터져 나온 소리에 깜짝 놀랐다.

"린아—!"

第百五章

초인열전(超人熱戰)

구중천
九重天

"여기에서 좀 쉬는 게 좋겠다."

산속에 밤이 찾아왔다. 용비는 어느 바위 옆에 멈춰서 업고 있던 소군을 내려놓으며 말했다.

"불을 피울 나무를 구해올 테니까 잠시만 기다리고 있어."

그는 바위 옆에 소군과 담홍예를 남겨놓고 서둘러 어둠 속으로 사라졌다.

담홍예는 소군을 편안하게 바위에 기대어 앉힌 후 메고 있던 가죽으로 만든 행낭에서 서둘러 얇은 이불을 꺼내 덮어주었다.

"힘들죠, 언니?"

둘은 풍래장의 뇌옥에서 무척 가까워져서 언니 동생 하는 사이가 됐다.

"괜찮아. 많이 좋아졌어."

소군은 해쓱하게 수척한 얼굴에 환한 미소를 지어 보였다.

용비는 정말 담홍예의 소원을 들어주었다. 그는 비단 담홍예와 야반도주를 했을 뿐만 아니라 뇌옥에서 소군을 꺼내와 직접 업고 이틀 동안 꼬박 달려서 이곳까지 왔다.

중원의 성도인 안국현 근처까지 소군을 데려다 주고 담홍예와 떠나기 위해서였다.

용비는 정말 담홍예를 사랑하고 있는 것이 분명했다. 풍래장을 탈출한 이후 그는 꿈에 부풀어 마치 노래하듯이 자신들의 미래를 설계했다.

그는 담홍예뿐만 아니라 소군의 무공까지도 회복시켜 주었다. 담홍예를 추호도 의심하지 않는다는 증거였다.

그러나 마련의 마심갱에 갇혀 있을 때부터 시름시름 앓던 소군은 풍래장 뇌옥에서 증세가 더 심해졌고, 지금은 무공을 회복시켜 주었음에도 불구하고 혼자서는 앉아 있지도 못할 정도로 쇠약해진 상태가 돼버렸다.

"조금만 참아요, 언니. 곧 형부를 만나게 될 거예요."

담홍예는 소군의 흘러내린 머리카락을 쓸어 올려주며 위로했다. 소군을 언니라고 부른 이후 담홍예는 화무린을 격의 없이 형부라고 지칭했다.

그때 용비가 마른 나뭇가지를 한 아름 안고 돌아왔다.

"곧 따뜻해질 거야. 불을 피운 후 요기를 하고 한 시진 정도 눈을 붙였다가 다시 출발하자구. 응?"

그는 담홍예를 보며 정이 듬뿍 담긴 미소를 지으며 말하고는 바닥에 쌓아놓은 나뭇더미에 불을 붙이기 위해서 무릎을 꿇고 몸을 굽혔다.

"후우! 후우!"

스릉!

용비가 잔뜩 상체를 굽힌 채 불이 붙은 나뭇더미에 입바람을 불고 있을 때 그의 머리 위에서 무기 뽑는 소리가 조용히 들려왔다.

쉬익!

놀란 그가 상체를 들면서 뒤돌아볼 때 한 자루 도가 번쩍이며 세로로 그어져 그의 목을 잘랐다.

"예 매……."

용비는 믿을 수 없다는 얼굴로 담홍예를 쳐다보았다.

담홍예는 오른손에 자신의 애도(愛刀)를 쥔 채 입술을 힘껏 깨물고 용비를 쏘아보았다.

그러나 아무 말도 하지 않았으며 잔뜩 힘을 준 눈 속의 동공이 가볍게 흔들리고 있었다.

용비의 얼굴이 씰룩였다. 웃음을 지으려고 애쓰고 있었다.

"예 매… 며칠뿐이었지만… 정말… 행복했어……."

털썩!

중얼거리듯이 말하고 용비는 모로 쓰러졌다. 목 위의 머리통이 분리되어 몇 바퀴 구르다가 멈추었다.

우연인지, 머리통의 눈은 떠진 채 담홍예를 바라보고 있었고, 얼굴에는 살아생전에 지으려고 애쓰던 웃음이 죽어서야 떠올라 있었다.

그것을 보는 담홍예의 눈에서 한 방울 눈물이 맺혔다가 굴러 떨어졌다.

어쨌든 용비는 그녀의 순결을 가져간 남자였다.

옛말에, 몸이 가까워지면 마음도 가까워진다고 했다. 며칠 사이에 담홍예가 그를 어떻게 생각하게 되었는지는 그녀 자신만이 알 일이었다.

소군은 너무 놀라서 눈을 커다랗게 떴지만 혼자서는 일어나 앉을 수도 없는 상태라 보고만 있을 수밖에 없었다.

"가요, 언니."

담홍예는 서둘러 소군을 업고 그 자리를 떴다.

"…왜 그를 죽였지?"

한참이 지나서야 소군이 용기를 내어 물었다.

"할아버지의 원수를 갚았을 뿐이에요. 더 큰 원수는 형부가 갚아주겠지요."

차갑게 말하면서 힘차게 달리는 담홍예의 귓전에 용비의 마지막 말이 어른거렸다.

"며칠뿐이었지만 정말 행복했어⋯⋯."

*　　　　*　　　　*

천상성계가 있는 천상도(天上島)는 구중천에서 동북쪽으로
백여 리밖에 떨어져 있지 않았다.

천상도 해역에는 늘 짙고 높은 해무(海霧)가 깔려 있어서
십여 장 앞조차 보이지 않았다.

그리고 그 안쪽은 암초 지대였다. 수백 년 동안 길을 잘못
들어 해무 속에서 헤매다가 침몰한 무수한 배들의 잔해가 도
처에 깔려 있었다.

그 한복판 한 점의 해무도 없는 잔잔한 바다 위에 지상의
낙원 같은 천상도가 평화로운 모습으로 떠 있었다.

천상도에는 세 개의 마을이 있었고, 수십 채의 장원이 질서
정연하게 지어져 있었는데, 건축양식이 중원의 것이 아니었
다. 화무린은 나중에야 그것이 고려(高麗)의 건축양식이라는
사실을 알게 되었다.

수십 채의 장원은 한복판에 있는 한 채의 고풍스러운 성채
를 중심으로 어떤 일정한 규칙에 의해 원을 그리면서 위치해
있었다.

복판에 있는 성채가 바로 천상성계 성제 일족이 거주하는 천성궁(天聖宮)이었다.

화무린과 구중천주, 아니, 성왕 동방민(東方旻)은 천성궁 뒤쪽에 있는 어느 고색창연한 석조 건물 입구에 나란히 서 있었다.

얼마나 오랫동안 열리지 않았는지 문에는 검푸른 이끼가 잔뜩 끼어 있었다.

입구의 위쪽 현판에는 '천성보름(天聖寶廩)'이라는 네 글자가 멋들어지게 새겨져 있었다.

동방민이 이끼를 걷어내자 문 한복판에 손가락 두 마디 길이의 작은 구멍이 드러났다.

"벽월도를 꽂아라."

그의 지시에 화무린은 품속에서 벽월도를 꺼내 구멍에 대고 깊숙이 찔러 넣었다.

그그긍!

그러자 묵직한 소리를 내며 두 개의 석문이 좌우로 천천히 열렸다.

천성보름은 오직 성제 한 사람만이 출입하고 사용할 수 있는 곳이었다.

저벅저벅—

"천성보름은 오직 아버님과 벽월도를 지닌 사람만이 출입

할 수 있다. 아버님께선 이곳에서 천성보름이 열리기를 기다리셨지, 지난 오십삼 년 동안."

활짝 열린 석문 안으로 화무린과 나란히 걸어 들어가면서 동방민이 조용한 어조로 말했다.

화무린은 의아한 표정으로 동방민을 쳐다보았다. 성제가 오십삼 년씩이나 천성보름 안에 있었다는 사실을 이해하기 어려웠던 것이다.

그러나 그 의문은 또 하나의 석문이 열린 후에야 풀렸다.

스르릉!

그곳은 천성보름 한복판에 위치한 연공실이었다.

아담하고 둥근 연공실 사방과 천장은 모두 백옥으로 이루어져 있었다. 천장이 반투명한 백옥이기 때문에 외부의 빛이 고스란히 쏟아져 들어와 실내는 바깥처럼 밝았다.

그러나 화무린은 그런 것에 신경 쓸 여유가 없었다. 그의 시선은 연공실 한복판 두 자 높이의 흑옥으로 만든 석대 위에 가부좌의 자세로 단정하게 앉아 있는 한 인물에게 고정되어 있었다.

갈대꽃 같은 은발에 은염. 일신에는 빛나는 은의를 입었으며, 결코 지상의 인간 같지 않은 고고한 용모의 노인이 지그시 눈을 감은 채 앉아 있었다.

화무린은 그가 바로 성제라고 직감했다. 성제가 아니고는 대저 뉘라서 저토록 고고할 수 있겠는가.

화무린은 이끌리듯 성제 앞으로 다가갔다. 그의 앞에 서자 형언하기 어려운 감정들이 파도처럼 엄습했다.

그 감정들이 무엇인지는 명확하게 알 수 없지만, 한 가지만은 분명했다.

자신이 성제의 손자라는 사실. 그래서 두 사람 사이에는 용서할 것도, 용서받을 것도 존재하지 않는다는 사실이었다.

화무린은 가슴이 떨리는 것을 느끼며 그 자리에 무릎을 꿇고 공손히 절을 올렸다.

"할아버님, 소손 무린이 인사드립니다."

"일어나라."

동방민이 말했지만 화무린은 성제가 말한 것으로 착각했다.

화무린은 조심스럽게 일어나 성제에게 조금 더 가까이 다가갔다. 그를 조금 더 가깝게 느끼고 싶었다.

화무린은 성제가 눈을 뜨지 않는 것이 이상하게 여겨졌다.

"아버님께선… 오십삼 년 전에 돌아가셨느니라."

"아……!"

동방민의 말에 화무린은 크게 놀라 후드득 몸을 떨었다.

"운제와 제수씨가 추방된 날부터 아버님께선 이곳 연공실에 스스로 감금되시어 일체의 곡기를 끊으셨다. 운제와 그의 가족이 벽월도를 지니고 돌아오지 않는 한 아무도 들어오지 말라는 엄명을 남기신 채……."

화무린은 지금 자신이 보고 있는 성제가 오십삼 년 전에 굶어 죽었다는 사실을 알고 심장이 터지고 가슴이 찢어질 것만 같은 괴로움과 슬픔을 맛보았다.

"운제 부부를 추방한 것은 아버님이 아니라 장로들이었다. 그러나 아버님은 장로들의 결정을 막을 수가 없으셨다. 그것은 성계의 율법이기 때문이다."

화무린은 참담한 심정으로 성제를 향해 손을 뻗었다.

"할아버님……."

<u>스스스……</u>.

그런데 그의 손이 닿자마자 성제의 몸이 먼지처럼 스러져 내렸다.

"앗!"

화무린과 동방민이 크게 놀라는 사이에 성제의 모습은 흔적조차 없이 완전히 사라져 버렸다.

대신 석대 위에는 호두알 크기의 하나의 빛나는 둥근 물체가 놓여 있을 뿐이었다.

"할아버님께서……."

화무린이 충격에서 벗어나지 못하자 동방민이 나직이 중얼거렸다.

"너를 보셨으니 흡족하게 가셨을 게다."

동방민은 석대 위에 놓인 호두알 크기의 물체를 가리켰다.

"저것은 아버님의 내단이다. 아버님의 모든 정화가 담겨 있지. 너는 그것을 즉시 복용하도록 해라."

그러나 화무린은 내단이 할아버지라는 생각이 들어서 동방민의 말에 따를 수가 없었다.

"네가 진정 아버님의 손자라는 사실을 인정한다면 내단을 복용해야 할 것이다. 그래야 아버님께서 기뻐하시지 않겠느냐?"

그제야 화무린은 이끌리듯 천천히 손을 뻗어 내단을 잡았다.

손을 통해서 따스하면서도 상쾌한 기운이 맑은 시냇물처럼 흘러들어 오는 것이 느껴졌다.

                    *   *   *

차륵!

한 명의 청년이 주렴을 걷으며 주루 안으로 들어섰다.

주루 안에는 손님들이 꽉 차서 자리가 없었는데, 청년이 들어서자 모든 사람의 시선이 그에게 집중됐다.

그리고는 사람들의 만면에 극도의 놀라움과 감탄이 떠올랐다.

일신에 눈처럼 흰 백의 유삼을 입고 오른쪽 어깨에는 한 자루 은빛 검을 멘 청년의 모습이 방금 천상에서 하강한 듯 너무도 준수하고 고귀했기 때문이다.

그러나 단 한 사람. 창가에 앉아서 식사를 하면서 술잔을 기울이고 있는 한 소녀만이 청년을 쳐다보지 않았다. 그녀는 섬섬옥수로 술잔을 든 채 일찍 찾아온 창밖의 봄 경치를 그윽하게 감상하고 있었다.

점소이는 실내를 두리번거리면서 합석할 만한 마땅한 자리를 찾다가 백의청년을 소녀의 자리로 안내했다.

주루의 사람들은 식사를 할 생각도 하지 않고 청년과 소녀를 쳐다보느라 여념이 없었다.

사실은 조금 전에 그 소녀가 주루에 들어섰을 때에도 한바탕 소동이 벌어졌었다. 연분홍의 비단옷을 입은 소녀의 미모가 천하일색이었기 때문이다.

그런데 소동이 가라앉을 즈음에 다시 신선 같은 풍모의 청년이 들어와 소녀에게 다가가자 사람들은 두 사람이 일행일 것이라고 여겼다.

"헤헤! 저… 손님, 합석해도 되겠습니까? 자리가 없어놔서……."

점소이가 굽실거리자 소녀는 시선을 창밖에 준 채 가볍게 고개만 까딱였다.

"면장탕반(麪裝湯飯:국수장국밥)을 주게."

청년은 주문을 하고는 앞에 앉은 소녀에겐 시선 한 번 주지 않고 창밖으로 눈길을 던졌다.

이곳은 북경에서 서남쪽으로 이십여 리밖에 떨어지지 않

은 원평현(寃平縣)이라는 곳인데 경치가 아름답기로 유명한 영정하가 현 한복판을 가로질러 흐르고 있다.

그래서 주루의 창밖에는 영정하가 굽이쳐 흘렀으며, 강과 강변에는 상춘객들로 붐볐고, 파릇파릇한 새싹이 돋은 수양버들이 미녀가 머리를 푼 것처럼 휘늘어져 초봄의 정취를 한껏 뽐내고 있었다.

소녀는 주루에 들어온 이후 어느 누구에게도 눈길을 주지 않았으나 방금 맑고도 청아한 사내의 목소리를 듣고는 마음이 상쾌해지는 것을 느끼며 자신도 모르게 목소리의 주인을 바라보았다.

"……."

백의청년을 바라보는 소녀의 눈이 커졌고, 얼굴에는 적이 놀라듯 감탄하는 표정이 어른거리듯이 떠올랐다.

단언하건대, 천하의 그 누구보다도 강심장인 소녀를 놀라고 또 감탄하게 할 만한 일은 그리 흔하지 않았다.

소녀는 정성껏 옥을 깎아 다듬은 듯한 청년의 옆얼굴을 물끄러미 바라보았다.

그리고는 자신도 모르는 사이에 어떤 생각을 떠올렸다.

이처럼 아름답고 멋진, 게다가 가슴을 흔드는 그윽한 목소리까지 지니고 있는 청년과 함께라면 모든 것을 다 접고 남은 평생을 행복하게 보내고 싶다는 기분이었다.

비록 순간적으로 떠올랐다가 사라져 버린 이루어지지 않

을 생각이었지만, 그것 때문에 소녀는 이상하게 가슴이 떨리며 훈훈해졌다.

그런데 보면 볼수록 청년의 모습이 낯익었다. 하지만 언제 어디서 봤는지 도무지 기억이 나질 않았다.

"맛있게 드십시오."

점소이가 요리를 갖고 와서 탁자에 내려놓는 데도 소녀는 알지 못한 채 청년을 응시하고 있었다.

청년은 식사를 하기 위해서 창밖으로부터 시선을 거두었다.

그러다가 자신을 빤히 응시하고 있는 소녀와 눈이 정면으로 마주쳤다.

그러자 청년은 부드럽게 미소를 지어 보였다.

순간 소녀는 눈이 부셔서 아주 잠깐 동안 눈앞이 하얗게 변하는 것을 느꼈다.

그리고는 자신이 청년의 얼굴을 넋을 잃고 주시했다는 사실을 깨닫고 가볍게 얼굴을 붉혔다.

십칠팔 세 남짓의 청초한 소녀가 뺨을 붉히자 그 모습이 너무도 아름다워서 그녀를 쳐다보고 있던 주루의 몇몇 손님들이 충격을 받은 듯 나직한 한숨을 토해냈다.

소녀는 정말 이상한 기분에 사로잡혔다.

생면부지의 낯선 사내를 보고 이토록 가슴을 설레면서 얼굴까지 붉히다니, 전혀 자신답지 않다는 생각이 들었다.

"이렇게 평화로운 세상이거늘, 죽고 죽이는 싸움만 없다면 얼마나 좋겠소?"

문득 청년이 다시 창밖을 보며 쓸쓸하게 중얼거렸다.

소녀도 이끌리듯 창밖을 바라보았다. 하늘과 강과 초원이 새파랗게 살아나고 있었다.

그곳에 청춘남녀가, 화목한 가족이 손에 손을 잡고 거닐면서 즐거이 웃고 있는 모습이 보기 좋았다.

'싸움만 없다면……'

소녀는 조금 전에 청년이 했던 말을 입속으로 되뇌어보았다.

그녀는 강과 강변과 강 언덕의 사람들을 눈으로 일일이 좇으면서 깊은 생각에 잠겼다.

이윽고 그녀가 창밖에서 시선을 거두었을 때에는 청년의 모습은 보이지 않았다. 그가 주문했던 면장탕반은 깨끗이 비워져 있었다.

왠지 허전함이 소녀의 눈가에 살며시 스쳤다.

묘봉산 곁으로 영정하 중류가 굽이쳐 흐르고 있었다.

반년 전에 묘봉산 동쪽 자락인 이곳에서 전무후무한 큰 싸움이 벌어졌었다.

사람들은 그 싸움을 '묘봉산대혈전'이라고 불렀으나, 지금은 그 당시의 처절했던 싸움의 흔적이 조금도 남아 있지 않았다. 그 대신 봄의 푸르름이 겨우내 잠들었던 대지를 일깨우고 있었다.

그때 초원 끝에서 하나의 작은 분홍빛 구름이 낮게 떠서 영정하 쪽으로 다가오고 있었다.

구름 한 점 없는 파란 하늘에 분홍빛 구름 한 덩이가 대지에 낮게 떠서 빠르게 쏘아오는 광경은 신비롭기 짝이 없었다.

분홍 구름은 그 넓은 초원을 눈 몇 번 깜빡일 정도의 짧은 시간에 건너와 영정하가 한눈에 굽어 보이는 강둑에 멈추었다.

그러나 그것은 구름이 아니었다. 연분홍 비단 상의와 치마를 곱게 입은 한 소녀였다.

그녀가 경공을 전개하여 쏘아오는 모습이 아지랑이에 일렁이며 구름처럼 보였던 것이다.

또한 그녀는 원평현의 주루에서 뭇 사내들의 가슴을 설레게 했던 바로 그 소녀였다.

소녀는 사방을 천천히 둘러보다가 한곳에서 시선이 멈추었다.

둑 아래 강가에 한 사람이 서서 뒷짐을 진 채 강을 바라보고 있었다.

'저 사람?'

소녀는 그가 원평현의 주루에서 맞은편에 앉았다가 소리 없이 사라진 백의청년이라는 사실을 한눈에 알아보았다.

청년을 수십 장 거리에서 그저 뒷모습만 바라보는 것뿐인데도 소녀는 가슴이 다시 설레기 시작했다.

그녀는 실소를 머금었다.

'어이없는 일이로군. 이팔청춘도 아니고…….'

스웃―

그녀는 어깨조차 흔들지 않은 채 꼿꼿한 자세로 강가의 백의청년을 향해 일직선으로 쏘아가서 그의 뒤에 일말의 기척도 없이 내려섰다.

청년은 소녀의 존재를 모르는 듯 유유자적한 모습으로 강을 바라보고 있었다.

"이곳은 위험하니 떠나도록 하세요."

소녀는 청년의 일 장 뒤에서 그의 옆으로 다가가며 그가 놀라지 않도록 최대한 조심하면서 말문을 열었다.

그러나 청년은 조금도 놀라지 않은 얼굴로 소녀를 향해 천천히 돌아섰다. 의외였다.

오히려 청년은 소녀의 얼굴을 보더니 가볍게 놀라는 표정을 지었다.

"그대가……."

"이곳에서 곧 싸움이 벌어질 테니 다치고 싶지 않으면 당신은 속히 떠나는 게 좋아요."

청년은 묵묵히 소녀를 바라보기만 했다.

소녀는 가볍게 어이없는 표정을 짓더니 어깨를 으쓱해 보였다.

"어쩔 수 없군요. 그렇다면 잠시 후에 누가 나타나면 멀찍이 떨어져 있도록 하세요."

"당신이 설백(雪白)이오?"

"……."

청년이 불쑥 묻자 소녀의 안색이 확 굳어졌다.

"어떻게 내 이름을……."

청년이 가슴을 활짝 펴고 늠름하게 입을 열었다.

"내가 화무린이오."

"……."

소녀, 아니, 천녀황 설백은 눈을 커다랗게 뜨고 입까지 벌리면서 크게 놀랐다.

그녀 평생 지금처럼 놀라본 적은 없었다. 너무 놀라서 자신이 온몸에 허점을 드러낸 채 화무린 앞 반 장 거리에 서 있다는 사실조차 깨닫지 못했다.

"네가 은오검객……."

천녀황은 너무나 어이가 없었다. 현재 그녀의 나이는 백십일 세다. 그 오랜 세월을 살아오면서 그녀의 방심(芳心)을 흔든 사내는 단 한 명이었다.

바로 두 시진 전 원평현 어느 주루의 탁자 맞은편에 앉았던 청년이 그였다.

그런데 그가 오늘 싸워야 할, 아니, 죽여야 할 은오검객이라니… 기가 막힐 일이었다.

천녀황이 만면에 어이없는 표정을 떠올리고 있는 것과는 달리 화무린의 표정은 갈수록 싸늘해졌다.

"불쌍하군."

그의 느닷없는 말에 천녀황은 상큼 아미를 치켜떴다.

"뭐가 불쌍하다는 것이냐?"

화무린의 입가에 냉소가 떠올랐다. 천녀황의 가슴을 후벼 파는 비웃음이었다.

"제부(弟夫)를 죽이고 조카를 마녀로 만들더니, 그것으로도 모자라서 친동생들을 죽이기까지 한 당신이 삼천계를 일통하겠다는 헛된 망상에 빠져 있는 모습이 참으로 불쌍하다는 것이오."

"네가 그걸 어떻게……!"

천녀황은 방금 전에 놀랐던 것보다 더 놀랐다.

화무린은 빙정처럼 차디차게 중얼거렸다.

"당신이 죽인 동방운과 설란이 내 부모님이시오."

"너……."

천녀황은 화무린을 가리키면서 크게 놀라는 표정을 지었다.

"부모님과 설영 이모에게 용서를 비시오."

화무린이 싸늘하게 말했지만 천녀황 귀에는 그 말이 들어오지 않았다.

그녀는 분노와 치욕 때문에 온몸이 폭발할 것만 같았다. 지금처럼 더러운 기분 역시 생전 처음 느끼는 것이었다.

그러나 그녀는 천녀황이다. 그 말은 그녀가 평범한 것과는 거리가 멀다는 뜻이다.

"네가 동방운과 란 그년의 아들이라고?"

"그렇소."

"너, 이걸 아느냐?"

화무린은 금방이라도 폭발할 것 같은 감정을 지그시 누른 채 천녀황을 쏘아보았다.

만약 원평현의 주루에서 그녀가 천녀황이라는 사실을 알았더라면 그곳에서 결투를 벌였을 것이다.

천녀황의 입꼬리가 비틀리듯이 말려 올라갔다.

"과거 날 꺾었던 네 아비가 이 자리에 있다고 해도 내게 십 초지적밖에는 되지 않는다. 너는 네 아비보다 강하냐?"

화무린은 대답하지 않았다.

"그리고… 너는 내 앞에 나타나지 말았어야 했다. 내 눈에 띈 이상 너는 죽는다."

"용서를 빌지 않겠소?"

화무린은 딴소리를 했다.

그 말에 천녀황은 발끈했다.

"용서를 빌 놈은 네놈이다!"

그녀가 쩌렁하게 호통을 치는 순간 그녀의 몸에서 보이지 않는 무형강기가 폭발하듯이 뿜어졌다.

거리는 불과 반 장. 육성의 공력을 발휘했으므로 천녀황은 눈앞의 화무린이 산산조각나 처참하게 부서질 것을 믿어 의심치 않았다.

그러나 그 순간 그녀는 발견했다, 화무린의 두 눈에서 새파란 빛이 폭사되는 것을. 그것은 살기였다. 곧 죽을 놈은 살기 따위를 뿜어내지 않는다.

"오십여 년 전에 아버님이 당신보다 강했던 것처럼!"

그때 천녀황의 머리 위에서 화무린의 낭랑한 외침이 들려왔다. 그제야 그녀는 눈앞에서 화무린이 사라졌다는 사실을 깨달았다.

슈욱!

순간 천녀황은 빛처럼 전면으로 쏘아갔다. 이렇게 빠른 놈이라면 이미 자신을 향해 공격을 발출했을 것이라는 판단을 내린 것이다.

꽝!

불과 한 뼘의 차이로 방금 전까지 그녀가 서 있던 곳이 폭발하며 돌과 모래가 튀었다.

쏘아가면서 힐끗 뒤돌아보니 그녀가 서 있던 곳에 직경 반 장의 커다란 구멍이 뚫려 있었다.

"지금의 나 역시 당신보다 강하오!"

"……!"

천녀황은 움찔했다. 고개를 돌리고 있는 사이에 쏘아가고 있는 앞쪽에서 또다시 화무린의 외침이 들려온 것이다.

믿을 수가 없었다. 어떻게 자신보다 더 빠른 존재가 있을 수 있는가?

이번에는 피할 수 없다고 판단했다. 아니, 피하고 싶지 않았다. 자신이 이처럼 위기에 처할 줄은 상상조차 못했었다.

그동안 자신이 세상 모든 인간을 고양이 앞의 쥐처럼 대했었는데, 이제는 그녀 자신이 쥐가 된 기분이었다.

순간적으로 천녀황은 자신이 지니고 있는 모든 공력을 끌어올렸다. 그것은 정령신계 삼령 입화출신경에 달하는 어마어마한 기운이었다.

화무린이 자신보다 빠를지는 몰라도, 강하기로는 아니라고 확신했다.

번쩍!

두 개의 섬광이 양쪽에서 서로를 마주 보며 폭사됐다.

금광은 화무린, 혈광은 천녀황의 것이었다.

천녀황은 이번의 일격으로 화무린이 즉사하지 않을지도 모른다고 생각했다. 그를 그만큼 높이 평가한 것이다. 그래서 다음 공격까지 염두에 두고 있었다.

쫘드등!

엄청난 천번지복의 굉음이 터지면서 반경 이십여 장 이내의 강물과 바윗덩이들이 허공으로 솟구쳤다.

그 순간 천녀황은 생전 처음 맛보는 괴이한 느낌에 빠졌다.

눈앞이 하얘지면서 머리가 어지럽더니 목구멍에서 울컥하고 피비린내가 끼쳐 올라왔다.

그리고 그녀는 자신이 앞이 아닌 뒤로 훌훌 날아가고 있는 것을 어렴풋이 깨달았다.

화무린은 거대한 쇠망치로 가슴을 강타당한 충격을 받고 뒤로 쏜살같이 튕겨지면서 입에서 피화살을 뿜어냈다.

그는 정령신계 일령에 달하는 자신의 공력에다가 조부인 천상성계 성제가 백칠십여 년 동안 축적하고 단련시킨 공력까지 지니고 있었다.

구중천주 동방민은 화무린의 성취가 정령신계 삼령인 입화출신경이라고 가르쳐 주었다.

그런 어마어마한 공력을 지니고서도 화무린은 천녀황과의 정면 대결에서 가볍지 않은 내상을 입은 채 튕겨지고 있었다.

만약 성제의 내단을 복용하지 않은 채 천녀황과 결투를 벌였다면 일 초도 버티지 못하고 죽었을 것이라 생각하자 어이가 없었다.

결론적으로 말하자면, 화무린과 천녀황은 같은 정령신계 삼령에 도달해 있었다. 그러나 삼령을 상중하로 나누자면 화무린은 상이었고 천녀황은 중이었다. 미세한 차이지만 중대한 차이기도 했다.

정령신계에 들어선 초절고수에게는 초식과 무기라는 것이 무의미했다.

그들의 움직임 자체가 초식이고 무기인 것이다.

천녀황은 도저히 멈출 수가 없었다.

쩌쩌쩍!

강가에 서 있는 십여 개의 거대한 바위들을 산산조각 내고 나서야 자갈 바닥에 내동댕이쳐지듯 멈출 수 있었다.

내장이 뒤틀렸는지 목구멍으로 피가 올라왔지만 그리 심한 내상은 아니었다.

그녀가 느릿하게 일어나 앞을 보니 약 백오십여 장 전면에 화무린이 우뚝 서 있었다.

천녀황의 눈에서 홍염이 이글거렸다. 자신은 바위를 부수고 자갈밭에 구르면서 꼴사납게 간신히 멈췄는데, 화무린은 아무 일도 없었다는 듯 늠연하게 서 있지 않은가.

"죽여 버리겠다, 버러지 같은 놈!"

그녀는 흰 이를 드러내며 으르렁거리다가 한순간 빛처럼 화무린을 향해 쏘아갔다.

이것은 결코 피할 수 없는 싸움이다. 삼천계를 일통하자면 반드시 저 어린놈을 죽여야만 한다.

이십삼 세에 천외신계의 황위를 물려받은 후 장장 구십여 년 동안 벼르고 벼른 삼천계 일통이다. 첫 번째 침공이 천상성계 성존 때문에 실패했었는데, 이제 두 번째 침공까지 그 아들놈에게 패하여 분루를 삼키면서 물러날 수는 없지 않은가.

결단코.

정령신계 삼령 정도에 도달한 초절고수들끼리의 싸움은 결코 화려하지 않다.

초극(超克)은 그저 단순함이다.

이것은 단순하게 누구의 공력이 강하냐의 대결인 것이다.

천녀황은 조금 전의 격돌에서는 자신이 전력을 다하지 않았다고 판단했다.

사람들이란 언제나 지나간 일들을 미진하게 여기게 마련인데 천녀황이라고 다르진 않았다. 그녀는 지금이라도 전력을 다하면 화무린을 충분히 거꾸러뜨릴 수 있다고 믿었다.

또한 그녀는 자신이 결코 화무린보다 약하지 않다고 주문처럼 계속 입속으로 중얼거렸다.

그녀는 이번 격돌에서 죽을 각오로 사력을 다 쏟을 생각이었다.

그것은 화무린도 마찬가지였다. 그 역시 결사적일 수밖에 없었다. 천녀황과의 사사로운 원한이야 차치해 두더라도, 그녀를 꺾지 못하면 천하가 지옥으로 변할 것이다.

더구나 천녀황을 꺾지 못하면, 소군을 되찾지 못할 것이다.

화무린은 눈을 부릅뜨고 어금니를 힘껏 악문 채 힘껏 땅을 박차면서 천녀황을 향해 마주 쏘아갔다.

'군아, 내게 힘을 줘!'

백오십여 장의 거리를 두고 화무린과 천녀황이 빛과 같은 속도로 서로를 향해 정면으로 마주쳐 갔다.

화무린도, 천녀황도 자신들이 싸우는 날이 오늘이며, 바로 이곳이라는 사실을 모두에게 비밀에 부쳤다. 그래서 아무도 지켜보지 않는 가운데 두 사람은 생사를 건 일전을 벌이고 있는 것이다.

화무린은 모험을 하기로 했다. 그는 이번 격돌에 구 할의 공력을 쏟아 부을 것이다. 나머지 일 할은 만약을 위해서 남겨둔다. 어쩌면 그것이 마지막 승패를 가를지도 모른다.

"이놈! 네 아비와 어미를 따라가거라!"

화무린과의 거리가 삼십여 장으로 좁혀졌을 때 천녀황이 저주와도 같은 외침을 터뜨렸다.

고오오—

순간 그녀의 온몸에서 혼이 빠져나가듯 새빨간 핏빛의 광채가 폭사되었다.

그것에는 인간의 능력을 훨씬 벗어난 미증유의 위력이 담겨 있었다.

오오옴—

거의 동시에 화무린에게서도 투명에 가까운 금광이 섬광처럼 뿜어졌다.

각기 최후의 공격을 발출하고서도 두 사람은 멈추지 않고 서로를 향해 쏘아갔다.

기우우웅—

허공중에서 괴이한 음향이 흘러나왔다. 두 사람을 중심으로 사방 백여 장 이내의 공기가 급격히 수축하고 있었다. 그들의 공력이 시공을 초월하는 초자연적인 것이기 때문에 허공이 압축되고 있는 것이었다.

그리고 한순간,

번쩍—

마치 작은 태양이 지상으로 추락하여 폭발한 듯한 거대한 섬광이 작렬했다.

그때부터 대략 세 차례 호흡할 정도의 시간 동안 두 사람이 있는 곳을 중심으로 모든 것이 정지했다.

두 사람의 모습도 보이지 않았다. 직경 십여 장 크기의 둥근 섬광덩어리가 이글거리고 있을 뿐이었다.

다음 순간 아무런 음향도 없이 섬광덩어리가 급속도로 확산되기 시작했다.

주위의 모든 것들을 집어삼키면서 사면팔방으로 거대한 빛이 되어 뿜어졌다.

아무런 음향도 발생하지 않은 이유는 인간의 귀로 감지할 수 있는 한계를 넘어선 굉음이 터졌기 때문이다.

그 섬광 속에서 천녀황은 자신의 온몸과 정신이 해체되는 느낌을 받으면서 뒤로 쏜살같이 튕겨져 날아갔다.

그와 함께 극도의 고통과 피로, 그리고 무력감이 느껴졌다. 그것들은 초인(超人)이었을 때에는 조금도 느끼지 못했던 지극히 인간적인 고통들이었다.

'내가… 어떻게 된 거지……?'

그녀는 튕겨져 날아가면서 속으로 중얼거렸다.

순간 그녀는 자신이 벌거벗은 온몸에 아교를 바른 후에 햇볕이 쨍쨍 내리쬐는 마당에 큰대 자로 누워 있는 것 같은 느낌을 받았다.

그녀의 십칠팔 세 소녀 같은 얼굴이 바람 빠진 가죽 주머니처럼 쪼글쪼글하게 변하고 있었다.

그녀는 얼굴을 만져 보고 싶었지만 그럴 만한 힘조차 남아 있지 않았다.

퍽!

고통인지 충격인지 모를 느낌과 함께 천녀황은 강변의 자갈밭에 내동댕이쳐졌다.

아니, 자갈밭에 누워 있는 것은 갈가리 찢어진 옷을 입고 있는 쭈그렁 노파였다. 또한 찢어진 앞섶 사이로 드러난 것은 시들어 버린 호박처럼 축 처진 젖가슴이었다.

그녀는 자갈밭에 누운 채 눈을 깜빡거렸다. 따스하고 눈부신 햇살이 쏟아져 내렸다.

"따스해……."

그녀의 피로 범벅된 입술이 미미하게 달싹거렸다. 햇볕이 따스하다는 사실은 백십여 년을 살아오면서 한 번도 느껴보지 못했던 느낌이었다.

그런데 지금은 햇볕이 그 무엇보다도 따스하고 또 포근했다.

오슬오슬 추위에 떨다가 뜨끈한 물속에 온몸을 담근 것 같은 기분이었다.

"좋구나……."

지금의 이 기분은 그 무엇 하고도 바꿀 수 없을 것 같았다. 예전에는 어째서 이런 기분을 한 번도 느끼지 못했던 것인지 억울하기까지 했다.

그때 그녀의 눈이 약간 커졌다. 하늘 까마득히 높은 곳에서 하나의 점이 자신을 향해 쏘아져 내리고 있는 것을 발견했기 때문이다.

그 점은 점점 커지더니 오른손에 은오검을 움켜쥔 화무린으로 변했다.

'저 녀석과 나는 악연이 틀림없어. 이런 기분 좋은 시간까지 방해를 하다니…….'

천녀황, 아니, 노파는 속으로 투덜거렸다.

그녀는 더 이상 천녀황이 아니었다. 공력과 아름다움이 몸에서 빠져나갈 때 탐욕과 야망과 오만함도 함께 빠져나간 것 같았다.

그래서 그녀는 한 움큼의 햇살마저 아쉬워하는 일개 노파가 되었다.

그러나 그녀에게 아직 남아 있는 것이 있었다.

자존심이었다, 이렇게 누운 채 볼썽사나운 모습으로 최후를 맞이할 수는 없다는.

그녀는 마지막 순간에 포근한 햇살을 음미하는 것을 포기해야만 했다.

아니, 저 녀석이 제 어미를 닮아 마음이 여리고 순수하다면, 지금의 내 모습을 보고 노파의 목숨 정도는 거두지 않으려는 어줍지 않은 자비를 베풀는지도 모르는 일이다.

그 일말의 자존심은 생의 마지막 축복 같은 이 포근함을 과감히 버리게 만들었다.

그녀는 이를 악물고 기를 쓰며 일어섰다. 그리고는 천 근처럼 무거운 오른팔을 들어 올리며 화무린을 향해 뻗었다.

마치 아직 내게는 너 같은 놈을 일격에 쳐죽일 정도의 힘은 남아 있어! 라고 외치는 듯한 자세였다. 물론 지금 그녀는 팔을 들어 올리는 행위 하나만으로도 사력을 다하고 있으니 공격할 기운이 남아 있을 리 없었다.

천녀황의 머리 위 삼 장 거리에 도달한 화무린은 지금을 위해서 남겨둔 일 할의 공력을 오른팔에 모아 전력을 다해서 은오검을 그어댔다.

쐐애액!

검강도 검기도 뿜어지지 않은 은오검 진검이 천녀황의 정수리를 향해 날카롭게 그어져 내렸다.

반짝.

그때 화무린은 천녀황의 눈가에서 무언가 작은 것이 반짝이는 것을 발견했다.

파아—

은오검이 천녀황의 정수리를 세로로 갈랐다.

척!

화무린은 천녀황 앞에 내려서서 가볍게 비틀거렸다.

그는 중심을 잡은 후 경계 태세를 갖추며 천녀황을 주시했다.

그녀의 미간에서부터 턱까지 가느다란 혈선 한줄기가 그어져 있었다.

'눈물을?

화무린은 그녀의 눈가에 맺힌 채 반짝이고 있는 눈물방울을 발견하고 의아한 표정을 지었다.

천녀황은 화무린을 보면서 무슨 말인가 하려고 입술을 달싹였으나 끝내 아무 말도 하지 않은 채 몸이 스르르 뒤로 넘어갔다.

자갈밭 위에 누운 그녀의 몸으로 조금 전에 쬐다가 만 따스한 햇살이 쏟아져 내렸다.

"따스해……."

중얼거리면서 그녀는 눈을 감았다.

입가에는 한줄기 흐뭇한 미소가 조각처럼 새겨져 있었다.

화무린은 그녀를 묵묵히 굽어보았다. 조금 전까지만 해도 그녀의 시신조차 남기지 않고 갈가리 찢어버리고 싶었는데, 지금 그런 마음은 조금도 남아 있지 않았다.

　　　　　*　　　　　*　　　　　*

쏴아아—

깊은 산속. 삼 장여 높이에서 작은 폭포가 수정 같은 물방울을 흩뿌리면서 떨어지고, 그 아래에 명경처럼 맑은 아담한 소(沼)가 있었다.

소 가장자리에 낚싯대 하나가 펼쳐져 있고, 화무린이 하늘을 향해 눈을 감은 채 누워 있으며, 그 옆에 소군이 그의 팔을 베고 누워서 그의 얼굴을 바라보고 있었다.

소군은 눈을 깜빡이면서 벌써 오랫동안 화무린의 옆얼굴을 바라보고 있는 중이다.

"무린."

소군이 행복에 겨운 얼굴로 속삭이듯 불렀으나 잠들었는지 화무린은 대답이 없다.

"여보."

소군은 풀잎 하나를 따서 화무린의 뺨을 간질이며 또 다른 호칭으로 불렀으나 화무린은 여전히 대답이 없다.

"당신 자요?"

소군은 상체를 일으켜 화무린을 굽어보았다. 그녀의 눈에는 사랑이 듬뿍 담겨 있었다.

"주인님, 주무시나요?"

"오냐."

주인님이라는 부름에야 화무린은 넙죽 대답을 했다.

"아유~ 순 엉터리……."

소군이 코를 잡아 가볍게 비틀자 화무린은 그녀를 번쩍 안아 자신의 몸 위에 올리고는 뜨거운 입맞춤을 퍼부었다.

"용서하십시오, 마님. 미천한 하인 놈은 그저 마님이 예뻐서 죽을 지경입니다요."

두 사람의 입술은 언제까지나 떨어질 줄을 몰랐고, 소군의 뺨은 점점 더 붉어졌다.

"뭐 해요? 고기 잡으러 가서 뽀뽀만 하고 있나요?"

그때 갑자기 들려온 뾰족한 외침에 화무린과 소군은 화닥닥 떨어졌다.

두 사람이 머쓱해서 처다보는 곳은 연못가의 야트막한 언덕 위였는데, 그곳에선 행주치마를 두른 주자운이 두 손을 허리에 얹은 채 이쪽을 한껏 쏘아보고 있었다.

"자, 자운! 이것 봐! 고기는 이렇게 많이 잡았잖아."

화무린이 물고기가 가득 담긴 고기 망태를 들어 보이며 어눌하게 변명했다.

주자운은 눈을 가늘게 뜨고 계산을 했다. 물고기를 저만큼 잡으려면 부지런을 떨었을 테니까 둘이 뽀뽀하고 더듬을 시간은 그리 많지 않았겠다 싶은 마음이 들자 표정이 조금 누그러졌다.

그때 주자운은 물 위에 떠 있던 찌가 오르락내리락 요동치는 것을 가리키며 소리쳤다.

"무랑! 뭐 해요? 고기가 물었어요! 어서 채요!"

"그, 그래!"

화무린은 엉겹결에 급히 낚싯대를 잡아채며 들어 올렸다.

청죽으로 만든 낚싯대가 활처럼 휘어졌다.

그러나 들어 올려진 낚싯바늘에 걸린 것은 물에 흠뻑 젖은 아령이었다.

낚싯바늘에 코가 꿰인 아령은 죽는다고 버둥거렸다. 그리고 아령의 앞 발톱에는 큼직한 잉어 한 마리가 찔린 채 매달려 있었다.

사실 화무린은 아령에게 고기잡이를 훈련시켰다. 아령이 물속에서 잡은 고기를 낚싯바늘에 꿰고, 화무린은 그것을 건져 올리는 비겁한(?) 수법이었다.

그동안에 그는 소군과 뜨겁고도 끈끈한 사랑을 나누었던 것이다.

"당신, 또!"

더구나 이런 잔꾀를 부리다가 주자운에게 걸린 것이 벌써 한두 번이 아니었다.

주자운은 목에 핏대를 세우며 소리쳤다.

"소녀에겐 매일 밥이나 빨래, 청소만 시키고 당신은 군 언니하고 깨가 쏟아지는군요!"

화무린은 오히려 배짱을 부렸다.

"그게 싫으면 지금이라도 황궁에 가면 되잖아."

그러자 주자운은 곧 기가 팍 꺾였다.

"그게 아니라… 잉어탕을 끓이는 게 서툴러서… 군 언니가 간 좀 봐주겠어요?"

화무린은 소군의 엉덩이를 일으키며 구시렁거렸다.

"난 소금국 먹기 싫으니까 어서 가봐. 자운 쟨 할 줄 아는 게 아무것도 없다니까 글쎄."

주자운은 소군이 언덕 위에 있는 아담한 통나무집으로 들어가는 것을 보고는 부리나케 화무린에게 달려와 품에 안기면서 종알거렸다.

"무랑! 정말 소녀가 할 줄 아는 게 아무것도 없나요?"

"없긴, 자운 입술은 최고야."

화무린이 성급하게 입술을 덮치자 주자운은 행복에 겨운 콧소리를 냈다.

"으음… 입술만?"

"아… 아니, 여기도……."

화무린은 주자운의 가슴에 얼굴을 묻으며 속삭였다.

물에 젖은 아령이 두 사람 사이에 끼어들자 주자운이 잡아서 물로 집어 던졌다.

"아령! 넌 고기나 더 잡아!"

깊은 산중의 밤은 일찍 찾아온다.

그리고 산중의 밤에는 할 일이 없다.

그때 통나무집에서 종알거리는 목소리가 흘러나왔다.

"무랑! 잠자리 봐났어요! 어서 와서 주무세요!"

"운 매! 이번에는 내 차례야! 잊었어?"

"아닌데요? 계산을 잘 해보세요, 군 언니."

"그런가? 한 사람 앞에 한 번씩이니까 어디 보자, 사흘 전에 열두 번… 그저께 열여섯 번… 어제 열두 번… 아아… 헷갈려! 모르겠어!"

"에헤헷! 군 언니, 그렇다면 오늘 밤은 삼위일체(三位一體)가 어떻겠어요?"

"삼위일체? 좋아! 난 찬성!"

"나, 나는 반대! 그건 너무 힘들어!"

"군 언니, 무랑 마혈 제압하세요!"

"제압했어! 운 매는 옷 벗기고 불 꺼!"

산중의 밤은 더욱 깊어가고, 세 사람의 사랑은 더욱더 깊어가고 있었다.

〈大尾〉

적포용왕

김운영
新무협 판타지 소설

『신마대전』『흑사자』의 작가 김운영
그가 낚아 올리는 무협의 절정
낚시 신동 백룡아! 장강에서 천존과 맞짱 뜨다

적포천존(赤布天尊) 고금제일강(古今第一强
인호타자연재해(人呼他自然災害
40세 이후로 상대가 누구든 몇 명이든, 한 번도 패하
않고 모두 이긴 적포천존. 70세 중반에 반로환동하
무림인들을 절망에 빠뜨린 그가 말년
제자를 만들어 말년에 호강할 계획을 세운다

천하에 두려울 것이 없는 '자연재해' 와
그의 제자들이 무림에 나타났다

세상을 보는 또 하나의 창 - inthebook.net
유행이 아닌 자유추구 - chungeoram.net
Book Publishing CHUNGEORAM

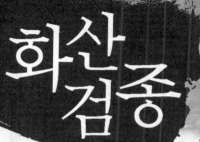

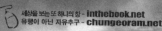
세상을 보는 또 하나의창 - inthebook.net
유행이 아닌 자유추구 - chungeoram.net
Book Publishing CHUNGEORAM

화산검종

華山劍宗

한성수 新무협 판타지 소설

문피아 최단기간 골든 베스트 1위!!
선호작 1위!! 평균 조회수 3만의
『화산검종』!!!

『무당괴협전』,『태극검해』,『만검조종』……
연이은 대작들의 감동을 넘어설 또 하나의 도전!!

한성수 작가가 야심차게 준비한
구대문파 시리즈의 출사표!!

그날 나는 죽었고 모든 것은 변하기 시작했다!

오 년 전의 싸움으로 내공이 전폐되고 목숨보다 소중했던
자하신공과 자하구벽검을 잃었다.
저주처럼 심장에 틀어박힌 구마련주의 마정을 품은 채
화산에 드리운 그늘을 벗기 위해 산을 내려온 운검.

하지만 그것은 끝이 아니라 또 다른 시작이었다!!

저작권 보호!!
장르문학의 성장에 힘이 되어주십시오.

저작물의 무단 전재와 복제, 불법 다운로드!
이것은 관심이 아니라 무관심입니다!

작가님들은 창의적 열정과 시간을 투자해 자신의 꿈과 생계를 유지합니다.
한 권의 책을 만들어 많은 사람들은 자신의 인생과 미래를 설계합니다.

저작물 속에는 여러 사람의 노력과 희망이
담겨 있습니다!

저작물의 무단 전재와 복제, 불법 다운로드는 여러 사람들의 꿈과 생계를
위협함으로써 장르문학을 심각한 상황에 빠뜨리고 있습니다.

이제는 무관심이 아니라 관심으로 장르문학의
성장에 힘이 되어주세요.

[도서출판 **청어람**은 항시적인 저작권 보호를 통해 장르문학과
여러분의 희망을 지키겠습니다.]

도서출판 **청어람**

섀델
크로이츠

화사무쌍 편 전 2권
이경영 판타지 장편 소설

『가즈나이트』의 명성과 신화를 넘어설
이경영의 판타지의 새로운 상상력!

자신만의 독특한 세계관을 창조한 작가
이경영의 새로운 도전과 신선한 충격.

바란투로스의 특수부대 섀델 크로이츠의 리더 파렌 콘스탄.
야만족을 돕는 안개술사를 물리치기 위해 아시엔 대륙에서 온
불을 뿜는 요괴 소녀 카샤.
너무나 다른 두 사람이 운명의 길에서 만나다.
친구란 이름으로 시작된 모험, 그 앞에 놓인 난관과 운명의 끈은
어떻게 될 것인지……

"질투가 날 만도 하지.
요괴가 산신령을 엄마로 두는 건 흔한 일이 아니거든.
괜찮다, 파렌. 본좌가 아는 요괴들 전부 본좌를 질투하고 부러워하니까"
소녀는 손에 잔뜩 받은 빗물을 홀짝 마셨다.
파렌은 그 순수함에 웃음을 흘렸다.
그는 지금까지 자신이 봤던 그녀의 기이한 행동들을 어렴풋이나마 이해할 수 있을 것 같았다.
그렇게 친구가 된 둘은 그 길로 긴 여행을 떠나게 된다.

본문 중에-

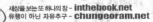
세상을 보는 또 하나의 창 - inthebook.net
유행이 아닌 자유추구 - chungeoram.net

Book Publishing CHUNGEORAM

학교에서는 가르쳐주지 않는
10대들을 위한 # 인생수업

작가 : 이빙 | 역자 : 김락준

10대들을 위한 나침반 같은 인생 교과서!
사회 초입에 들어서게 될 청소년들에게 들려주는
100가지 인생 이야기

내 인생의 방향잡기!
여행길에 오르기 전에 접해보자!

100가지 이야기, 100가지 명언

사람은 태어나면서부터 각기 다른 모습으로, 각기 다른 사고로 "인생" 이라는
여행길에 오르게 된다. 내가 지금 서 있는 이 위치에서 그리고 사회라는 공간에서
한 사람의 몫을 당당하게 해낼 수 있는 역량을 키워나가기 위해서는 어떠한 생각을
가지고 있어야 하는 걸까.

늦지 않게 준비하자! 스스로의 마음가짐이 자신의 미래를 결정한다!

설레는 마음으로 떠난 길일지라도 기존에 생각하고 있던 것과는 다르게 흘러가는
사회의 모습에 당혹스럽기도 할 것이다.
그러한 곳에 발을 들여놓기 위해 첫 발걸음을 막 뗀 청소년이라면 학교에서는
미처 배우지 못한 상황에 더욱이 큰 혼란스러움을 느낄 수밖에 없다.
시간이 흐를수록 사회가 한 인간에게 요구하는 것은 다양하고 세밀해지고 있다.
그러한 사회 속에서 자신만이 앞으로 나아가지 못해 제자리걸음을 하게 된다면 어떠할까.
미리 대비를 하지 않는다면 당신 역시 그러한 현상에 빠지는 또 한 명의 사람이 되고 말 것이다.

책장을 넘기는 순간, 책과 당신의 공감대가 형성된다!

적응을 위해 도움이 될 만한
인생의 지혜와 경험, 깨달음이 한가득 담겨있다.
그 속에 담긴 100가지 이야기 그리고 그와 관련된 100가지의 명언은
가슴 깊이 새겨 놓고 되뇌여 보기에 충분하다.

Book Publishing CHUNGEORAM

세상을 보는 또 하나의 창 - inthebook.net
유행이 아닌 자유추구 - chungeoram.net